KB008082

급소

김덕희 소설집

급소

펴낸날 2017년 6월 29일

지은이 김덕희
펴낸이 우찬제 이광호
펴낸곳 ㈜문학과지성사
등록번호 제1993-000098호
주소 04034 서울 마포구 잔다리로7길 18(서교동 377-20)
전화 02)338-7224
팩스 02)323-4180(편집) 02)338-7221(영업)
전자우편 moonji@moonji.com
홈페이지 www.moonji.com

ⓒ 김덕희, 2017. Printed in Seoul, Korea

ISBN 978-89-320-3013-5 03810

이 도서의 국립중앙도서관 출판예정도서목록(CIP)은 서지정보유통지원시스템 홈페이지
(http://seoji.nl.go.kr)와 국가자료공동목록시스템(http://www.nl.go.kr/kolisnet)에서
이용하실 수 있습니다. (CIP제어번호: CIP2017013726)

급소

김덕희 소설집

문학과지성사

차례

전복

남자애가 여자애를 경계석에 앉히고 빠르게 사방을 둘러본다. 자정이 가까워오는 시각, 인적이 없고 한길과 완벽히 격리되어 있는 주차장 안쪽은 가로등빛의 끝자락조차 닿지 않는다. 여자애는 물먹은 헝겊처럼 자꾸만 상체를 무너뜨리는 중이다. 그러나 곧 긴 머리카락을 귀 뒤로 넘겨 정돈하며 아주 무방비는 아니라는 듯 허리를 꼿꼿이 세운다. 남자애가 여자애의 곁에 바짝 다가앉아 자기 쪽으로 기대게 한다. 여자애는 별 저항 없이 남자애의 어깨에 머리를 묻고 얼굴을 부비며 편한 자세를 찾는다. 그러자 여자애의 머리카락이 다시 앞으로 쏟아진다. 남자애가 자유로운 바깥쪽 손으로 여자애의 머리카락을 넘겨주면서 동그랗고 하얀 얼굴을 가만히 들여다보다가 그 위로 제 얼굴을 포갠다.

203호, 신영주, 불문과 2학년, 김과 전복이 유명한 남쪽 해안 도시에서 왔고 아버지 직업은 치과 개업의다. 나는 주차장 앞쪽 CCTV 화면에 두 사람이 나타났을 때부터 '전복이'를 알아봤다. 그러나 남자애의 신원은 알 수 없다. 건장한 체구나 깔끔한 스포츠형 머리는 전복이가 지난 학기 내내 자기 방에 들이던 남자애들과 많이 닮았다.

남자애의 손이 전복이의 얼굴에서 목덜미로, 어깨로, 가슴으로 더듬어 내려간다. 늘 같은 패턴이다. 남자애와 함께 주차장 뒤쪽 으슥한 곳에 앉아 스킨십을 유도하다가 자기 방으로 올라간다. 남자애의 손길이 전복이의 스커트 아래쪽을 서성이기 시작하자 전복이가 몸을 떼고 허리를 곧추세워 앉는다. 갑작스런 반응에 남자애도 머쓱하게 자세를 고쳐 잡는다. 아무래도 이건 아닌 것 같아…… 미안해, 싫어할 줄 몰랐어. 둘의 대화가 들리는 것도 같다.

봄 학기가 시작되고 전복이가 고향에서 올라온 직후 그 어머니와 통화를 할 일이 있었다. 느닷없이 생물 전복이 배달되었던 것이다. 전복이 어머니는 맛이나 보라는 얘기 끝에 딸에 대한 당부를 덧붙였다.

"덩치만 크지 아직 세상물정 모르는 어린애예요. 삼촌이 잘 지켜봐주세요."

전복이가 남자애들을 그렇게 갈아치우는데도 집 앞에서 진을 치거나 난동 부리는 놈 하나 없는 걸로 봐서 세상물정 모르는 건 딸보다 어머니 쪽이 아닌가 싶었다. 나는 입주 학생들의 부모들이 걸핏하면 나를 삼촌이라 부르는 게 싫었다. 자취생들의 보호자 노릇을 할 생각은 없다. 집주인과 세입자일 뿐이다. 인정에 호소할 여지를 줬다간 월세를 미루거나 계약 기간을 넘기고도 버티기 십상이다.

나는 건성으로 대답을 해주고는 전화를 끊었다. 그리고 생다시마 더미 속에서 아직 살아 꿈지럭거리고 있는 전복들을 들여다봤다. 아이스박스 안으로 옮겨진 바다 속에서 다섯 마리가 느릿느릿 다시마를 뜯어먹고 있었다. 생물을 눈앞에 두긴 처음이었다. 나는 다시마를 붙들고 있는 한 놈의 조가비를 잡고 뜯어 올렸다. 놀란 녀석은 허공에 노출된 조가비 아래쪽 살집을 세로로 길게 오므렸다. 미처 다 닫지 못한 검고 거친 겉살 사이로 뽀얀 살구색 속살이 비쳤다. 마치 늙고 비만한 창녀의 헐거워진 음순을 보고 있는 것 같았다. 나는 전복을 내던지듯 다시마 더미에 내려놓고 아이스박스째 냉동실에 처박아버렸다. 전에도 과메기나 홍어 따위가 냉동실을 드나든 적이 있었다. 모두 꽝꽝 언 채로 서너 달쯤 지나 버려졌다. 텅 비어 있던 냉동실에 아이스박스가 놓이자 오랫동안 공복이었던 양문형 냉장고가 웅, 소리를 내며 반겼다.

두 사람이 갑자기 몸을 반쯤 일으키고는 주차장 바깥쪽을 향해 주의를 기울인다. 건물 1층 전체를 차지하고 있는 주차장은 계단 통로를 중심에 놓고 ㄷ 자를 그리고 있다. 그러므로 일부러 찾아 들어가지 않는 한 출입문 쪽에서 주차장 안쪽의 두 사람을 발견할 수는 없다. 나는 내 심야영화의 진행을 훼방 놓는 이가 누군지 확인하기 위해 CCTV 채널을 돌려본다.

한 여자가 출입문 앞에 서서 비밀번호를 누르려는 참이다. 나는 입주자들에게 카드키만 나눠주고 비밀번호는 알려주지 않았다. 번호 유출로 인한 잡인의 출입을 막을 방법이 달리 없었기 때문이다. 그러므로 이 건물에서 주인인 나를 제외하곤 비밀번호란 각자의 방 앞에서나 필요한 거다. 이상하다 생각하는 순간 인터폰이 울리며 화면에 여자의 얼굴이 떠오른다.

106호. 임예슬이라고 했던가? 아니다, 임혜슬이라고 했던 것 같다. 경영학과 신입생이고 A 트리플 플러스 등급의 한우로 유명한 도시에서 왔으며 부모가 지역에서 한우 갈빗집을 크게 운영하고 있다. 어안렌즈의 화각이 임혜슬의 갸름한 얼굴을 실제보다 넓게 비추고 있다. 여름방학이 되기 전에 대시를 열 번 넘게 받아도 이상할 게 없을 만한 미인이다. 그러나 화장기 없는 얼굴에 대충 묶은 머리 모양과 민무늬 티셔츠 차림에서 도서관의 책 냄새가 물씬 풍긴다. 신입생이라기보다는 졸업반 취업준비생의 느낌이다.

방을 계약할 때 함께 나타났던 모친의 말처럼 정말 집과 학교밖에 모르는 걸까? 임혜슬이 잠시 화장실을 다녀오겠다며 자리를 비운 사이였다. 모친은 목소리를 낮추고 내 쪽으로 몸을 기울여 한 가지 당부를 했다. 자기 딸이―행여 그럴 리는 없겠지만, 하고 단서를 붙였다―부적절한 행동을 하면 즉시 알려 달라는 것이었다. 그건 학생들에게 월세를 받는 집주인으로서의 의무라고까지 하며 다짐을 강요했다. 나는 임혜슬의 모친이 어떤 걸 두고 부적절한 행동이라 말하는지 얼른 이해하지 못했지만 고개를 끄덕여주었다. 그녀는 그러고도 입주자 중에 남학생은 몇이나 되는지, 집주인인 나는 왜 아직 미혼인지 등에 대해 캐묻기 시작했다. 때맞춰 임혜슬이 돌아오지 않았더라면 한우의 세계화를 위해 요리를 연구하고 있다는 어떤 여자와 선자리까지 마련될 분위기였다. 모녀 사이에 무언의 신경전이 잠시 오가는 걸로 봐서 임혜슬은 이미 제 엄마가 나를 붙들고 어떤 얘기를 했는지 짐작하는 것 같았다.

신입생이 돼서는 입학한 지 한 달이 넘었는데도 금요일 자정에 학교 도서관에서 돌아오는 건 적절한 행동일까 부적절한 행동일까. 생각하는 동안 초인종이 다시 울린다. 입주자가 출입문에 붙어 서서 집주인에게 초인종을 누르는 이유는 뻔하다.

"네, 무슨 일이에요?"

"저…… 죄송한데요, 카드키를 방에 두고 나왔나 봐요."

"잘 챙겨 다니세요."

문을 열어주는 순간 이번이 벌써 두 번째라는 사실이 기억난다. 출입문 열림 버튼을 누르기 전에 그 사실을 지적해주지 못한 게 아쉽다. 인터폰 화면에서 임혜슬의 얼굴이 사라진 것을 확인하고 소파에 가 CCTV 화면을 다시 주차장 안쪽으로 돌린다. 그사이 중요한 장면을 놓쳤을 것만 같다.

전복이와 남자애가 보이지 않는다. 이리저리 채널을 돌려본다. 야간모드 화면 속 푸르스름한 주차장의 어디에서도 둘의 흔적을 찾을 수 없다. 녹화된 화면을 되감아본다. 그러자 내가 자리를 비운 사이 전복이가 남자애의 손을 끌고 발걸음을 조심스럽게 옮겨 건물들 사이의 좁은 통로로 사라지는 모습이 보인다. 화면에서는 보이지 않지만 통로 저편은 다른 한길로 이어져 있다. 덩그러니 주차장 한쪽을 차지하고 있는 내 차 보닛 위로 작은 불빛 두 개가 잠시 머물다 지나간다. 길고양이의 안광(眼光)마저 사라진 주차장은 갓 도굴된 유적지처럼 괴괴한 분위기만 고여 감돌고 있다.

정 실장에게서 방을 구하는 학생이 나타났다는 전화가 왔다. 인터넷으로 부동산 정보를 본 학생이 지금 방을 보러 오겠다는 것이다. 토요일치곤 이른 시간이다. 이번 학기에도 방을 몇 개 놀리나 보다 하고 체념하고 있었다. 다른 원룸 건물들도 모두 마찬가지일 텐데 운이 좋은 날이다.

"제가 뭐랬어요, 우리 사장님은 저만 딱 믿고 있으면 된다니까. 호호호."

중년 여자의 억지스런 교태와 생색에 금방 피곤해졌다. 건물의 마스터키를 맡겨뒀으므로 정 실장이 잘 알아서 방을 보여줄 것이다.

내려가서 분리수거함을 정리하고 건물 외곽 곳곳을 둘러보며 밤새 별일 없었는지 확인했다. 그리고 다시 집으로 올라와 오랫동안 집 안을 청소했다. 바닥을 닦은 걸레에 송홧가루가 묻어 나왔다. 봄이면 집 앞쪽에 엎드려 있는 야산에서 푸르스름한 안개 같은 것이 피어오르는 것을 보곤 한다. 음식에도 사용한다지만 창틀이며 차며 곳곳을 곰팡이 핀 것처럼 만들어버리는 송홧가루를 나는 좋아하지 않는다. 창문을 모두 잘 닫았다고 생각했는데 대체 어디로 들어왔는지 모르겠다.

청소를 마친 뒤 차를 내려 마시고 있는데 정 실장으로부터 다시 연락이 왔다. 계약을 하자는 것이다.

"사장님네가 이 동네에서는 제일 좋다는 걸 다 알아보는 것 같아요. 학생이 아주 마음에 들어 하네. 얼른 도장 챙겨서 나오세요."

이 집 저 집 옮겨 다녀봤다는 어느 학생의 얘기에 의하면 내 건물은 조용한 데다 냉난방비가 훨씬 적게 나온다고 했다. 고가도로와 아파트 단지를 접한 동쪽 블록이 아니라 야산과 숲이 가까운 서쪽 블록 끝자락이라 여름에 덜 덥고, 공사 때 자재를 아끼지 않아 단열이 잘 된다. 급히 올린 건물들은 재활용 벽돌을 쓰거나 건물주가 공사비를 무리하게 깎아버려 겉모양만 그럴싸하지 내장재는 엉터리인 경우가 많다. 수익만을 생각했다면 나 역시 그렇게 지었을 것이다. 어차피 시세를 끌어올린 뒤 팔고 떠버릴 건데 잘 지을 필요가 없었다. 차차 드러날 부실이

나 피해야 늘 그렇듯 세입자와 새 주인이 감당할 몫이다. 이 동네에 나와 같은 원 건물주는 몇 남지 않았다. 모두 시세 차익을 남겨먹고 떠난 것이다.

나는 이곳에서 새 삶의 기반을 마련하고 싶었다. 방 두 개짜리 아파트 하나를 굴리고 굴려 여기까지 오는 데 딱 15년, 활화산 같던 부동산 경기가 내리막길에 들어선 걸 감지했든 못 했든 간에 이미 집을 사고파는 데 신물이 나 있었다. 1년마다 한 번씩, 어떤 해는 두 번씩 이사를 했다. 올랐다 싶으면 팔았고 오르지 않겠다 싶어도 팔았다. 집 한 채를 고를 때마다 평균 예닐곱 번씩 현장을 답사했다. 아침에 출근과 등교하는 사람들의 동선을 파악해야 했고 밤에는 주변 상권의 분위기를 살폈다. 비 오는 날과 맑은 날이 다 달랐고 평일과 휴일이 또 달랐다. 찻잔 바닥에 식은 채 남은 찻물에 얼굴을 비춰본다. 고생했어. 찻물이 동그랗게 흔들린다.

봄볕이 따끈하다. 꽃가루가 날리는지 재채기가 인다. 대학의 정문을 가로지르면서 어딘가 들뜬 분위기를 느낀다. 날짜를 꼽아보니 다음 주가 축제 기간이다. 당분간 이 대학은 상아탑을 빙자한 유원지가 될 것이며 유원지에는 축제의 가면을 쓴 야시장이 들어설 것이다. 물풍선 맞고 돈 뜯고 주점 열어 돈 뜯는 게 대학 축제의 전부다. 돈 벌겠다고 그만둬버린 대학을 이제는 마쳐놓을 수 있지 않을까 생각을 하다가도 원룸을 시작한 이후 보아온 것들만 떠올리면 금방 고개를 내젓게 된다.

얼굴이 까무잡잡하고 머리카락이 짧은 남학생이 소파에 앉아 있다가 엉거주춤 일어나며 인사를 한다. 제대하자마자 복학했으며 한 달 반이 됐다고 한다. 부모님의 일에 잠깐 사정이 생겨 그간 친구네 자취방을 전전하다가 일이 잘 풀려서 방을 잡을 수 있게 됐다는 설명을 듣는 동안 나는 그를 재빨리 훑어봤다. 눈빛에 자신감이 넘치고 몸엔 군살이 없으며 어깨가 넓어 보이도록 어딘가에 힘을 주고 있다. 마치 남자 대 남자로서, 어디서 복무했는지를 물어봐주길 바라는 것만 같다. 15년 전엔 나 역시 휴전선 근처에서 복무한 뒤 갓 제대한 복학생이었다. 얼굴이 불에 덴 듯 불그스름한 건 햇빛보다는 눈에 반사된 자외선 때문일 것이고 그나마도 옅게 얼룩덜룩한 것은 위장크림을 늘 발라야 했던 흔적일 것이다. 제대한 지 한 달 반이나 됐다면 갖은 방법을 동원해 피부에 남은 군인의 자국을 지웠을 텐데 아직까지 눈에 띄는 건 제대 직전까지 훈련에 참가했다는 증거다. 말년 병장을 열외시켜주지 않는 훈련은 나 역시 몸담았던 수색대에서 아주 흔한 일이다. 머리 앞쪽 한 줌만 남기고 삭발하는 해병대식 헤어스타일의 흔적은 보이지 않고 한 달 반만에 제법 기른 머리 모양으로 보아 육군이 확실하다.

"아버지가 중고차 사업을 하신다고요. 우리 차도 지금 오늘내일하고 있는데 이참에 바꿔볼까? 뉴월드 부동산 이름 대면 좀 잘해주시려나? 호호호."

정 실장이 방을 본 학생의 부모 직업을 들먹이는 건 앞뒤 재지 말고 잡으라는 신호다. 평소에도 월세 밀릴 일 없는 사람만 골라서 내게 소개한다는 걸 강조했는데, 실제로 정 실장의 말을 믿고 들인 세입자들은 그 부분에서만큼은 아주 분명했다. 그러나 첫 대면이니 만큼 집주인 행세를 좀 해두고 싶어졌다.

　"술은…… 얼마나 하는지?"

　"아유, 사장님. 내가 벌써 주의사항 다 얘기해줬지. 그 집이 어디 보통 집이에요? 죄다 학구파들만 모인 데잖아. 그렇게 절간 같은 원룸, 이 근방엔 없다니까. 이 학생도 장학금 받아내겠다고 의지가 대단해요."

　"그렇습니다. 요즘 같은 시기에 복학해서까지 술판 쫓아다니면 못 살아남죠. 고향에서 돈 부쳐주시는 부모님 생각하면 그럴 수도 없고요. 하지만 술을 못하는 건 아닙니다. 형님, 아, 제가 형님으로 모셔도 괜찮겠죠? 형님께서 부르시면 두말 않고 달려가겠습니다. 잘 부탁드립니다."

　나는 얘길 듣다 말고 벽에 걸린 이쪽 지역 지도로 눈을 옮긴다. 왼편의 녹지와 오른편의 도로로 둘러싸인 대학과, 대학 아래에 형성된 번화가가 마치 한 마리 고래처럼 보인다. 육중한 몸집 아래로 쭉 빠진 꼬리는 대학 정문과 진입로에 해당하고 커다란 양쪽 꼬리지느러미는 원룸촌이자 이른바 대학가의 영역이다. 크고 작은 사각형들이 빼곡하거나 성글게 모여 있고 번지수에 따라 파스텔 톤의 서로 다른 색으로 구분돼 있다. 건물들의 1층은 내 경우처럼 주차장이거나 아니면 상점이 대부분인데 내가 속해 있는 왼쪽 꼬리지느러미보다는 오른쪽에서 학생들이 갈 곳이 많다. 학생들은 고래의 꼬리지느러미에서 피시방과 커피숍, 당구장을 찾고 값싼 술과 안주를 찾아 매일 밤 순례를 한다. 저녁부터 새벽까지 흥청망청 몸살을 앓는 오른쪽 블록은 내 집에서도 훤히 보인다. 그래도 다들 졸업장은 챙겨서 떠나겠지? 고래가 넓은 꼬리지느러미로 수면을 강타하며 몸에 붙은 기생충을 떨어내는 모습을 상상한다.

"무슨 학과지?"

여전히 몸에 힘을 풀지 않고 있는 수색대에게 질문으로 급습해본다.

"사회학괍니다. 삼 학년으로 복학했습니다."

"사회학과…… 거긴 졸업하면 무슨 일을 하나……?"

"기자도 되고 출판사도 가고, 방송 쪽에서 일하는 선배도 더러 있더라고요. 교수님들이나 동문들이 워낙 잘 이끌어줘서 졸업한 다음 일은 크게 걱정하지 않습니다. 어쩌면 전 아버지 일을 도와야 할 것 같기도 하고…… 잘 모르겠어요. 아직 진지하게 고민해보진 못했는데 제대도 했으니까 차차 찾아봐야죠."

허세와 자긍심을 구분하지 못하는 수색대가 천진난만한 꼬맹이처럼 보인다. 나는 학교를 그만두자마자 부동산 시장에 뛰어들었다. 지금의 수색대가 그렇듯 앞으로의 일을 크게 고민하지 않고 있던 때였다. 부모님이 돌아가신 직후였고 앞날이 캄

캄했다. 대학 졸업장을 딸 이유도 없었다. 당시에 내 머릿속을 가득 채우고 있던 건 아버지가 입에 달고 살던 말이었다.

세상이 아무리 변해도 땅은 거짓말하지 않는다.

아버지는 이 나라가 세워진 이래 한 번도 변한 적 없는 진리라고도 했다. 아버지는 부동산중개업을 하는 동안 투자해볼 만한 곳을 자주 얘기했다. 더러는 1년 안에 표 나게 시세가 올랐고 더러는 별 볼일 없이 떠들썩하기만 했다. 적중률은 좋게 잡아서 50퍼센트 내외였다. 그러나 아버지는 예상이 들어맞을 때마다 흥분을 감추지 못했다. 한편, 어머니는 아버지가 넘을 수 없는 벽이었다. 기회가 보여도 가족의 생계를 담보로 일을 벌일 수 없다는 사실에 아버지는 늘 좌절했다. 아버지는 그런 자신을 스스로 마름이라고 했다. 아버지의 논리에 따르면 건물주는 지주였고 임차인은 소작농이었다. 소작농이 땅을 빌려 농사를 짓고 소작료를 내듯 상가를 빌린 임차인들은 장사를 해 번 돈으로 임대료를 냈다. 그 둘 사이에 아버지가 있었다. 아버지는 지주들에게 잘 보이기 위해 중개수수료를 덜 받거나 아예 떼먹혀도 참아야 했다. 그럴수록 아버지는 땅과 건물에 집착했다.

근대니 현대니 말은 좋지. 하지만 여전히 봉건시대야. 봉건시대.

가끔은 나도 아버지의 말을 이해하기 힘들었다.

정 실장이 계약서를 내 눈앞에서 흔들며 어서 도장을 달라고 한다.

"미안하지만 다른 방을 찾아봐야겠어요. 우리 집에는 여학생들이 많아서 좀 불편해할 것 같네. 부모님들이 신경을 많이 쓰시거든."

나는 정 실장에게 따로 통화하자고 하고 부동산을 나왔다.

전복이가 없어졌다. 연락이 안 된다고 한다. 평소에도 집에 자주 전화하는 애는 아닌데, 너무 오랫동안 아무 연락이 없어 걸어보니 꺼져 있더란다. 전화기는 그 뒤로도 켜진 적이 없고 지난 50시간 동안 전복이와 연락이 닿은 사람은 아무도 없다.

"아는 사람인가요?"

해가 떨어지자마자 찾아온 형사는 CCTV 녹화 화면부터 보자고 했다. 형사는 화면에서 전복이와 함께 있는 남학생을 지목하며 물었다. 둘은 주차장 경계석에 앉아 바깥 정황에 주의를 기울이고 있다가 옆 건물과의 좁은 틈으로 사라졌다. 다시 봐도 어두컴컴한 주차장에서 밀회를 즐기다가 인기척에 놀라 도망친 은밀한 커플이다.

"전혀 모르겠습니다만."

"신영주 양이 저기서 남자애들이랑 자주 저럽니까?"

"글쎄요. 평소엔 일부러 CCTV를 볼 일도 없고 저 시간이면 저는 늘 자고 있어서요."

형사는 그다지 내 말을 안 믿는 눈치다. 내 말이어서가 아니라 누구의 말도 잘 믿지 않을 것이다. 그게 형사의 직업윤리일 테니까.

"그렇군요. 얼마 전에 이 친구들 또래의 남자애가 여자 친구를 약 먹여서 강간하고 살해한 일이 있었어요. 뉴스에서 보셨죠? 잔인하게 토막을 내서…… 그것 때문에 이 건이 아주 빠르게 윗선까지 올라갔습니다. 아직 이렇다 저렇다 말할 단계는 아니고, 최대한 조용하게 할 테니까 지금처럼 협조 좀 잘 부탁드립니다. 영장 받고 어쩌고 하면 동네 소문만 나고, 말씀 안 드려도 잘 아시죠? 그나저나 젊은 분이 참 성공하셨네. 거실이 우리 집보다 넓은 것 같아……"

형사가 입주한 학생 열다섯 명의 인적사항을 본인 수첩에 옮겨 적을 동안 나는 자동저장돼 있는 2주치 CCTV 자료를 형사가 준 USB 메모리카드에 복사해줬다. 형사는 왔을 때처럼 조용히 돌아갔다.

삼촌이 잘 지켜봐주세요. 전복이의 엄마가 한 말이 귓가에 맴돈다. 굵은소금 같은 것이 심장에 뿌려지며 죄책감이 곤두서는 게 느껴진다. 잘 지켜봤잖은가. 그리고 아직은 어떻게 됐다는 것도 아니지 않은가. 내가 뭘 더 했어야 하나. 애써 몸부림쳐보지만 소금 맞은 심장에선 점액질이 뜨겁게 거품을 만들어 홧홧한 느낌만 더한다.

전복이의 방으로 내려가 마스터키로 문을 연다. 눈앞에 펼쳐진 건 여학생의 방이 맞나 싶을 정도로 너저분한 광경이다. 개

수대에서는 라면으로 보이는 음식물 찌꺼기가 썩어가고 있고 빨랫감인지 입을 것인지 모를 옷가지가 이곳저곳에 널려 있다. 방 전체에서 옅게 담배 냄새도 맡아진다. 마치 실제 범죄현장인 것만 같아 뭐 하나 들춰볼 엄두가 안 난다. 이런 곳에서 무엇을 꿈꿀 수 있었을까. 아이스박스 속에서 한가롭게 다시마를 뜯던 전복들이 떠오른다.

전복이의 방이나 다른 학생들의 방이나 구조와 넓이는 똑같다. 행어, 책상, 매트리스, 거기에 잘 해봐야 6단짜리 책꽂이 하나 정도면 꽉 찰 크기다. 비록 넓진 않지만 싱크대, 인덕션, 벽걸이 에어컨, 냉장고, 세탁기까지 갖춘 풀옵션이다. 방의 크기보다는 옵션이 중요하다는 학생들이 많았다. 쓰다 버릴지도 모를 것들을 사지 않아서 좋고, 버리지 못해 짊어지고 옮겨 다닐 일 없어서였다. 전복이 역시 노트북과 몇 권의 전공 서적, 옷가지 말고는 개인 집기랄 게 없는 듯하다. 영화 DVD를 모으는 취미가 있는 것도 같다. 들어본 적 있으나 보지는 못한 것들이다. 감독들의 이름에서 모두 프랑스어 냄새가 나는 것으로 보아 그래도 학과 공부를 하긴 하는 모양이다.

좀 산다 하는 집안의 아들딸들이라 그런지 전복이만이 아니라 대부분 학생들이 표정에 그늘이 없고 감정에 솔직했다. 태어나면서부터 풀옵션의 혜택을 누려온 아이들이었다. 그들은 남의 도움을 청하는 데 스스럼이 없었다. 우편물을 대신 받아주거나 형광등을 갈아주는 건 예삿일이다. 인터넷이 안 된다고 해서 가보면 본인이 랜카드 설정을 건드려놓았고, 욕실 배수구가 막혔다고 징징대는 걸 한 타래로 뭉쳐 있는 머리카락을 빼내서 달랜 적도 있었다. 작년에 장마가 끝나가던 무렵이었을 것이다. 전복이가 세탁기가 고장 났다며 나를 부른 적이 있다. 세탁기는 여름 이불 석 장과 여섯 장의 베갯잇을 비롯한 엄청난 빨랫감을 머금고 소화불량 상태가 되어 있었다. 세탁물을 모두 꺼내 나눠 넣은 다음 잘 돌아가는 걸 보여주자 전복이는 양손의 엄지를 세워 보이며 "아저씨 최고!"라고 소리쳤다. 그때 본 티 없이 맑은 전복이의 얼굴을 떠올리자 갑자기 폐부가 무언가에 잔뜩 짓눌리는 기분이 든다. 어디 갔을까.

전화벨이 울려 받아보니 정 실장이다.

"사장님, 바로 전화를 드리려다가 기분이 안 좋아 보이셔서 이제 전화 드려요. 왜, 그 학생이 맘에 안 드셨어요?"

"아, 네…… 뭐……"

뭐라 설명할 말을 찾지 못하고 얼버무리자 정 실장이 한숨을 내쉬며 말을 잇는다.

"남학생들이 좀 그렇긴 하죠. 더군다나 그 집처럼 여학생이 많은 데선 신경 쓰일 일이 많을 거고요. 그런데 사장님, 학기 시작한 지가 벌써 언제예요. 복학하는 남학생 아니면 사람 없어요. 제가 보니까 부모들 소득도 좀 되는 것 같고 너무 아깝더라. 제가 그 학생한테 다시 잘 얘기해볼까요?"

"아닙니다. 그러실 필요 없어요. 이번 학기에는 더 이상 받지 않겠습니다. 좀 지겨워졌어요."

정 실장이 내 말을 바로 이해하지 못해 뭐라고 하는데 그냥 끊어버렸다. 즉흥적으로 나온 말인데도 전화를 끊고 생각해보니 맞는 말인 것 같다. 아침에 눈 뜨면 건물을 둘러보고 청소를 한다. 오후에는 운동을 하고 저녁에는 TV를 보다가 잠든다. 수익과 지출 경비를 맞춰보는 긴장감, 줄어드는 대출 원금과 불어나는 잔고가 주는 쾌감은 처음 1년도 채 가지 않았다. 단조롭고 빤한 일상의 무한 반복이었다. 세입자들을 관찰하는 버릇이 생긴 게 그 즈음이 아닌가 싶다. 아침 6시면 어김없이 운동을 나가는 202호, 주말마다 엄마가 찾아오는 105호, 친구들을 수시로 불러들이는 206호. 세입자들이 가장 즐겨 찾는 중국집은 다금성, 용루, 예원각 순이고 택배 트럭들이 이쪽 동네를 도는 시각은 주로 오후 2시, 5시다. 우울증의 기미가 느껴져 정신과를 다녀보기도 했다. 의사는 새로운 일을 시작하거나 사람들을 만나야 좋아질 거라고 했다. 그러나 나는 더 이상 할 일이 없었다.

철물점에 다녀오는 길에 황 영감을 마주쳤다. 이 동네에선 황구렁이로 통한다. 영감은 내게 유감이 많다. 나와 거의 동시에 이 동네에 들어왔는데 눈에 든 땅을 매입하려고 보니 간발의 차로 이미 내가 차지한 뒤였단다. 그는, 겉으로는 젊은 사람 순발력은 못 당하겠다고 않는 소릴 했지만 부동산 정보를 취하는 촉이나 입지를 살피는 눈에 대한 오랜 자긍심을 내가 무참히 밟아놓은 것 같았다. 그는 나를 만날 때마다 '말년을 보낼 곳을 찾다가 하늘이 점지해준 땅을 만났는데 늙은이가 눈귀 어두워 그걸 제때 잡지 못했다'며 푸념했다.

"어디 다녀오는가?"

영감은 내 얼굴과 내 손에 들린 물건을 번갈아보며 물었다. 호리호리하고 큰 키에 안정된 자세며 시원한 걸음걸이만으로는 그를 칠순 노인이라고 보기 힘들다. 영감네도 빈방이 있을 테니 아침부터 부동산을 돌아다니며 중개인들을 채근했을 것이다. 그렇게 하루를 시작해 뭐 참견할 일 없는지 동네를 샅샅이 뒤지는 게 그의 일과다. 나는 영감의 마음을 알 것도 같다. 건물주는 늘 심심함과 싸워야 하는 직업이다.

"네, 어르신. 학생 하나가 형광등 불이 안 들어온다기에 봤더니 안정기가 나갔네요. 사람을 쓰면 몇만 원은 부를 것 같아서 제가 그냥 사 왔어요."

"젊은 사람이 저렇게 부지런하니 성공할 만도 하지. 근데 너무 그러지 마. 그런 건 세입자들이 알아서 하는 거지. 주인이 그렇게 팔 걷고 나선다고 애들이 어디 눈곱만큼이라도 고마워하는 줄 아나. 그리고 나 같은 늙은이는 그런 걸 못 해주니까 서비스가 어떠네 저떠네 허잖은가. 좀 봐줘, 젊은 사장."

"이해해주십시오. 제가 아파트나 굴려봤지 원룸은 아직 익숙지가 않아서요. 삼 년이나 해먹고 있는데 도통 모르겠네요. 요령이 없으니 몸으로라도 때워야죠."

영감은 내가 한마디도 지지 않으려 하는 기색을 느끼곤 입술을 굳게 다문다. 목례를 하고 지나가려는데 생각났다는 듯 불러 세운다.

"그런데 집에 무슨 일 있나? 못 보던 남자가 들락날락하는 것 같던데. 혹시 공무원 아니야? 그 쥐새끼들이 왜? 아, 나도 저번에 구청 놈들이 찾아와서는 싹 훑고 가더니 뭐가 불법 건축에 들어간다면서 강제이행금인지 뭔지를 육백이나 뜯어내더군. 신고가 들어와서 어쩔 수 없대나 뭐래나. 사람들이 말이야. 늙은이가 먹고살겠다고 이 고생이면 안쓰럽다 생각해야지, 무슨 큰 죄라도 지은 것처럼 그 지랄들을 한다니까. 피땀 흘려서 이만큼 이룬 걸 존경은 못 해줄망정…… 하여간 이 나라는 좀 산다 싶으면 그저 못 잡아먹어서 난리야. 있는 게 죄면 어디 겁나서 땀 흘려 일하겠느냐고. 안 그래 젊은 사장?"

황 영감은 테라스에 천장을 치고 창문을 둘러 불법으로 전용면적을 확장했다. 교묘한 공사였지만 아는 사람 눈엔 설계도면과 분명 다를 것이 빤히 보이는 일이었다. 황 영감은 아직 누가 신고했는지 모르는 눈치다. 사람을 자꾸 집적대는 게 꼴 보기싫어 맛 좀 보라고 내가 한 일이었다. 당시엔 심심한데 할 일이생겨 잘됐다고만 생각했다. 그런데 그게 그만 영감의 신고 정신에 불을 놓은 꼴이 되고 말았다. 영감의 무차별 신고로 한동안 동네가 발칵 뒤집혔다.

시공업체들은 자제가 남았다며 대단한 선심을 쓰듯 건축법이 그다지 엄격하게 닿지 않는 선에서 건축허가를 받을 때의 도면과 아주 약간 다르게 지어주곤 했다. 건물주들이야 시공업체의 말만 믿었을 테고 불법인 걸 알았다고 한들 은근히 바라기도 했을 것이다. 그건 술집에서 서비스 안주를 바라는 것과 크게 다르지 않다. 그야말로 구청의 세금 공무원들만 신난 셈이 돼버렸다. 보나 마나 황 영감이 나도 신고했을 테고 실제로 구청에서 한 번 찾아오긴 했다. 그러나 나로선 걸릴 게 없었다. 아파트를 거래하면서 웬만큼 공무원들을 상대해보니 그들에게는 자그마한 것이라도 책잡힐 일은 절대 하지 않는 게 좋을 것 같았다.

형사들이 드나든 걸 황 영감이 알았다면 소문나는 건 시간문제다. 피부에 와 닿지 않던 전복이의 실종이 실감나기 시작했다. 전복이가 어서 나타나든지 아니면 적어도 내 집에서는 아무 문제가 없었음이 증명돼야 할 것이다.

"부모님은 지방에 급매로 나온 건물을 보러 나갔다가 돌아오지 못했습니다."

전복이의 실종이 72시간을 넘기고 있다. 나는 참고인으로서 경찰서로 불려나왔다. 순순히 따르지 않을 수 없었다. 경찰 역시 공무원의 일종이기 때문이다. 처음 탐문 수사 때 입주 학생들의 인적사항과 CCTV 녹화 영상 파일을 가져간 형사가 조사를 시작했다. 형사는 여대생의 실종보다는 나의 재산 형성 과정이 더 궁금한 눈치였다. 나는 다시 떠올리기 싫은, 그러나 영원히 잊을 수 없을 15년을 압축해서 얘기해줬다.

아버지가 어머니를 겨우 설득해 나선 길이었다. 아침 일찍 그쪽 중개업자와 약속돼 있었고 시간을 맞추기 위해 새벽에 차를 움직였다. 그날 밤, 목적지까지 절반도 가지 못하고 사고가 났다. 고속도로에서 저속으로 운행하던 덤프트럭의 밑으로 아버지의 차가 기어들어간 것이었다. 당시 경찰은 피곤한 상태에서 야간운전을 하면 앞쪽에서 움직이는 물체의 속도감을 혼동할 수 있다고 했다. 아버지는 속도를 줄이지 못했고 그대로 덤프트럭 밑으로 돌진했다. 차의 상판부가 말끔히 날아가버렸고 두 분은 즉사했다. 장례를 치른 후 나는 부모님의 목숨을 앗아간 부동산 일이 증오스러우면서도 내가 할 수 있는 유일한 것이라는 생각이 들었다. 부모님을 따라 죽어버리면 그만이라고 작심했기에 실패는 두렵지 않았다. 곧바로 아파트를 처분해 고시원을 잡고 확보된 현금으로 일을 시작했다. 평소에 아버지로부터 들어온 얘기들이 굉장히 전문적인 수준의 이론과 관련법규란 것은 일을 시작하자마자 바로 깨달을 수 있었다. 차근차근 승률을 올리는 동안 입고 먹는 것에 소홀해 몇 번 쓰러진 적도 있었다.

형사는 표정 없는 얼굴로 내 말을 타이핑하며 듣고 있었다. 나는 내 이력이 어떤 감동도 주지 못한다는 사실에 실망스러웠다. 그가 공무원이라는 걸 생각하자 이해가 되긴 했다. 형사가 톤을 바꾸어 다른 질문을 시작했다.

"평소에 주무시는 시간이 그리 이르지 않은 것 같더군요. 임혜슬 양 잘 아시죠? 그 학생 말로는 그 시각에 초인종을 누르고 들어왔는데 직접 문을 열어주셨다고요. 왜 자고 있었다고 말씀하셨습니까?"

조사하는 태도로 봐서 여차하면 나를 철창 안으로 밀어 넣을 기세다. 괜한 거짓말을 한 걸 후회하는 순간 임혜슬이 초인종을 두 번 누른 게 기억났다.

"자다 일어난 겁니다. 초인종 소리가 자꾸 들려 거실에 나와 인터폰 화면을 봤더니 그 친구가 문을 못 열고 있더군요."

형사가 짐작한 대답이라는 듯 옅게 웃었다.

"임혜슬 양은 선생 댁의 거실 창문에 불빛이 비치는 걸 보고 초인종을 눌렀다던데요? 불이 다 꺼져 있었으면 그냥 카드키를 대고 열었을 거라고 했어요. 그 친구, 사실은 카드키를 늘 잘 가지고 다녔답니다. 카드키가 있으면서 왜 굳이 초인종을 눌렀는지는 얘기 안 하더군요. 단순한 장난이든 선생을 좋아해서 그랬든, 그건 이 일과 무관하겠죠. 근데 어쩌면 아실 수도 있겠네요. 선생은 세입자들에게 관심이 많으니까요. CCTV 말입니다. 저희가 가져간 녹화 영상을 분석해보니 최종 재생 시간이 좀 재밌더군요. 젊은 남자분이시니, 신영주 같은 여학생이 그런 데서 그러는 걸 보면서 혼자 야릇해지기도 했겠죠? 안 그렇습니까?"

형사가 표정과 어조를 바꿀 때마다 어딘가 조금씩 옥죄는 기분이 든다. 테이블을 뛰어넘어 형사의 면상을 후려갈기고 싶다. 그러나 형사는 끈질기게 내게서 뭔가를 도발하려 한다.

"혹시 저희에게 알려줄 게 있지 않았습니까? 이를테면 신영주 양이 화면에서 사라진 다음의 상황을 말이죠. 반대편 길가의 보안용 CCTV를 봤더니 댁네 주차장에서 화면 밖으로 사라진 시간과 길가에 나타난 시간이 좀 많이 차이 나더라고요. 그어두운 데서 둘이 뭘 했겠습니까. 15분 동안 말이죠. 솔직히 말씀해보시죠. 아셨습니까 모르셨습니까."

전복이의 방을 보러 내려가기 전에 알게 된 사실이다. CCTV 영상을 다시 오랫동안 돌려보다가 뭔가를 발견했다. 나 역시 그들이 출입문 쪽의 인기척만으로 그렇게 도망치듯 건물 사이 통로로 사라진 게 잘 이해되지 않았다. 그래서 둘이 사라진 화면 상단의 어두운 부분을 주시했다. 그랬더니 눈여겨보지 않았더라면 쉽게 놓쳤을 것이 보였다. 희끗희끗한 게 규칙적으로 보였다 안 보였다 했는데 그건 아직 그들이 거기 머물고 있다는 증거였다.

어디선가 동료 형사가 다가와 테이블 건너편에서 서로 귓속말을 주고받는다. 표정들이 애매하다. 나는 직감적으로 전복이 소식이라는 걸 알았다. 나를 조사하던 형사가 뭔가 미진하지만 어쩔 수 없다는 얼굴을 하고 나를 한참 쳐다보다가 말한다.

"그만 들어가셔도 좋습니다. 찾긴 찾았는데…… 고향 바다에서 시체를 건졌답니다."

누가 자꾸 내 집 문 앞에서 비밀번호를 누르고 있다. 밤 11시가 넘은 시간이다. 오류를 알리는 기계음이 반복되는데도 침입자는 시도를 멈추지 않는다. 인터폰을 들어 담뱃갑만 한 화면으로 침입자의 얼굴을 확인한다. 한 남자가 여자애를 업은 채다시 비밀번호를 누르려는 중이다.

"누굽니까. 왜 남의 집 문을 열려고 그래요?"

남자는 깜짝 놀라 키패드에서 손을 떼고 한 걸음 물러선다. 본인의 얼굴을 비추고 있는 카메라를 찾느라 두리번거리는 모습이 코믹하다.

"여기 혜슬이 집 아닌가요? 301호라고 그러던데. 비밀번호도 가르쳐줬어요. 0629요. 야, 임혜슬 정신 좀 차려봐. 여기 아니야? 301호?"

남자애가 등에 업힌 혜슬에게 고개를 돌려 고함친다. 남자애의 목소리가 인터폰에서와 동시에 통로를 울리며 거실 문을 통과한다. 그러나 여자애는 축 늘어진 채 미동도 없다.

"106호로 내려가세요. 거기 사는 학생입니다."

"아, 그래요? 어째 좀 이상하다 했어요. 감사합니다. 얘가 고향집이랑 헷갈렸나 봐요. 엄마 보고 싶다고 한참 그러다가 취해버려서…… 아무튼 죄송했습니다."

0629는 임혜슬의 생일이다. 계약서의 주민번호를 보고는 〈6·29 선언〉을 연상하며 기억해놨더니 다른 학생들 것보다 선명하게 오래간다. 주의를 줬건만 버젓이 생일로 비밀번호를 설정해놓은 걸 보면 정말 세상 무서운 줄 모르는 여자애다. 나는 뭔가 불편한 기분에 조급해진다. 저녁때의 일이 자꾸 떠올라서인 것도 같다.

경찰서에서 돌아온 뒤부터 내내 TV 화면을 출입문 쪽 CCTV에 맞춰놓고 있었다. 임혜슬이 나타나길 기다린 것이다. 그러나 임혜슬은 저녁이 되어도 돌아오지 않았다. 해가 기울기 시작하자 길가에서 학생들의 소리가 들려왔다. 정도의 차이는 있지만 모두 약간 흥분한 상태였다. 평소에는 조용한 이쪽 블록에서 흔치 않은 일이기에 생각해보니 오늘부터 대학에서 축제가 시작된 것이었다. 어쩌면 오늘만은 임혜슬이 늦게 들어올지도 모른다고 생각했다. 부디 좀 그러면서 지내길 바란 것도 같다.

현장을 잡아야겠다는 욕심이 느슨해질 때쯤 임혜슬이 화면에 나타났다. 여전히 도서관 책 냄새가 풀풀 풍기는 차림이었다. 경찰의 말 대로 임혜슬은 문 앞에 서서 출입카드를 만지작거리다가 초인종을 눌렀다.

"네, 무슨 일이에요?"

"죄송해요. 카드키를 또 방에 두고 나왔나 봐요."

"잘 챙겨 다니세요."

나는 열림 버튼을 눌러주고 재빨리 집을 나와 계단을 내려갔다. 임혜슬을 층계참에서 맞닥뜨렸다. 나를 보자마자 한껏 당황한 얼굴로 제자리에 얼어붙었다.

"학생, 지금 키 갖고 있는 거 알아요. 매번 왜 그러는 거죠?"

나는 내가 숨을 가쁘게 몰아쉬고 있는 걸 깨달았고 그게 여자애를 겁주고 있다는 생각도 들었지만 어쩔 수 없었다.

"나무라는 게 아니에요. 궁금해서 그래요. 키가 고장 났나요? 얘길 하면 바꿔줄 수 있어요."

임혜슬은 고개를 숙이고 한참 말이 없었다. 그러나 결국 말을 안 하고는 상황을 벗어날 방법이 없다는 걸 알고 꽉 눌린 목소리로 입을 열었다.

"누가 문을 열어주는 집이었으면 했어요. 여긴, 사람은 많은 것 같은데 아무도 없는 집 같아요. 빈집…… 같은 거 말예요. 죄송해요. 앞으론 안 그럴게요."

말끝에서 살짝 울먹임이 느껴졌다. 그러고는 곧장 뒤를 돌아 왔던 길로 나가버렸다. 나는 내가 뭔가를 단단히 잘못했다는 기분이 들어 그 자리에 오랫동안 붙박인 채 움직이질 못했다.

임혜슬의 방으로 내려가 문을 두드린다. 인기척이 없다. 그러나 둘은 분명 방 안에 있을 것이다. 계속 두드리자 한참 만에 문이 열리고 임혜슬을 업고 왔던 남자애가 얼굴을 내민다. 나는 재빨리 문 안쪽을 살핀다. 아무것도 보이지 않지만 남자애의 꼴로 봐선 다행히 아직 아무 일도 일어나지 않은 듯하다. 남자애는 짜증이 묻어나오는 얼굴로 나를 쏘아본다.

"뭐죠?"

"학생도 오늘 밤 여기 있을 건가?"

"네? 뭐……"

됐다. 어른의 반말 한 방에 쉽게 기가 꺾이는 꼴이 역시 몸만 크지 어린애다.

"가줬으면 좋겠어."

"네? 왜요?"

"저 학생이 원치 않을 거야."

"아저씨, 저흰 성인이고요, 저 애가 먼저 전화를 해서 절 불러낸 거예요. 그리고 제 앞에서 저렇게 취했고요. 그럼 얘기 끝난 거 아니에요?"

한 발짝도 밀리지 않겠다는 결기가 제법이다. 그러나 아무리 날을 세워봤자 내게는 스물한두 살짜리의 설익은 오기에 지나지 않는다. 게다가 지금 보니 남자애에게서도 도서관의 책 냄새가 풀풀 나고 있다. 세상을 책으로 배운 치들처럼 만만한 상대는 없다.

"주취 상태에서는 강간이 성립돼. 학생 얼굴은 이 집에 들어서기 직전부터 다 찍혀 있고. 내가 저 학생 부모에게 당부를 받은 게 있으니 괜한 소란 떨지 말고 이만 가줘. 인생 선배로서 조언 하나 하자면, 오늘은 그냥 가는 게 저 앨 꼬시는 데 더 도움될 거야."

남자애는 뭔가 할 말이 더 남은 듯 입술을 달싹이더니 자기 재킷을 들고 나온다. 나는 임혜슬의 방문이 제대로 잠기는 걸 확인하고 남자애를 배웅한다. 어깨가 축 처진 것이 안쓰러워 보이기까지 했다. 남자애가 계단을 내려가려다 말고 돌아섰다.

"절 좋아해줄까요? 사실 오늘 좀 놀랐거든요. 그렇게 만나달라고 해도 차갑기만 하던 애가……"

남자애의 눈빛이 아까와는 다르게 눅눅해져 있다. 아마 둘을 그냥 뒀더라도 아무 일 일어나지 않았을 것이다.

"잠깐 따라와."

나는 남자애를 내 집 앞으로 데려와 잠시 세워두고는 냉동실에서 아이스박스째 얼어 있는 전복을 쇼핑백에 담아 내온다.

"전화 한 통 받고 곧장 나왔다면 학생도 이 근처 어디에서 자취하나 보네. 객지에서 공부하려면 잘 먹어야지. 이거 라면에라도 넣어봐. 기막힐 거야. 나갈 때 문 잘 닫아주고."

남자애를 보내고 돌아서니 넓은 거실이 눈에 들어온다. 형사는 이 거실을 보고 자기 집보다 넓겠다고 했다. 문득, 내가 빈 집에 살고 있구나 하는 생각이 든다.

며칠 뒤, 밤늦게까지 인터넷을 뒤져 지역 신문에서 전복이 사건 기사를 겨우 찾았다. '신모 양'은 동갑내기 '권모 군'과 고향 인근 바닷가로 밀월여행을 왔다가 권 군을 먼저 올려보낸 뒤 일을 저질렀다. 신 양은 자살 직전 권 군에게 이메일이나 문자메시지가 아닌 보통우편으로 유서를 부쳤는데 그 내용의 일부가 공개됐다. 유서에 따르면 신 양은 "완전한 사랑을 찾은 이 순간을 영원히 지키고 싶어서" 바다에 뛰어들었다고 한다. 기사는 신 양이 파트리스 르콩트 감독의 영화 「이발사의 남편」(번역된 제목은 '사랑한다면 이들처럼')을 모방한 것이라고 했다. 말미에 영화를 언급한 데서는 기자의 먹물스런 허세가 느껴지기도 했다. 장례가 끝나야 방을 비우겠지? 어디선가 갑자기 "아저씨 최고!" 하는 목소리가 들려 컴퓨터를 꺼버렸다.

소파에 누운 채 TV를 보다가 깜빡 잠들었던 모양이다. 주방 쪽에서 무슨 소리가 들려 깼다. 시계는 새벽 4시를 넘기고 있다. 몸을 일으키는데 사지가 뻣뻣한 게 내 몸이 아닌 것만 같다. 주방의 광경을 보고 잠시 머릿속이 하얘진다. 냉장고 냉동실의 문이 열려 있고 그 안에 작은 아이스박스에서 수많은 전복들이 언 몸을 비틀어 얼음을 떨궈내며 기어 나오고 있었다. 며칠 전에 분명히 임혜슬을 데리고 온 남학생에게 줘버렸는데 언제 다시 돌아와 있는 건지 모르겠다. 그리고 전복은 다섯 마리가 아니라 어림잡아 쉰 마리도 넘어 보인다. 그러고도 아이스박스에서 계속해서 기어 나오고 있다. 전복들의 행진은 느리고 매끄럽지만 완강하다. 나는 어느새 발아래에 닿은 선두에게 길을 비켜준다. 거실 문에서 다시 막히는 걸 보고는 달려가 문을 열어준다. 계단을 따라 부드럽게, 꾸준히 전복의 물결이 흘러내린다. 나는 1층까지 따라 내려간다. 전복의 흐름은 건물 출입문 앞에서 열릴 때까지 기다렸다가 다시 이어진다. 나는 건물 밖으로 나와서는 더 이상 그들을 따라가지 못하고 멍하니 서서 길 저편으로 이어지는 대열을 바라본다. 조가비들이 달빛을 받아 반짝인다.

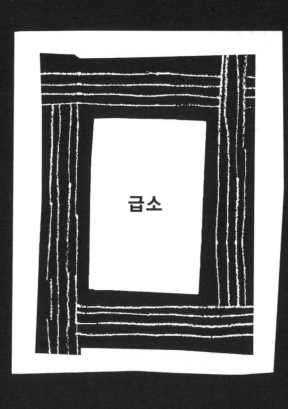

급소

차 앞유리에 물기가 달라붙는다. 헤드라이트 빛 아래로 길게 뻗은 중앙선이 뿌옇게 흐려지고 곧 시야 전체가 흐물흐물 뭉개지기 시작한다. 나는 운전대를 잡고 있는 장을 쳐다본다. 뭔가 깊은 생각에 잠긴 사람 같다. 비가 오네요, 하고 일깨워주려는데 장이 핸들 아래쪽을 더듬어 레버를 조작한다. 낡은 트럭의 녹슨 와이퍼가 삐걱삐걱 소리를 내며 움직이자 뒷좌석에 조용히 엎드려 있던 백주와 흑주가 소리를 듣고 끙끙대며 몸을 일으킨다. 트럭 안에 누릿하게 개 비린내가 일렁인다.

"가만있어."

장이 뒤쪽의 기척에 대고 낮은 목소리를 던진다. 덩치 큰 두 잡종견은 와이퍼의 움직임을 따라 좌우로 고개를 움직이다가 곧 시들해져 가만히 엎드린다. 나는 뒤로 손을 뻗어 대가리를 한 번씩 쓰다듬어준다. 따뜻하고 축축한 혀 두 개가 내 손을 핥아댄다. 저 멀리 앞쪽에서 불빛이 나타나 빠르게 다가와서는 아슬아슬하게 비껴간다. 우리보다 훨씬 큰 화물차다. 나는 축축해진 손을 바지에 문질러 닦으며 방금 두 차가 정면으로 들이받았더라면 어땠을까 생각해본다. 짜릿한 광경이 슬로모션으로 펼쳐진다. 이렇게 꼬리뼈 언저리를 자극하는 상상을 하다 보면 시간이 훌쩍 지나가 있곤 하는 게 좋다.

장이 핸들을 꺾어 농로로 빠진다. 농로는 폭이 좁다. 이런 데서 다른 차와 마주치면 둘 중 하나는 길게 후진해야 할 것이다. 왠지 장은 절대 양보하지 않을 것 같다. 두 대의 트럭이 이마를 맞댄 채 안간힘을 쓰고 있는 그림을 떠올려본다. 장이 차를 세우면서 내 짜릿한 상상은 곧바로 흐지부지되고 만다.

비가 좀 내리는 줄 알았는데 밖에 나와 보니 겨우 물기가 흩날리고 있는 정도다. 가슴장화를 입고 뜰채와 빈 자루를 챙기는 동안 장은 개들을 뒷좌석에서 끌어내려 짐칸의 철골에 묶는다. 녀석들은 익숙한 듯 고분고분하다. 장이 개들을 잠시 묶어놓는 게 아니라 아주 동여매는 걸 보고 고개가 기울어진다.

"애네, 데려가는 거 아니었어요?"

"아직 어리다."

"딱히 필요하지 않으면 집이라도 지키게 하는 게 낫지 않았어요?"

장이 작은 눈을 세모꼴로 뜨고 나를 노려본다. 한 겹 싸늘한 바람이 장과 나 사이를 스친다. 나보다 머리 하나쯤 더 큰 장은 그렇게 노려보는 것만으로 충분히 위협적이다. 연달아 질문을 던진 게 실수였나 보다.

"개들 말이냐, 너 말이냐?"

이번에는 내가 입을 다물어버린다. 나는 오랫동안 대답할 말을 찾지 못하고 장은 내 대답을 기다려주지 않는다. 자기 짐만 챙겨 등을 돌리는 장을 따라 허둥지둥 나서다가 뒤를 보니 백주와 흑주가 슬금슬금 다가온다. 그러다가 목줄이 당기자 몇 번 흔들어보곤 가만히 이쪽을 바라보고 선다. 비를 맞으면서도 저렇게 충직하게 주인을 기다리며 서 있으려나 싶었는데 녀석들은 그럴 리가 있냐는 듯 슬그머니 트럭 아래로 기어 들어가서 배를 깔고 엎드린다. 어떻게 돌아가고 있는 건지 나만 빼고 모두가 잘 알고 있는 것 같다.

물기를 머금은 바람이 옷 속으로 파고든다. 젖은 이불을 덮고 있는 기분이다. 멀리 뒤쪽에서 차 한 대가 요란하게 어둠을 가른다. 덮칠 듯 다가왔다가 순식간에 멀어져가는 소리마저 차갑고 축축하다. 발밑의 돌덩이들도 물기를 입고 미끄럽다. 나는 조금씩 거리가 멀어지는 장의 등에 손전등을 비춰본다. 골프채의 헤드가 장의 널찍한 어깨 위로 고개를 빳빳이 내밀고 있다. 마치 목이 너무 가늘고 긴 어떤 새를 보는 것 같다. 타조는 얄밉게, 홍학은 멍청하게 생겼어. 그리고…… 그리고……

다른 표현은 생각나지 않았다. 내가 아는 타조나 홍학은 「동물의 왕국」에서 본 게 전부였다. 동물원에 다녀왔다는 애들과 말을 섞어야 할 때가 있었는데 동물들에 대한 내 독창적인 묘사에 친구들은 늘 어딘가 미심쩍다는 표정을 지어 보였다.

발밑의 돌덩이 때문에 걸음이 자꾸 엉킨다. 어느 순간부터 바람에 비릿한 풀냄새가 섞여들어 있다. 손전등으로 주위를 비춰본다. 온통 풀밭이다. 길게 곤두선 풀들이 나를 흘깃거리며 수군댄다. 괜히 온몸이 빳빳해진다. 장이 뒤돌아 손전등으로 나를 빠르게 훑는다. 나는 거리가 제법 벌어졌음을 깨닫고 몇 걸음 뛰어 따라붙는다. 서두르다가 또 돌덩이를 밟고는 잠시 중심을 잃는다.

"못하겠으면 돌아가거라."

장이 내 얼굴에 손전등을 겨눈 채 말한다. 눈이 아파 고개를 숙인다. 돌아가라는 말이 트럭에 가 있으란 뜻인지 아주 떠나버리라는 뜻인지 헷갈린다. 눈이 계속 아프다.

"아니에요."

나는 고개를 들지 못한 채 쥐고 있는 뜰채만 꽉 붙든다. 이제 겨우 일주일이 지났다. 아직은 장의 눈에 들 기회가 있을 것이다. 장이 나를 좋아하지 않는 이유는 내가 멍청하기 때문이다. 나는 어릴 때부터 눈치가 빠른 편인데 다만 필요할 땐 그런 기지가 발휘되지 않는 게 문제다. 낮에 이 뜰채를 사러 갔을 때가 꼭 그랬다.

쓰던 게 낡았으니 바꿔야 한다며 장이 시킨 일이었다. 되도록 큰 것으로 사 오라고 했다. 두 시간을 걸어서 읍내에 하나 있는 낚시집을 찾아갔다. 그리고 주인에게 아주 커다란 뜰채를 달라고 했다. 처음 것은 매를 잡는 잠자리채라고 해도 좋을 만큼 컸다. 그러나 나는 고개를 저었다. 두번째 것도 처음 것과 크게 다르지 않았다. 나는 다시 고개를 저었다. 장이 나를 좋아하게 하려면 아무래도 더 큰 뜰채가 필요할 것 같았다.

고래라도 잡으려고?

그렇게 말한 주인은 매장 뒷문으로 사라졌다가 꽤 시간이 흐른 뒤에 나타났다. 아가리는 훌라후프를 꺼놓은 것 같고 대의 길이는 내 키만 한 뜰채를 본 순간 정말 돌고래 따위를 잡는 용도가 아닐까 싶었다. 뜰채의 가격은 장이 준 돈보다 훨씬 쌌다. 그냥 싼 정도가 아니라 장이 내게 터무니없이 많은 돈을 맡긴 것 같았다. 나는 영문을 알 수 없어 낚시집 주인에게 몇 번이나 되물어보고 나서야 값을 치를 수 있었다.

미련한 놈……

장은 내가 사 온 뜰채를 보곤 작은 눈이 잠깐 커졌다가 곧 평소처럼 밋밋하고 싸늘한 표정으로 돌아갔다. 나는 어렵게 연습하지 않아도 장의 그 싸늘한 표정과 뒤를 흐리며 그르렁거리는 말투를 똑같이 흉내 낼 수 있을 것 같았다. 장과 나는 아주 많이 닮았기 때문이다.

바꿔…… 올까요?

말을 하면서도 네 시간 넘게 걸어서 다녀온 거리가 아득히 떠올랐다. 발바닥이 뜨거웠고 정강이도 욱신거렸다.

됐다. 꾀가 없으면 몸으로 때워야지.

남겨 온 돈을 되가져가며 낮고 단호하게 호통치듯 말하고 돌아서는 장을 쳐다보며 속으로 방금 그 말을 따라해봤다. 꾀가 없으면…… 한 번쯤 써먹어보고 싶은 어른들의 말이었다. 그런데 혹시, 뜰채 값이라고 맡긴 그 큰돈은 나더러 그걸 가지고 떠나라는 뜻이었을까? 갑자기 슬퍼져 눈두덩이 화끈거렸다.

돌덩이가 덜 밟힌다 싶더니 얕은 물이 철벙인다. 가슴장화를 입었는데도 발목을 휘감고 올라오는 찬 기운에 몸서리가 쳐진다. 물풀의 비릿한 냄새도 코앞에 바짝 다가와 있다. 줄기잎사귀들이 바람에 쓸리는 소리가 소란스럽다. 자기네끼리 무슨 신호를 주고받는 게 아닌가 싶다.

장이 느리게 걸으며 손전등으로 사방을 구석구석 더듬는다. 허리 높이로 빽빽하게 자라 있는 물풀들이 손전등 빛이 닿을 때마다 숨을 죽이고 이쪽으로 고개를 돌린다. 마치 비밀을 지키기 위해 어떤 짓이든 하도록 훈련받은 경계병들 같다. 이대로 습지를 지나면 강이 나올 것이다. 놈들은 주로 야간에 습지와 뭍을 오가며 활동한다고 했다. 장의 뒤에 붙어서 몇 번 굽이굽이 휘젓고 다니다 보니 앞과 뒤가 헷갈리기 시작한다. 걸을 때마다 진흙이 발목을 움켜잡는다. 장은 느리지만 확실한 걸음으로 내내 앞서가고 있다.

장이 걸음을 멈추고 손전등을 내게 건넨다. 그런 뒤 스탠드 각도를 조절하듯 내 손을 움직여 빛이 한 곳을 겨누도록 고정한다. 나는 빛이 닿은 곳으로 온 시선을 모아보지만 물풀 더미 속에서 다른 것을 구분해내지 못한다. 장은 넋을 놓고 있는 내게서 뜰채를 빼앗아 빛이 가리키는 곳을 향해 조심스럽게 다가간다. 한 손엔 골프채를, 한 손에는 뜰채를 들고 자세를 잔뜩 낮춘 장의 움직임이 나에게 따라오지 말라고 얘기하고 있다.

갑자기 거칠게 인 바람으로 물풀들 사이에 틈이 생긴다. 틈 안쪽에서 얼핏, 검고 반지르르한 형체가 드러난다. 의심할 것 없이 늪돼지다. 다음 순서를 생각하기도 전에 장이 이미 뜰채를 뻗었다. 이어서 바닥에 엎어진 뜰채의 손잡이를 재빨리 밟는다. 틀이 바닥에 밀착된 뜰채 그물이 사방으로 솟아오른다. 물이 튀고 풀이 뒤엉키는 소리에 바람도 부슬비도 모두 잠시 침묵한다. 장은 그물 쪽으로 차근차근 손잡이를 밟아 나간다. 갇힌 놈은 발악하며 듣기 거북한 소리를 내지른다. 가까이 가서 보고 싶지만 발이 물밑에 박혀 떨어지지 않는다. 장이 다가서자 놈은 이제 뛰어오르지도 않고 비명을 한 호흡에 길게 내지르며 위협한다. 높고 절박한 소리에 소름이 돋는다. 장은 놈이 설쳐대는 꼴을 잠시 내려다보기만 한다. 난동이 쉽게 그칠 것 같지는 않다.

"그놈, 성질 한번 별나다."

장이 골프채를 어깨 위로 들었다가 짧게 호를 그으며 내려친다. 한 번, 두 번, 세 번…… 헤드가 공기를 가르며 떨어질 때마다 금속 덩어리가 거죽을 무시하고 뼈에 바로 닿는 소리가 따악, 따악 울린다. 마치 내 두개골이, 내 어깨뼈가 깨지는 것 같다. 매가 떨어질 때마다 짐승은 자지러지며 울부짖는다. 그러거나 말거나 매질은 규칙적으로 계속된다. 지치는 기색도 없다. 간결하고 매끈한 타격은 지난 일주일 동안 매일 낮에 마당가에서 봐온 것과 똑같다. 장은 마당 한쪽에 절반쯤 묻어놓은 타이어를 골프채로 후려쳤다. 나는 그게 사냥 연습이라는 걸 눈치로 알고 있었다. 무언가를 저렇게 내려치면 남아날 게 없을 것 같았고 꼭 실제 장면을 보고 싶었다.

스윙을 할 때 손목은 방향만 잡는다. 허리는 상체를 지지해주고 무릎의 각도로 헤드가 타격하는 높이를 조정한다. 놈은 가죽이 두껍고 뼈가 단단한 데다 급소가 없다. 빠르고 강하게, 충분히 두들겨 패야 한다.

혼자 집을 지키며 방 청소를 하다 앉은뱅이책상 아래쪽에 차곡차곡 쌓아둔 노트를 발견했다. 들춰보기가 조심스러웠지만 내가 봐선 안 될 것을 그렇게 허술하게 보관하진 않을 거라는 생각이 들었다. 마침 장은 시청에 다녀오겠다고 나선 참이라 시간은 충분했다. 장은 사냥에 관한 모든 것을 기록하고 있는 것 같았다. 처음부터 차근차근 장의 노트를 읽을수록 나도 사냥을 배워 장을 돕고 싶어졌다. 무언가 쓸모가 있다면 장이 나를 받아들여주지 않을까 해서였다. 장이 돌아왔을 때 얘기해 봤지만 장은 허락하지 않았다. 나는 시위하는 심정으로 장대를 주워 와서 타이어를 두들겼다. 생각보다 힘이 들어 다른 도구를 쓰면 안 되는지 궁금해졌다. 그 순간 장의 노트에서 읽은 구절이 떠올랐다.

어떤 자는 덫을 놓거나 올무로 포박한 다음 주머니칼로 모가지를 딴다고 한다. 자비로운 일이다. 그러나 덫이나 올무 따위로 무엇을 할 수 있을까.

깊이 생각해보지 못했던 문장이 머릿속을 맴돈다. 자비로운 일이다. 그러나 덫이나 올무 따위로 무엇을 할 수 있을까······ 장은, 뭘 하려는 걸까?

"얼른 치워라."

매타작을 멈춘 장이 골프채를 지휘봉처럼 휘두르며 명령한다. 죽은 것을 뭍으로 옮겨놓는 일은 내 몫이다. 나는 손전등을 사체 쪽으로 고정한 채 철벅거리며 다가간다. 장의 주변 물풀 사이의 물빛이 검붉다. 물살이 거의 없어서 놈의 피가 흩어지지 못하고 웅덩이를 만들고 있다. 방금까지 숨 쉬고 소리 지르고 발악하던 놈을 장이 가르쳐준 대로 꼬리를 잡고 들어올린다. 그래야 행여 숨이 붙어 있어 마지막 발광을 하더라도 이빨이나 발톱에 다치는 일이 없다고 했다. 어림잡아 10킬로그램은 되겠다. 거꾸로 들린 놈의 아가리에서 핏물이 질질 흘러 늘어진다.

언제 어디서 어떻게 들어왔는지는 아무도 모른다. 아래턱 양쪽에서 주둥이 밖으로 엄니가 삐죽 나와 있어 늪에 사는 멧돼지로 불리다가 늪돼지로 정착됐다. 그러나 발은 수달, 꼬리는 쥐를 닮았다. 장의 노트에는 농가의 밭이 기계로 갈아엎은 듯 완전히 망가지는 사례가 생기기 시작했다고 적혀 있었다. 주로 뿌리작물을 중심으로 큰 피해가 일어났다. 강과 연못에서는 토종 어류뿐만 아니라 배스와 황소개구리조차 개체 수가 가파르게 줄어들었다. 개울가에 놓아 먹이던 흑염소 어미와 새끼가 내장을 드러낸 채 발견되기도 했다. 한 노파가 장마에 논을 돌보러 나갔다가 습격을 받는 일도 벌어졌다. 종아리를 물렸으나 물린 곳보다는 넘어지면서 깨진 엉치뼈가 더 치명적이었다. 노파는 결국 급성 패혈증으로 사망했다. 강변에 지어진 고급 아파트 단지의 방범카메라에 늪돼지 일가족이 포착되기도 했다. 뒷짐 지고 있던 정부는 그제야 대책을 세우기에 바빴고 곧장 대대적인 퇴치사업을 벌였다.

정부가 포상제를 도입하던 당시에는 한 마리당 지금의 다섯 배 가격이 걸려 있었다. 그만큼 늪돼지는 쉬운 사냥감이 아니었다. 그러나 돈이 되기 때문에 사냥꾼 수는 꾸준히 늘었다. 요령 없이 덤벼들었다가 다치는 사람이 부지기수였고 더러는 목숨을 잃기도 했다. 늪돼지의 개체 수가 줄어들면서 실력이 모자라는 사냥꾼은 늪을 떠나야 했다. 살아남은 놈들은 훨씬 예민하고 사납고 영리했다.

어느새 여섯 마리째 수확이다. 아직 밤은 많이 남았다. 구름이 갈라지며 한껏 부푼 달이 얼굴을 내민다. 바람에 실린 물기도 이젠 별로 느껴지지 않는다. 사냥을 하기에는 최적의 조건이다. 매질을 그친 장이 모자를 벗는다. 달빛 아래에서 장의 몸과 머리 위로 허연 김이 솟구친다. 프로레슬러 같은 체구를 감싸고 있는 허연 기운은 장을 마치 다른 세계에서 온 사람처럼 보이게 하고 있다. 장이 나를 향해 고개를 돌리다가 손을 들어 눈을 가린다. 나는 나도 모르게 손전등 빛을 장에게로 쏘고 있었다는 걸 깨닫고 얼른 빛을 거둔다.

"짐들 챙겨라."

장은 뜰채와 골프채를 내 쪽으로 던진 다음 바닥에 늘어진 놈의 꼬리를 잡고 들어 올린다. 그것마저 내게 넘길 줄 알았는데 장이 직접 운반한다. 자세히 보니 아직 숨이 붙어 있는 탓이겠다. 놈은 애써 몸을 뒤척여보지만 허공에는 의지할 것이 없다. 나는 장이 내던져놓은 것들을 집어 들고 따라붙는다.

"좀 쉬었다가 다시 시작하는 거죠?"

"……"

"이제부터 제가 한번 해볼까요?"

"……"

"겨우 나왔는데 제 몫은 해야죠."

뭍으로 나와서까지 대답 없는 질문을 던지는데 묵묵히 앞서 가던 장이 갑자기 몸을 돌려 내 손에서 골프채를 빼앗더니 그 대로 휘둘렀다. 휘둘렀다,는 생각이 드는 순간 숨이 콱 막히고 왼쪽 정강이에서 바위를 걷어찬 듯한 통증이 뼈를 타고 정수리 까지 올라왔다. 나는 한 발로 깡총거리다가 어깨에 메고 있던 무거운 자루를 떨어뜨리고 그 위로 자빠지고 만다. 자루 안에 서 물컹거리는 사체들이 내 몸을 잡아끄는 듯한 느낌에 소스라 치며 일어난다. 그러나 다리의 통증 때문에 제대로 서 있기가 힘들다. 장이 검객처럼 골프채를 내게 겨눈 채 말한다.

"한 번 더 나대다가는 그 다리, 다시는 못 쓸 줄 알아라."

장은 또 저 혼자 몸을 돌려 걷는다. 무거운 자루를 짊어지고 아픈 다리를 끌자니 따라잡기가 힘들다.

백주와 흑주가 멀리서 짖어대고 있다. 가까이 다가가자 녀석 들은 차를 끌고라도 달려올 기세로 네 발로 번갈아 바닥을 긁 고 목줄을 마구 흔들어댄다. 장이 늪돼지를 던져주자 두 녀석 은 짖는 것을 멈추고 발 앞에 떨어진 것을 향해 몸을 납작 깔며 으르렁댄다. 늪돼지는 잠시 죽은 듯 엎어져 있다가 천천히 움 직여 강 쪽으로 몸을 튼다. 앞다리의 움직임도 둔한데 뒷다리 는 바닥에 질질 끌리기만 한다. 장의 매질에 어딘가 손상된 게 틀림없다. 두 마리 개는 물체가 움직이는 것을 보자마자 달려

들어 거칠게 숨을 몰아쉰다. 하지만 바로 물지는 않는다. 늪돼
지는 개들의 서슬에 더 기어가지 못하고 결국 배설물을 지리고
만다.

"물어!"

장의 신호가 떨어지자마자 두 녀석이 동시에 물어뜯기 시작
한다. 반쯤 실신한 늪돼지는 몸을 파고드는 이빨에 힘없이 비
명을 흘려보다가 체념한 것처럼 고개를 떨어뜨린다. 개들이 놈
의 살가죽을 물고 거세게 흔들 때마다 놈의 고개와 사지가 덜
렁거린다. 백주가 놈의 목덜미를, 흑주가 뒷다리 하나를 물고
잡아당기기 시작한다. 두 힘이 팽팽하게 맞서는 바람에 사체가
공중에 붕 떠오른다. 물고 있는 힘을 줄이지 않은 채 서로를 향
해 으르렁거리는 꼴이 여차하면 둘이 붙을 기세다. 두 녀석 모
두 포기할 기색이 보이지 않고 힘은 어느 쪽으로도 기울지 않
는다. 흑주가 반동을 주며 잡아당기자 살가죽 찢어지는 소리가
들린다. 어두워서 어느 부위인지는 보이지 않는다.

"그쳐!"

장이 다시 신호를 내린다. 백주가 재빨리 아가리를 벌리고
물러난다. 팽팽하던 힘이 갑자기 사라지자 흑주는 어리둥절하
다. 꼬리를 내리고 귀를 접었으나 문 것을 놓지는 않는다. 아가
리 틈새로 무언가 끈끈한 액체가 질질 흘러내리고 있다.

"그쳐!"

장이 다시 외친다. 그러나 흑주는 아쉽다는 듯 망설이기만

한다.

"이, 개새끼가."

장이 골프채를 휘둘러 흑주의 옆구리를 가격한다. 흑주는 외마디 비명과 함께 물고 있던 것을 떨어뜨리고 트럭 밑으로 기어든다. 장이 다가가서는 목줄을 짧게 잡고 끌어낸다. 개가 네발을 바르작거리며 버티느라 작은 돌과 흙이 이리저리 튄다. 하지만 트럭 밖으로 끌려나오는 데는 오래 걸리지 않는다. 장은 한 손으로 멱살을 잡듯 목줄을 당겨 붙들고 다른 한 손으로 골프채를 짧게 잡고 개를 구석구석 두들기기 시작한다. 고통은 주되 다치지는 않을 만큼의 매질이다. 흑주가 비명을 지르는 동안 백주는 앉아 있던 자리에 엎드리며 고개를 돌린다. 땅에 널브러진 늪돼지 사체는 겨우 형체만 알아볼 수 있을 정도로 넝마가 돼 있다. 장은 한참이 지나서야 흑주를 놓아준다. 흑주는 우는 소리도 내지 못하고 제자리에 누워버린다. 순식간에 일어난 일들이 커다란 현기증을 일으켜 함부로 움직일 수가 없었다.

"자루에 담아라. 어서!"

장의 호통에 겨우 정신을 차리고 주위를 살펴 자루를 찾고 아가리를 벌린다. 늪돼지 사체를 들어올리는데 놈의 복부에서 뭔가가 후드득 쏟아진다. 쏟아진 것은 곧장 바닥에 닿지 못하고 몸체에 매달려 다른 것들을 자꾸 밖으로 끌어내린다. 놀란 나는 놈을 떨어뜨리고 만다. 그런 뒤 뭘 어떻게 해야 할지 몰라

54

장을 쳐다본다.

"밤샐 거냐?"

나는 여전히 흐릿한 정신으로 바닥에 놓인 자루의 아가리를 벌린 채 일단 놈의 몸체를 밀어 넣는다. 손이 떨리고 자꾸 미끄러져 오래 걸린다. 그런 뒤 쏟아진 내장을 두 손으로 움킨다. 역한 냄새와 함께 아직 남아 손바닥으로 전해져오는 온기에 정신이 번쩍 든다.

와, 씨발. 이건 진짜 짜릿하다.

장을 따라 시청에 왔다. 시에서 늪돼지를 사주는 날은 매주 화요일과 금요일 이틀뿐이다. 조만간 일주일에 한 번으로 줄어들 거라는 얘기도 돈다. 처음에는 시청 뒷마당이 아니라 시에서 미리 공지해주는 야산이었다. 야산에서는 공무원들이 중장비를 동원해 파놓은 집채만 한 구덩이가 사냥꾼들이 잡아온 늪돼지들로 일주일에 서너 번씩 메워진 적도 있다고 한다. 믿기 힘들었지만 장의 노트에서는 과장된 표현을 만나는 건 드문 일이었다. 장이 시키는 대로 트럭에서 자루 세 개를 옮겨놓는다. 집채만 한 구덩이를 메울 정도는 아니더라도 장날만큼은 붐비곤 했다는 시청 뒷마당엔 이제 우리 말곤 아무도 없다. 잠시 뒤 청사의 쪽문이 열리고 한 남자가 나타나 느린 걸음으로 우리를 향해 걸어왔다. 단체복으로 보이는 감색 점퍼 차림의 뚱뚱한 체구에, 일부러 그러는 것 같은 거만한 걸음걸이가 이유 없이 불쾌해진다.

"맨날 마감 지나서 오시네. 좀 일찍일찍 다니시라니까."

남자는 손에 들고 있던 서류철을 겨드랑이에 끼고 담배를 빼물며 말한다. 점퍼 앞섶 사이에 자리 잡은 붉은색 넥타이가 안쓰러워 보일 정도로 목이 두껍다. 그는 담배에 불을 붙이면서 빠르게 나를 살폈으면서도 안 그런 것처럼 태연히 장에게 담배를 권한다. 두 사람은 담배 연기를 두어 번 내뿜을 동안 말이 없다.

"그, 아들이란 애가 이 친구예요?"

남자의 질문에 장의 표정이 일그러진다.

"주둥아리들을 다 꿰매버리든지 해야지 원, 제길……"

장이 말하다 말고 담배 연기를 아주 길게 내뿜는다.

"뭐얼, 나쁜 소문도 아니고, 부럽기만 한데요? 난 어디서 이렇게 다 큰 아들 하나 안 나타나나 몰라. 내가 자빠뜨린 여자들, 열에 하나씩만 쳐도 축구단 정도는 만들고도 남는다니까? 지금이야 이렇지 옛날엔 꽤 괜찮았거든요."

"어쩐 일로 서 과장이 직접 나오나 했더니 날 놀리고 싶어서 그랬구만. 흰소리 그만두고 빨리 값이나 쳐줘."

"아무렴 제가 장 엽사님 놀리자고 나왔겠습니까. 우선 이것부터 처리하고 저랑 얘기 좀 하시죠. 열두 마리 맞죠?"

남자가 대답을 듣지 않고 서류철을 열어 뭔가 적으려는데 장이 남자를 향해 손바닥을 들어 보인다.

"다섯 늘었어."

"어? 왜요?"

남자가 볼펜 든 손으로 안경을 밀어 올리며 묻는다. 안경알 너머에서 쌍꺼풀 짙은 눈이 화난 듯 커져 있다.

"입이 늘었잖은가."

장이 턱짓으로 나를 가리키며 말하자 남자는 서류철을 덮어 버리고 두 손을 옆구리에 얹는다.

"아 다들 왜 이러나 몰라, 알 만한 분들이? 그렇잖아도 예산이 깎이네 마네 하는데 이렇게 씨를 말려버리자고 들면 어떡합니까. 아니, 나 좋자고 이런 소릴 해요? 나야 싹 박멸해버리면 실적 쌓고 더 좋지. 근데, 그런 담에 엽사님은 어쩌려고? 뭐 다른 일 하시게?"

남자가 존댓말과 반말을 섞어 따박따박 말하는 동안 장은 먼 산만 볼 뿐이다. 나는 트럭에 가서 장의 골프채를 가져오면 어떨까 생각한다. 놈은 가죽이 얇고 뼈가 무른 데다 온몸이 급소 투성이다. 빠르고 강하게, 한 번이면 제압될 것이다.

"이제부터는 한 다섯쯤 더 잡아올 생각이야. 대신 육 대 사로 하세. 그러면 되겠는가?"

남자는 장의 말을 듣고 볼펜을 세워 한참 동안 머리를 긁적인다.

"너무 야박하다 말아요. 일이 되게 하느라 나도 인사해야 할 데가 많은 거 알잖아."

둘의 대화는 그것으로 끝이다. 남자는 빠른 손놀림으로 뭔가를 써서 장에게 건넨다. 그리고 장이 그걸 받아 잘 접어 점퍼 안주머니에 갈무리하길 기다렸다가 잔뜩 조심하는 목소리로 장의 귀에다 대고 속삭인다.

"그런데 말예요, 뭐 좀…… 그쪽에 요새 이상한 분위기 없어요?"

"뭐가?"

남자는 넘겨짚듯 물어보느라 장에게 몸을 기울이고 있다가 장의 뚱한 반응에 천천히 허리를 젖히고 원래의 자세로 돌아온다.

"딴 게 아니라, 사람이 자꾸 바뀌고 있어서요. 짚이는 게 없는 건 아닌데……"

남자가 말을 하다 말고 나를 본다. 나는 몇 걸음 물러나 둘을 등지고 기다린다. 너무 멀리 떨어진 바람에 아무리 신경을 곤두세우고 귀를 기울여도 들리지 않는다. 둘이서 속닥이는 대화는 꽤 오래 이어진다.

시청에 다녀온 뒤로 장의 얼굴이 계속 어둡다. 본래의 무표정과는 분명히 다르다. 마치 머리에 무거운 걸 이고 있는 표정이다. 사냥 연습도 안 하고 마루에 앉아 허공만 바라보며 한숨 짓다가 자주 담배를 피워 문다.

나는 장이 보는 앞에서 장대로 타이어를 두드린다. 틈틈이 장의 노트에서 읽은 대로 연습했다. 내 생각에는 조금씩 자세가 잡혀가는 것 같은데 장의 눈에는 어떻게 보일지 궁금하다. 한참을 두드리고 있으니 몸이 뜨거워지고 숨이 가빠온다. 이마에 맺힌 땀이 눈을 찌르고 들어온다. 손바닥이 얼얼하다. 셔츠를 벗고 다시 장대를 든다. 장대가 공기를 가르는 묵직한 소리와 타이어를 후려칠 때마다 터져 나오는 타격음이 귀에 익다. 소리의 기억이 몸의 기억을 부른다. 제가 안 그랬어요. 거짓말마. 너 같은 건 맞아야 돼. 아니에요. 다시는 안 그럴게요. 이 도둑놈, 내가 모를 줄 알았니? 아파요. 제발요. 어디서 이런 새끼가 나왔나 몰라. 니 애비한테나 가버려. 아파요 엄마, 살려주세요. 닥쳐, 여기 니 엄마 없어.

"왜 그렇게 화를 내고 있는 거냐?"

장이 마루에 앉아 나를 보고 있다는 걸 깜빡 잊었다. 장의 목소리에 놀라 장대를 내리고 두 손으로 모아 잡은 채 장을 향해 선다. 숨이 가빠 가만히 서 있기가 힘들다. 장은 어느새 평소의 무표정으로 돌아와 싸늘히 나를 노려보고 있다. 무거운 걸 이고 있는 듯하던 어두운 기운은 사라지고 없다.

"밤에 나가서 밥값이라도 하려면 함부로 힘쓰지 마라."

장은 천천히 몸을 돌려 방으로 들어간다. 잠이라도 자둘 모양이다. 엄마도 저렇게 혼자 한참 동안 뭔가를 생각하다가 나를 남겨두고 방에 들어가버리곤 했다. 생각해보면 내가 엄마의 지갑을 건드린 적이 없다는 건 중요하지 않았다. 엄마는 술에 취하면 늘 외롭다는 말을 했다. 엄마는 그냥 외로웠을 뿐이었다. 외롭다는 건 깨고 부수고 때리지 않으면 사라지지 않는 기분이었다. 아주 가끔, 엄마는 외로워하다가 나를 꼭 껴안아 준 적도 있지만 대개는 날 좀도둑으로 몰아세우거나 불필요한 짐짝 취급하며 때렸다. 그래도 나는 엄마가 분명히 나를 사랑한다고 믿었다. 다만 내가 모르는 무엇 때문에 그 사랑을 이상하게 표현하고 있는 것뿐이었다. 엄마가 나를 때리다 말고 우울한 얼굴을 하고 앉아 있으면 나는 조용히 엄마에게 가 안겼다. 그러면 엄마는 아무 말 없이 내 머리를 쓰다듬어줬다. 나는 맞아서 아프거나 욕 들어서 서러운 건 까맣게 잊고 엄마의 외로움이 풀려 다행이라고만 생각했다. 그러나 엄마가 안겨오는 나를 밀쳐내고 방으로 들어가버리면 내가 할 수 있는 게 하나도 없었다. 서너 걸음이면 엄마를 따라 방문을 열고 들어갈 수 있는데도 늘 그 거리가 아득했다. 엄마가 화를 풀면, 술냄새가 좀 가시면 방으로 들어가려고 기다리다가 얻어맞은 자리를 매만지며 밤새 맨바닥에서 오들오들 떨었다. 아침이 와도 엄마는 오랫동안 깨지 않았고 나는 냉장고를 뒤져 먹을 수 있는 것이면 아무거나 꺼내 요기를 한 뒤 학교에 갔다. 나는 그렇게 어느덧 열여섯 살이 되었다. 어느 날 엄마는 내게 작은 돈다발과 종이쪽지를 내밀었다. 종이쪽지에는 처음 보는 주소가 적혀 있었다.

나도 이제부턴 사람답게 좀 살아보려 해. 호구 영감을 하나 물었는데, 너까진 데려갈 순 없대. 사람 시켜서 그 주소 알아내느라 지금까지 내가 밑구녕 팔아 모은 돈 다 털어 넣었어. 거기 적힌 데로 찾아가봐. 촌구석인데 농사를 짓는 건지 뭘 하는 건지 하여간 입에 풀칠은 하고 사나 보더라. 니 아빠야. 열여섯이나 됐으니 무슨 말인지 알지? 미안하게 됐지만, 사람은 양심이 있어야 돼. 이제 자기 앞가림은 각자 알아서 하자.

그렇게 말하는 엄마에게서는 술냄새가 나지 않았다. 그래서 나는 울어버렸다.

타이어를 내려친 장대가 부러져 멀리 달아난다. 화끈거리고 쓰라려 내려다보니 손바닥이 벌겋게 터져 있다.

달이 마치 노란 고름 덩어리 같다. 부기가 빠진 보름달에도 손전등이 필요 없을 만큼 세상이 환하다. 장은 평소보다 절반도 일하지 않고 습지 근처 널바위를 찾아 앉더니 연거푸 담배만 피우고 있다. 오늘따라 왜 이렇게 의욕이 없느냐고 묻고 싶은데 바위를 찬 것 같던 정강이의 통증이 떠오른다. 장이 한참 달을 바라보다가 묻지도 않은 말을 한다.

"무슨 죄가 있겠냐. 정신 차려보니 갑자기 물 설고 땅 선 곳에 부려졌을 뿐인데, 어떻게든 살아보겠다고 버둥거리는 건데……"

중얼중얼 흘리는 말을 알아듣기 힘들다. 멀리서 백주와 흑주가 짖는다. 곧이어 헤드라이트가 농로를 따라 들어오는 게 보인다. 보통 것보다 훨씬 쨍한 빛을 뿜는 헤드라이트는 느릿느릿 위세를 뽐내듯 다가온다. 헤드라이트가 다가올수록 백주와 흑주가 온 힘을 다해 짜내듯 짖어댄다.

크고 검은 사람의 형체가 달빛을 등에 업고 나타난다. 빨간 점 같은 불빛이 머리 중앙에서 커졌다 작아졌다를 몇 번 반복하는 동안 가슴장화를 입고 있는 남자의 모습이 뚜렷이 보인다. 빨간 점은 남자가 피우고 있던 담뱃불이었다. 남자는 어깨에 걸치고 있던 몽둥이를 늘어뜨려 바닥에 소리 나게 끈다. 장이 그 모습을 보곤 널바위에서 내려서서 맞이한다. 남자가 담배를 뱉어내고 말한다.

"잘 지내셨수, 형님?"

"며칠 뒤에나 올 줄 알았는데? 꼭 이래야겠냐."

"조급증이 나서 말이지요. 난 비전 없이 사는 건 딱 질색이거든. 생각 좀 해보셨수?"

"다시 말하지만 그거 좋은 생각이 아니다."

"몇 번을 말해야 알아들으실까. 이거 사업 된다니까. 졸지에 아드님까지 생겼으면 쪽팔리게 현장에서 이러고 있을 때가 아니지. 내가 다 알아서 한다는데 뭐가 문제요? 옛날부터 구역 관리는 내 전공이었잖아. 거기는 뒤에서 폼만 잡고 말이야. 다시 그렇게 살게 해준다니까. 찌질한 것들 다 몰아내고 우리 애들 풀어서 고정수입 따박따박 챙기고, 그러다 보면 다시 일어설 기회도 생길 거고. 얼마나 좋아?"

"대가리 굴리는 게 전공이었지. 그 대가리, 다시는 못 쓸 줄 알아라."

"그 재수 없는 말버릇은 여전하네요. 걸핏하면 손모가지가 어쩌고 발모가지가 어쩌고. 됐수다. 그만 정리합시다. 말해봐야 입만 아프지."

남자가 들고 있던 몽둥이를 내던지고 등 뒤에서 칼을 빼든다. 긴 칼날에 달빛이 서늘하게 맺혀 일렁인다. 언제부턴가 개 짖는 소리도 들리지 않는다. 나는 상황을 이해할 수 없어 널바위 근처에 꼿꼿이 선 채 둘을 번갈아 쳐다본다. 장이 골프채를 꼬나쥐고 거리를 좁힌다. 남자도 장을 향해 칼을 길게 겨누고 비스듬히 돈다. 둘의 덩치는 비슷한데 아무래도 나이 든 장이 불리해 보인다. 숨이 잘 쉬어지지 않는다. 이제 어떻게 되는 걸까, 생각한 순간 두 그림자가 겹친다.

싸움은 싱겁게 끝나버린다. 남자가 먼저 덮쳤고 순식간이었다. 장이 당한 줄 알았는데 쓰러진 건 남자다. 장이 달려드는 남자를 흘려보내듯 피하고 등 뒤로 돌아 뒤통수를 가격한 것이다. 골프채의 헤드가 뒤통수를 때리는 소리 한 번이 전부였다. 크지도 작지도, 날카롭지도 둔탁하지도 않은 소리였다. 평범하고 밋밋한 소리였다. 그러니까 그 소리가 내 귀에는 딱,이 아니라 끝,으로 들렸다. 남자는 떨어진 물건을 주울 때처럼 허리를 숙이더니 그대로 고꾸라졌다. 장은 남자를 드러눕히고 머리 뒤에 큰 돌을 괴었다. 그런 뒤 남자의 칼을 주워 챙기고 잡아놓은 늪돼지의 털을 뽑아 남자 주위에 흩뿌렸다.

"가자."

장이 조금 서두르는 걸음으로 트럭으로 향한다. 나는 뭔가에 홀린 기분으로 장을 따른다. 트럭에 가까워오자 그때까지 조용하던 백주와 흑주가 다시 짖는다. 장은 내게 개들을 진정시키라 이르고 계획된 수순인 것처럼 남자의 트럭으로 간다. 그리고 한참을 이곳저곳 살피더니 개 한 마리를 찾아 끌어낸다. 개는 꼬리를 가랑이에 말아 감추고 장이 이끄는 대로 비틀거리며 따라온다. 겨우 달래놓은 백주와 흑주가 다시 흥분해 짖어댄다. 장은 손전등으로 개의 아가리를 비춰보다가 슬며시 웃는다.

"너는 주둥이가 누렇구나. 황주라고 부르마."

장은 백주와 흑주로부터 멀찌감치 떨어뜨려 개의 목줄을 짐칸 철골에 붙들어 매고 돌아와서는 백주와 흑주의 목줄을 푼다.

"너는 여기 있거라."

나는 두 마리 개를 데리고 어둠 속으로 사라지는 장의 뒷모습을 멍한 눈으로 좇는다. 온몸이 저릿저릿해져온다. 잠시 뒤 내가 들은 소리는 '물어'이고 한참 뒤 다시 들은 소리는 '그쳐'다. '그쳐'에 이어 백주인지 흑주인지가 날카롭게 비명을 지른다.

한참 만에 개들을 끌고 다시 나타난 장이 어딘가로 전화를 건다.

"다 끝났네. 뒤처리를 맡기지."

장의 숨소리가 조금 흔들린다. 백주와 흑주가 장의 곁에 얌전히 앉아 서로의 축축해진 주둥이를 핥고 있다.

삼 일 동안 장은 사냥을 나가지 않았다. 그날 장은 읍내 편의점 앞에 차를 세우고는 지폐 다섯 장을 주며 돈이 되는 대로 소주를 사오라고 했다. 삼 일 만에 소주는 동났다. 장은 취해서 잠들었고 눈 뜨면 다시 취했다. 그리고 취할 때마다 많은 얘길 쏟아냈다. 내 존재를 전혀 몰랐으며 엄마조차 까맣게 잊고 살았다고 했다. 내가 대문을 열고 들어왔을 때 단박에 엄마의 얼굴이 떠오른 것과 거울을 본 듯한 기분을 고백했다. 장은 내 나이 때 유도선수를 꿈꿨다. 흑주가 장의 손에 들어오게 된 계기가 황주의 경우와 같다는 것도 알게 됐다.

"노트를 다 읽어보았느냐."

정오가 지나서야 눈을 뜬 장이 마루에 나와서는 나를 불러 세우고 물었다. 목소리도 발음도 눈빛도 모두 거짓말처럼 제자리다. 나는 다행이다, 정말 다행이다 생각하면서 울 것 같은 기분이 들었다. 장이 취해 있는 동안 너무 무서웠고 외로웠다. 나는 장의 질문을 떠올리곤 고개를 끄덕였다.

"언젠가는 다 밝혀야 될 일이다. 나는 벌을 받을 거다. 그러니 넌 끼어들지 마라. 공부는 어디까지 해봤느냐."

엄마를 따라 집을 옮겨 다니느라 1년에 한두 번씩 전학을 했는데 그때마다 아이들이 자꾸 싸움을 걸어와서 새 학교에 적응하는 데 오래 걸렸다. 아이들은 자기네보다 가난해 보이는데도 키가 큰 나를 두려워했다. 그렇지만 그런 건 내 잘못이 아니었고 나는 해롭지도 않았다. 왜 다들 나만 보면 기분이 나빠진다는 건지, 왜 나랑은 친해지려고 하지 않는지 모르는 채 피할 수도 질 수도 없는 싸움이 계속됐다. 중3이 되고부터는 지면 얻어터지고 이기면 매를 맞는 싸움이 지긋지긋해서 아예 학교를 가다 말다 했다. 도무지 다른 방법이 없었다. 장이라면 어떻게 했을까, 물어보려는데 갑자기 백주와 흑주가 발딱 일어서더니 그르렁댄다.

한 놈은 문밖을 향해, 한 놈은 딱 어느 방향이랄 것 없이 하늘을 향해 송곳니를 드러낸다. 황주도 가만히 앉아 있지 못하고 꼬리를 말아 감춘 채 낑낑대며 제자리만 뱅뱅 돈다. 잠시 뒤 세 놈이 동시에 짖어대기 시작한다. 그리고 곧 대문으로 두 남자가 들어선다. 허둥지둥 신발을 꿰 신고 마당으로 내려서는 장은 그들을 잘 모르는 눈치다.

"장정근 씨죠? 서에서 나왔습니다."

말하는 남자는 장보다 덩치가 훨씬 커서 둘은 큰 늑대와 곰이 마주 선 것 같다. 남자와 함께 나타난 다른 사람은 발을 널찍이 벌리고 두 손으로 혁대 버클을 붙든 채 사방을 둘러보고 있다. 경찰이란 말에 잊고 있던 그날의 일이 떠올라 머리가 웅웅 울린다. 온몸이 저릿저릿하던 순간순간이 모조리 생생히 되살아난다.

"경찰이 무슨 일로 나를 찾소?"

장은 경찰 앞에서도 주눅 들지 않고 딱딱하다. 남자는 입꼬리 한쪽을 실긋 당겨 웃는다.

"왜 찾을 일이 없습니까. 왔어도 벌써 왔어야지. 잘 아시면서 괜히…… 그러고 보니 우리 처음이지요? 서 과장 통해서 안부 잘 듣고 있습니다. 볼일도 있고 인사도 해야겠고 해서 검사겸사 왔지요."

남자의 말투는 깍듯하면서도 싸늘하고 어딘가 가시가 있다. 장은 경찰이 뭘 원하는지 알아내기 위해 이마를 찡그린다. 남자는 그런 장에게서 시선을 거두고 고개를 돌려 나를 바라본다. 남자는 눈빛만으로 숨통을 조여왔다. 남자의 눈빛이 내 예감을 확신하게 한다. 남자는 그날의 일을 알고 있는 게 분명하다. 남자가 시선을 내게 꽂은 채 다가오며 말한다.

"우린 말이죠. 우리 관할에 이상한 게 들어오면 신경이 쓰여서 그냥 있질 못해요. 질서가 교란되거든요. 교란이란 말 알죠? 어지러울 교, 어지러울 란. 제가 제일 싫어하는 말입니다."

나는 남자의 커다란 몸집이 다가오는 동안 슬금슬금 뒷걸음친다. 내 움직임에 남자가 멈춰 서서는 눈을 동그랗게 뜨고 위아래로 훑더니 다시 입꼬리를 당겨 웃는다.

"어이, 장민호. 어딜 가려고? 이놈! 그런 짓을 저질렀으면 잘못했습니다, 하고 자수를 해야지. 여기까지 와서 이러고 숨어 있으면 안 들킬 줄 알았어?"

나긋나긋 얘기하는 목소리가 마치 뱀이 천천히 온몸을 휘감아오는 것 같다.

"시끄럽게 굴지 말고 어서 아저씨들이랑 가자."

나는 상냥하게 손짓하는 남자를 외면하고 몸을 돌려 담장을 향해 달린다. 그날, 엄마는 쪽지를 손에 쥐고 우는 내게 소리를 지르기 시작했다. 내가 뭘 잘못했다는 거니? 말해봐. 내가 널 버리는 거야? 말해보라니까. 넌 양심도 없니? 담장 중간에 발을 걸치고 뛰어오른 뒤 팔을 걸친다. 담장을 타 넘으려는데 담장 밖에도 낯선 남자가 둘이나 서 있다. 그들은 담장 위의 나를 발견하곤 팔을 벌리고 자세를 낮춘다. 엄마는 손가락을 세워 내 이마를 쿡쿡 누르며 고개를 들게 했다. 말해봐, 이 새끼야. 너 지금 내가 밉지? 자식 버리는 에미라고 생각하는 거지? 이 새끼야, 말을 해보라니까. 담장에서 내려서자마자 잡힐 게 뻔하다. 다시 마당으로 내려와 틈을 찾는다. 나는 세숫대야며 돌멩이며 잡히는 대로 손에 든다. 뒤쪽에서 후다닥하는 소리가 들려 돌아보니 담장 바깥에 있던 두 남자가 넘어와 있다. 네 명의 거구들이 두 팔을 벌린 채 내 위치에 따라 좌우로 움직이며 거리를 좁혀온다. 이 씨발년아! 나는 내 이마를 콕콕 누르던 뾰족한 손톱을 참을 수 없었다. 그래서 나도 모르게 욕을 하며 엄마를 떠밀어버렸다. 쿵, 하는 소리와 함께 엄마는 냉장고 모서리까지 가더니 거기에 잠시 기댔다. 정말이지 그 순간엔 기댔다,라고 생각할 수밖에 없었다. 엄마는 초점이 풀린 눈으로 뭔가를 찾는 것처럼 하다가 천천히 손을 들어 올리는데 그때 이미 손가락과 손목이 마구 뒤틀리고 있었다. 그런 뒤 엄마는 통나무처럼 넘어졌다.

손에 들고 있던 것을 던져본다. 남자들은 아랑곳하지 않고 한 걸음씩 다가온다. 두리번거리는 내 눈에 바닥에 부러진 채 뒹굴고 있던 장대가 들어온다. 재빨리 집어 들자 남자들이 조금 주춤한다.

"대체 무슨 일입니까. 저래 봬도 아직 어린놈입니다. 말로 하면 들을 거예요."

"물러나 있어요. 다칩니다."

나는 부러진 장대를 휘두르며 도망칠 기회를 노린다. 그러나 남자들은 좀처럼 틈을 내주지 않는다.

"거참, 그 새끼 성질 한번 별나네. 뭣들 해, 얼른 잡아."

곰처럼 덩치 큰 경찰의 말이 떨어지자마자 오른쪽 무릎이 뭔가에 맞아 꺾인다. 동시에 땅바닥이 일어서고 무수한 발길질이 쓰러진 내 몸 위로 쏟아진다. 매질은 쉽게 그칠 것 같지 않다. 나는 벌레처럼 몸을 똘똘 말아 매타작을 다 받아낸다.

"그만하면 되지 않았소. 사람 잡겠습니다."

"저리 물러나 있으라니까. 아까 다 보셨잖아, 흉기 휘두르는 거."

눈앞이 흐릿해져온다. 남자들의 발길질이 어지럽다. 발들 사이로 골프채를 높이 쳐든 장을 얼핏 본 것 같다.

꿈의 끝자락에서 학교 운동장을 봤다. 똑같은 운동복을 입은 아이들이 가로세로로 칼날처럼 줄을 맞춰 제자리걸음을 하고 있었다. 하나같이 표정 없는 얼굴로 정면을 바라보고 있는 모습이 섬뜩했다. 아이들의 발밑에서 풀풀 이는 먼지가 시야를 가리는 바람에 팔을 휘저었으나 소용없었다. 그리고 머리를 후려갈기는 소리에 눈을 떴다. 국민체조 시— 작!

"하낫, 둘, 셋, 넷, 다서— 여서— 일고— 여덟……"

절도 있는 구령 소리가 4분의 4박자 음악에 얹혀 계속되고 있다. 알람이었다. 군 시절 막판에 만난 신임 소대장의 발성과 닮았다. 목청만큼은 정말 연대장 감이었다. ROTC 출신이라고 자길 소개했는데 그게 '로마 올림픽 딸딸이 챔피언'의 약자라고, 다 아는 농담인 걸 모르는지 혼자 흐물흐물 웃으며 얘기하는 좀 난감한 사람이었다. 제대하고 5년쯤 지나서였던가, 군복을 벗은 그가 옛 소대원들을 찾아다니며 보험을 팔고 있었는데 내게도 연락이 왔다. 갓 입사한 터라 싼 걸로 하나 들어주긴 했는데 여전히 난감한 짓을 하고 다니는구나 싶었다.

창밖은 어슴푸레 밝아오는 중이다. 철 지난 외투들이 도축된 짐승처럼 행어에 걸려 있다. 책상, 티브이, 거울, 모니터……모두 발악하듯 울리고 있는 알람에 질린 표정들이다. 나는 스마트폰을 손에 쥐고 일어나 앉는다. 손아귀의 기계가 자지러진다. 어미 잃은 새끼 짐승을 쥐고 있는 기분이다. 구령 소리에 맞춰 몸 이곳저곳을 굽혔다 폈다 반복한다. 관절마다 저릿저릿한 통증이 드나들고 곳곳의 힘줄이 뻐근하게 당겨지는 느낌이 나쁘지만은 않다.

건강을 위한 생활습관 첫번째, 가벼운 스트레칭으로 아침 맞이하기. 알람 어플의 설명문에 따르면 스마트폰을 사용자가 설정한 시간만큼 흔들어줘야 알람 해제 버튼이 생성된다고 했다. 그리고 이왕이면 그냥 흔들 게 아니라 스트레칭이라도 하며 그동안 손에 쥐고 있길 권장했다. 평소보다 빠르게 정신이 드는 걸 보면 스트레칭이 효과가 있긴 있나 보다.

활성화된 해제 버튼을 건드리자 영원히 분출할 것 같던 소리의 화산이 잠잠해진다. 고요하고 상쾌한 아침이다. 티브이를 켜 일기예보를 찾는다. 기상캐스터는 당분간 구름 많은 날씨가 계속되긴 하겠지만 비는 오지 않을 거라고 한다.

"런던의 날씨군."

말을 뱉고 보니 내가 듣기에도 가소롭다. 입사를 확정지어놓고 보름간 다녀왔던 유럽 배낭여행이 요즘 들어 부쩍 자주 떠오른다.

시간이 아직 이른 걸 확인하고 채널을 이곳저곳으로 돌려본다. 메시가 여섯 명을 제치고 골을 넣는 장면이 반복되다가 호나우두의 발끝을 떠난 공 앞에서 골키퍼가 얼어붙는 장면이 이어진다. 과학수사대가 스트리퍼를 살해한 용의자를 추적 중이다. 음악 채널에서는 요정처럼 의상을 맞춰 입은 걸그룹이 아양을 떨며 사랑을 호소하고 있다. 빙빙 겉돌지만 말고 어서 자기한테 고백하란다. 정말 그런 건 줄 알고 고백한 적이 몇 번 있었는데 번번이 퇴짜를 맞았다. 걸그룹이 퇴장하자 악귀처럼 눈 화장을 한 보이그룹이 몰려나온다. 남자애들은 번갈아 카메라를 노려보면서 세상을 잘근잘근 씹어 먹어버리겠다는 듯 으르렁댄다. 쟤들은 얼른 군대에 보내야 할 것 같다. 아직 출근시간은 여유롭다.

*

잠깐 누웠는데 15분이나 훌쩍 흘러버렸다. 나는 이 버릇을 반드시 고쳐야만 한다. 아늑한 이불 속에서 불길한 기운을 느끼며 눈을 뜨면 지하철을 타야 했거나 이미 사무실에 도착했어야 할 시간인 경우가 많았다. 늘 머리를 쥐어박으며 자괴했으나 버릇은 쉽게 고쳐지지 않았다. 허겁지겁 출근 준비를 해서 집을 나선다. 복도로 나서자마자 마침 내려오고 있는 엘리베이터가 보인다. 터치다운하는 럭비 선수처럼 몸을 날린다.

문이 열리고 안에서 스튜어디스 차림의 늘씬한 미녀가 나타난다. 스튜어디스가 나를 향해 가볍게 고개를 까딱한다. 나 역시 고갯짓으로 답례한다. 엘리베이터에 올라타서는 좁고 폐쇄된 공간을 미인과 나누기가 어색해 여자를 등지고 출입문에 붙어 선다. 시선을 둘 만한 곳은 출입문 위의 층계 숫자판뿐이다. 생각해보니 오피스텔에서 오고 가며 가끔 본 듯한 얼굴인 것도 같다. 그렇다면 인사말을 건넸어도 좋았을 것이다. 아까운 타이밍을 놓쳤다.

엘리베이터가 움직이는 순간 몸이 휘청 흔들린다. 미녀와 함께 타서인가? 분명히 평소의 중력과 관성일 텐데 낯설다. ……8…… 여자는 오늘 어디로 날아갈까. ……7…… 유럽 어디라면 내가 가본 곳일 수도 있다. ……6…… 물어보면 치근대는 것처럼 보일까. ……5.

5층에서 엘리베이터가 멈추고 문이 열리며 내 또래의 남자가 나타난다. 남자는 한눈에도 비싸 보이는 슈트를 입고 있다. 나는 뒷걸음으로 여자의 반대편 구석에 가 선다. 5층 남자는 누구에게랄 것 없이 안녕하세요, 하고 시원하게 인사하며 올라탄다. 중저음의 목소리가 남자인 내 귀에도 매력적으로 들린다.

스튜어디스가 남자와 눈을 마주치며 안녕하세요, 하고 대답을 해준다. 남자가 여자를 향해서만 한 번 더 고개를 까딱 숙인다. 그리고 내가 그랬던 것처럼 우리를 등지고 문에 붙어 서서는 층 버튼을 손으로 훑더니 지하 1층을 누른다. 출근 시간에 지하층을 누른다는 건 차가 있다는 뜻이다. 곁눈질로 여자를 보니 여자의 시선이 남자의 넓은 어깨에 머물고 있다. 상어 가죽처럼 튼튼하고 반지르르한 군청색 어깨다.

"국민체조, 시— 작!"

심장에서 소리가 뛰쳐나온다. 반사적으로 재킷 안주머니에 손이 간다. 밖으로 붙들려 나온 기계가 숨이 넘어갈 것처럼 울어댄다. 함정에 빠진 기분으로 스마트폰 화면을 본다. 7시 30분. 상황을 깨닫는 데까지는 오래 걸리지 않는다. 행여 새 알람이 오류를 일으켜 또 소리를 듣지 못하고 자버릴까 봐 한 타임 더 설정해놓은 걸 잊고 있었다. 앞에 선 상어의 어깨가 가볍게 떨린다. 참고 있는 것 같지만 웃음소리가 질질 흘러나온다. 두 귀가 뜨거워진다. 알람을 끌 방법이 없다. 어찌 된 일인지 전원 버튼은 먹통이고 볼륨도 조절되지 않는다. 엘리베이터는 아직 네 층이나 남았다.

"이게, 그, 알람 어플인데, 옵션을 제가 잘못 설정해서 잘 안 꺼져요. 하지만 효과는 진짜 좋아요. 오늘 아침에도, 아, 그게 아니라, 아무튼 한 번 써보세요 들."

나도 모르게 자꾸 수다스러워지고 말이 꼬이는데 스튜어디스가 웃으며 네, 하고 대꾸해준다. 고른 치열이 하얗게 드러나고 양쪽 볼에 보조개가 패는 미소다. 저렇게 웃는 여자라면 분명히 애인이 있을 것이다. 알람 소리에 점점 귀가 아파온다. 뾰족한 수도 없으면서 기계를 만지작거리는데 앞에 선 상어가 헛기침으로 눈치를 준다. 나는 스마트폰을 겨드랑이에 끼고 꽉 쥔다. 소리는 여전하지만 덕분에 고막을 쨍쨍 울리던 건 덜하다.

"이번엔 어디예요? 이렇게 아침 일찍?"

남자가 슬쩍 고개를 틀어 스튜어디스에게 말을 건넨다. 여유로운 몸짓과 말투가 몸에 밴 사람 같다. 이미 서로 알고 있는 듯한 분위기에 나는 조금 쓸쓸해진다. 내 알람이 아니었더라도 남자는 여자에게 말을 걸었을까. 겨드랑이를 힘주어 조인다. 그러나 소리는 더 이상 줄어들지 않고 기계의 이물감만 또렷하게 살을 파고든다.

"네, 하노이로 가요."

"아, 하노이! 저는 작년 가을에 컨퍼런스가 있어서 하롱베이에 가봤는데 진짜 끝내주더군요. 그러고 보니 벌써 딱 일 년 됐구나. 정말 그런 데서 살아야 하는 건데⋯⋯"

둘 사이에 대화가 오가는 동안 3층에서 엘리베이터가 멈춘다. 등산복 차림의 중년 남자가 나타나더니 상기된 얼굴로 사람들을 하나하나 쳐다본다. 나는 겨드랑이에 최대한 힘을 주어 몸으로 소리를 삼킨다. 키가 좀 작다 싶은 남자는 엘리베이터 버튼이 눌려 있는 층수를 확인한 뒤 말없이 5층 남자와 스튜어디스 사이에 자리를 잡고 선다. 그 바람에 스튜어디스는 뒤쪽 구석으로 밀려난다. 히말라야 등정이라도 하려는지 배낭이 제 몸집만 하다. 엘리베이터 안이 갑자기 비좁아졌지만 5층 남자와 스튜어디스가 갈라지자 우울한 기분이 덜어진다. 이후 우리 모두는 문 위에서 하나하나 바뀌는 층계 숫자만 주시할 뿐 아무 말이 없다. 하낫, 둘, 셋, 넷, 다서— 여서— 일고— 여덟…… 정적 때문에 겨드랑이에 묻힌 소리가 또렷하다. 그러나 대놓고 타박하는 사람은 없다. 5층 남자는 연거푸 헛기침을 하고, 스튜어디스는 캐리어를 발치 왼편에서 오른편으로 옮기고 중년의 등반가는 등산 스틱으로 엘리베이터 바닥을 콕콕 소리 나게 찍는다. 2층…… 드디어 1……

어디선가 고압의 전원이 새 나가며 모터가 가라앉는 소리가 들리더니 엘리베이터가 미끄러지듯 멈추고 사방이 깜깜하게 닫혀버린다. "어어, 엄마" 하며 울음기 섞인 신음을 토하는 건 분명히 스튜어디스일 것이고 혀를 끌끌 차는 사람은 상어인지 등반가인지 헷갈린다. 내 겨드랑이는 아직도 국민체조 중이다. 엘리베이터 사고를 떠올린 순간 정육점 조명처럼 붉고 흐릿한 비상등이 켜진다. 스튜어디스와 등반가와 나는 벽 쪽에 바짝 붙어 난간 같은 손잡이에 매달리다시피 하고 있고 덩치 큰 남자만 의연하게 엘리베이터 곳곳을 살핀다.

"겁먹지 말고 침착하세요. 별일 아닐 겁니다."

남자가 일촉즉발의 상황에 홀연히 나타난 영웅처럼 말하고 출입문 개폐 버튼 아래쪽의 비상 버튼을 눌러 외부와 연락을 시도한다. 몇 번의 호출 끝에 관리실이라는 목소리가 비상 버튼 가까이 있는 스피커에서 들린다. 그러나 감이 한참 멀고 내 알람 소리가 끊임없이 간섭하는 통에 잘 들리지 않는다. 남자가 고개를 돌려 나를 노려본다. 스튜어디스와 등반가도 화난 얼굴로 나와 내 겨드랑이를 번갈아 본다.

"좀더 크게 말씀해주세요. 상황이 안 좋습니다."

남자가 스피커에 얼굴을 바짝 대고 버럭 소리를 지른다. 아무래도 내게 고함치는 것만 같아 조용히 구석에 가서 모서리에 겨드랑이 쪽 몸을 밀착시키고 소리가 조금이라도 덜 들리도록 애쓴다. 이대로 엘리베이터 벽에 스며들고 싶다.

—몇 분이나 계시죠?

이번에는 알람 소리가 다 묻힐 정도로 스피커 볼륨이 너무 크고 관리실의 목소리에 숨소리가 거칠게 섞여 나온다. 사소한 사고일 텐데 관리실의 목소리 때문에 어쩐지 굉장한 재난에 처한 것처럼 느껴진다. 남자가 다시 소리 나는 곳에 대고 말한다.

"네 명입니다. 여자 한 명에 남자 셋. 어린아이는 없습니다."

남자의 정확하고도 빠른 보고에 왠지 모르게 마음이 놓인다. 스튜어디스와 등반가는 5층 남자를 뒤에서 안을 듯 다가서 있다. 나도 그러고 싶지만 알람이 계속 울리고 있어 모서리에 붙박여 있을 수밖에 없다. 문득 외롭다.

—조금만 기다리세요. 금방 조치하겠습니다. 억지로 문을 열

거나 크게 움직이시진 마세요. 안전하긴 합니다만 만에 하나란
게 있으니까요.

"얼마나 걸릴까요? 출근 시간에 이게 말이 됩니까?"

—금방 해결될 겁니다. 저희한테 절차가 있습니다. 조금만
기다려주십시오.

교신은 그것으로 끝이다. 알람이 그치지 않는 중에도 서로의
숨소리가 들릴 만큼 모두들 흥분해 있다. 붉은 조명 아래 스튜
어디스의 표정이 잔뜩 일그러져 보인다. 보조개의 예쁜 미소를
짓던 얼굴과 사뭇 다르다. 구석에 몸을 붙이고 있는데도 그녀
가 나를 흘겨보다 말다 하는 게 느껴진다. 그리고 오래가지 않
아 앙칼진 소리가 날아온다.

"아저씨, 그거 좀 끌 수 없어요? 안 그래도 불안해죽겠는
데……"

스튜어디스가 보인 뜻밖의 신경질적인 모습에 5층 남자와 등
반가가 재빨리 눈치를 준다. 그러나 알람을 끌 방법이 없다.

"저기…… 이게 그러니까, 알람 설정을 제가 잘못해서요. 그
냥 꺼지지는 않고 이렇게 한참 흔들어야……"

나는 기다렸다는 듯 엘리베이터 모서리에서 벗어나서는 겨
드랑이에서 스마트폰을 꺼내 들고 군가 간에 반동하듯 어깨 위
에서 허리 아래까지 위아래로 흔든다. 그러자 스튜어디스가 눈
을 질끈 감고 소리를 지른다.

"뭐하는 거예요! 움직이지 말란 소리 못 들었어요?"

5층 남자와 등반가가 이번에는 눈살을 잔뜩 찌푸리며 고개를 가로젓는다. 도와주고 싶지만 도리 없다는 표정들이다. 겨드랑이에서 벗어난 알람이 어둡고 좁은 공간을 마구잡이로 두드려대고 있다. 나는 어떻게든 알람 해제 버튼이 나오도록 해야 하므로 반동의 폭을 줄여 빠르게 흔든다. 달달 떠는 동작으로 시선을 끄는 게 싫어 손을 점점 아래로 내린다. 이것도 운동이라고 금세 팔이 아파오며 호흡이 가빠진다.

5층 남자가 다시 비상 버튼을 눌러 교신을 시도한다. 몇 번의 시도 끝에 목소리가 나온다.

—네, 관리실입니다.

"서둘러주세요. 상황이 점점 안 좋아지고 있습니다. 바쁜 사람들이라고요."

—네, 곧 처리될 겁니다. 저희한테 절차가 있으니까요. 문은 절대 억지로 열지 마시고 기다려주세요. 아, 음악 소리가 들리는군요. 도움이 된다면 음악은 괜찮습니다. 그렇게 여유를 가지세요.

스튜어디스는 결국 캐리어를 벽 쪽에 괴더니 그 위에 걸터앉아 고개를 푹 숙여버린다. 쪽을 단단하게 쪄서 작아 보이는 머리통이 몸에서 툭 떨어질 것처럼 위태롭다. 붉고 흐린 비상등이 그녀의 길고 가는 목덜미와 작은 어깨 위에 슬며시 얹힌다. 불빛은 부드럽게 휘어진 등과 허리를 쓰다듬다가 완만한 힙 라인을 따라 아래로 스며든다. 나는 있는 힘껏 스마트폰을 흔들며 속으로 외친다. 나와라, 나와라. 팔이 아파 손을 바꾸며 화면을 확인한다. 소리만 여전히 쟁쟁하고 해제 버튼은 나올 기미가 전혀 없다.

"여봐요. 그거 꼭 그렇게 해야 합니까? 보기 흉하게 그게 무슨……"

5층 남자가 점잖게, 그러나 분명히 비난하는 투로 내게 말한다. 그러고는 스튜어디스의 눈치를 본다. 고개를 숙인 채 말이 없던 스튜어디스가 남자의 말에 나를 본다. 나는 계속해서 허리 밑에서 스마트폰을 빠르게 털며 보기 흉하다는 말의 뜻을 생각한다. 스튜어디스가 재빨리 고개를 돌려버린다. 그 순간 우리가 모두 무엇을 상상하고 있는지 머릿속에 떠오른다. 나는 얼굴이 확 뜨거워지는 것을 느끼며 손을 머리 위로 올려 흔든다.

한쪽 구석에 조용히 서 있던 중년의 등반가가 배낭을 벗어 조심성 없이 내려놓는다. 엘리베이터가 배낭의 충격으로 빈 깡통처럼 퉁 울린다. 스튜어디스가 외마디 비명을 지르고 등반가를 노려본다. 등반가는 그러거나 말거나 주섬주섬 배낭을 뒤진다. 한참 뒤 그는 헤드랜턴을 꺼내서 머리에 둘러쓰고 불을 켠다. 강렬한 흰색 불빛이 등반가의 이마로부터 뿜어져 나온다.

남자는 랜턴을 켜볼 수 있게 된 게 무척 기쁘다는 표정이다. 엘리베이터 안이 더 환해진 건 분명한데 직선으로 쏘는 빛이라 정육점 분위기는 그대로다. 그래도 등반가는 어떠냐는 듯 5층 남자와 나를 번갈아 쳐다본다. 희고 눈부신 빛이 얼굴을 차례로 훑는다. 그는 마치 탈출구라도 찾듯 엘리베이터 구석구석을 비춘다. 희고 강렬한 빛이 스튜어디스의 하얀 무릎과 매끈한 종아리를 두어 번 스친다. 나는 스마트폰을 좀더 빨리 흔든다. 등반가가 헤드랜턴을 벗더니 이리저리 비틀고 무언가를 꾹꾹 눌러본다. 그러자 불빛이 번쩍거리고 뱅글뱅글 돌기도 한다. 사이키 조명인 양 4분의 4박자 국민체조 음악과 어지럽게 뒤섞인다. 잠시 뒤 등반가는 랜턴 점검을 마치고 배낭에서 간이의자를 분리한다. 의자가 배낭에 붙어 있었다는 걸 눈치채지 못한 나는 마술을 본 기분이 든다. 등반가가 의자에 편히 앉아서 어딘가로 전화를 건다.

"어이, 김 교수, 어디야? …… 뭐? 벌써 다 왔어? 난 비상이야, 비상! 막 나서려는 참인데 엘리베이터가 멈췄다니까. …… 집은 아니고, 연구실. 집은 멀잖아. 안 늦으려고 여기서 잤지. 장비도 다 여기 있고. …… 괜찮아, 절차가 있대."

내 알람 때문인지 엘리베이터 안이라 수신 감도가 나빠서 그런 건지 등반가의 목청이 점점 커진다.

"으하하…… 그래 조난이다, 조난. 김 교수, 근데 내가 지금 길게 통화하긴 그렇고, 알아서 합류할 테니까 먼저들 출발해. …… 루트를 바꿔? 무슨 봉? 아, 족두리봉. 알지 족두리봉. 저번 달에 총장님 모시고 갔던 데잖아. …… 큭큭 그래, 거기서 확 밀어버렸어야 했는데 말야. 그래 그쪽 길이 더 재밌긴 하지. 난 상관없으니까 다들 모이면 얘기해보고 문자나 줘. 걱정 말라니까. 그래그래, 오케이!"

등반가가 전화를 끊는 동시에 나는 스마트폰을 확인한다. 해제 버튼이 나왔다. 망망대해를 표류하다가 등대를 발견한 기분이 이럴까, 폭우 속에서 지붕 있는 집을 발견한 기분이 이럴까. 나는 뻐근해진 팔뚝을 주무르며 알람을 끈다. 소리가 뚝 끊기자 서로의 심장박동 소리마저 들릴 것 같은 정적이 드러난다. 입안이 바짝 말라 침을 삼킨다. 스튜어디스가 코를 훌쩍거린다. 아까부터 울고 있었는지 지금 막 울기 시작한 건지 알 수 없다. 등반가가 배낭을 뒤지더니 캐러멜을 꺼내 하나씩 나눠준다.

"당분이 스트레스를 줄여줄 거요."

어렸을 때 한약 한 사발 마시면 어머니가 입에 넣어주곤 하던 땅콩캐러멜이다. 아직도 이게 나오고 있었는지 몰랐다. 빳빳한 비닐에 대충 싸여 있는 갈색 덩어리가 반갑다. 갑자기 5층 남자가 문에 귀를 바짝 대보더니 환한 얼굴로 돌아본다.

"소리가 들리네요. 오나 봅니다."

곧이어 발소리, 사람들이 웅성거리는 소리가 들리고 엘리베이터 문이 열린다. 엘리베이터가 재가동된 게 아니라 밖에서 강제로 열었기 때문에 우리는 2층과 1층에 걸친 채 발견된다. 허리 위만 보이는 사람들이 알아듣기 힘든 소리를 동시에 질러대며 랜턴 빛을 밀어 넣는다. 우리는 누가 얘기하지 않았는데도 스튜어디스를 먼저 내보내기로 한다.

스튜어디스가 치마 아래를 신경 쓰며 빠져나가는 걸 물끄러미 지켜보는 동안 나는 이상한 기분에 사로잡힌다. 어차피 수동으로 문을 열 거였으며 안에 있던 우리가 해도 될 일이었다.

"우리가 열고 나가도 됐을 겁니다."

5층 남자에게 귓속말을 하듯 얘기해본다. 스튜어디스를 돕고 등반가에게 차례를 양보한 5층 남자는 나를 돌아보며 쓴웃음을 짓는다.

"다 그런 거 아니에요? 알고 있었지만 안 한 거죠. 절차는 무슨…… 저 여자가 겁먹고 소릴 지르지 않았다면 난 분명히 내 손으로 열고 나갔을 겁니다."

남자는 이미 바깥에서 기다리고 있는 등반가에게 배낭을 던져주고 아무 도움 없이 작은 틈을 통해 날렵하게 탈출한다. 나는 남자의 말을 더 듣고 싶었으므로 얼른 뒤쫓는다. 그가 했던 것처럼 뛰어내리려는데 막상 가슴 높이의 허공 앞에 서자 자세가 어정쩡해진다. 구조하러 온 사람들의 도움으로 겨우 엘리베이터에서 빠져나온 뒤 주위를 둘러본다. 그러나 5층 남자도 스튜어디스도 등반가도 모두 보이지 않는다.

*

나는 이 버릇을 반드시 고쳐야 한다. 알람을 세 개씩이나 맞춰놓은 게 잘못일까. 두 번이나 무시하고 또 마지막 알람에 의

지했다. 마지막 알람은 지각을 간당간당하게 면할 수 있을 시간으로 맞춰져 있다. 양치질은 건너뛰고 머리와 얼굴에 물을 묻혔다 닦고 나온다. 옷을 꿰입고 나서자마자 위에서 내려오고 있는 엘리베이터를 잡는다. 다행히도 중간에 타는 사람 없이 곧장 1층에 도착한다. 1층에서는 한 여자가 피곤한 얼굴로 엘리베이터를 기다리고 있었다. 나도 모르게 큰 소리로 안녕하세요, 하는 인사가 나온다. 여자는 밤새 무언가에 시달리다 온 듯 초점 흐린 눈으로 나를 한 번 보고는 그대로 비껴서 엘리베이터에 올라탄다. 엘리베이터 문이 닫히고 나서야 예전에도 나는 이런 식으로 여자를 몇 번 마주쳤다는 게 떠오른다.

사무실은 아직 조용하다. 5분 정도 늦어서 욕먹을 각오를 했는데 텅 빈 사무실을 마주하게 되자 어찌 된 일인가 싶다. 회식을 한 다음 날이면 팀장 재량으로 30분 정도 출근 시간이 늦춰지긴 했다. 커피를 내려 마시고 인터넷으로 국내외 신문을 훑어볼 동안 아무도 출근하지 않는다. 나는 포털사이트의 기사 링크를 타고 다니다가 여행사의 휴양지 광고 창을 연다.

하늘에서 용이 내려와 보석과 구슬을 내뿜자 그것들이 바다로 떨어지면서 갖가지 기암괴석이 되어 해상 침략자들을 막아줬다. 내려오다는 뜻의 하, 용을 뜻하는 롱. 하롱베이는 용이 내려온 만이라는 뜻이다. 오랜 세월 동안 자연이 조각해낸 이 기묘한 경관 속에는 개, 귀부인, 물개, 사람 머리, 엄지손가락 등의 이름이 붙은 바위가 무려 천여 개나 된다……

하롱베이가 동남아 어딘 줄로 짐작은 하고 있었는데 베트남의 제1경승지라는 건 처음 알았다. 특가 행사 중이라 경비가 무척 저렴하다. 통장 잔고를 셈해본다. 어쩌면 그리 나쁜 상황은 아닌 듯싶다.

5년 전, 입사를 확정지어놓고 배낭여행으로 유럽일주를 했다. 아르바이트로 모은 돈을 바닥까지 긁고도 모자라 부모님께 손을 벌려 겨우 경비를 마련했다. 앞으로 펼쳐질 안정적이고도 풍족한 삶을 미리 실감하고 싶었다. 일정은 영국에서 시작했다. 해양성 저기압의 음침한 런던 날씨를 40시간 정도 겪은 뒤 해저터널을 지나 프랑스로 갔다. 에펠탑과 루브르와 몽마르트르 등을 둘러보다가 유레일을 이용해 스위스, 이탈리아, 오스트리아, 독일을 돌았다. 비용 때문에 빠듯하게 짠 일정 안에서 각 나라의 수도와 국립박물관, 유적지를 찍고 다니느라 무슨 서바이벌 게임을 치르는 것 같았다. 단 한 군데라도 빼먹으면 '유럽일주'를 하지 않은 게 될까 봐 몸살기가 있어도 일정을 조정하지 못했다. '가봤다'를 증명할 일이라도 생길 줄 알고 입장권과 안내서 따위를 악착같이 챙겼고 매일 다른 옷을 입고 셀카를 찍어댄 뒤 곧장 페이스북에 전시했다. 친구들은 내가 게시한 사진과 글에 별 호응을 보이지 않았다. 나는 그런 철저한 무반응이 부러움과 시샘의 메아리라 해석하고 더 많은 사진과 글을 올렸다. 여행은 그렇게 일상과 마찬가지로 관성으로 진행됐다.

귀국하는 비행기 안에서 대한민국 영공에 들어왔다는 안내 방송을 듣고서야 이제 끝났구나 하고 마음을 놓을 수 있었다. 그 뒤론 도시를 일 없이 벗어난 적이 없다. 떠난다는 건 일상의 테두리 한쪽 끝을 길게 잡아 뺀 것에 불과했다. 나는 그저 부메랑에 지나지 않았다. 허공의 부메랑에게 주어지는 건 자유가 아니라 공포였다. 정신없이 회전하며 허공의 위태로움을 견디는 동안 벽에 안전하게 걸려 있던 시간이 그리웠다. 던져지는 힘과 솟구치는 각도와 돌아올 궤도를 정확히 계산해야 하는 탈주는 아무런 해방감도 주지 못했다.

누군가 문을 열고 들어오는 소리에 모니터를 집중하던 눈을 돌린다. 1년 후배인 P다. 막내보다 성실하고 선배보다 능력 있는 친구다. P는 나를 보자 놀란 눈을 하고 걸음을 우뚝 멈춘다. 자기보다 일찍 나온 사람이 있는 게 평소 같지 않은 광경일 순 있겠지만 저렇게까지 유난 떨 건 뭔가 싶다. 나는 "좋은 아침이야." 인사해주곤 모니터로 시선을 돌린다. 모니터에서는 이제 막 구글어스의 화면이 하롱베이에서 우주로 줌아웃된 참이다. 검은 우주를 배경으로 동전처럼 생긴 지구가 파랗게 질려 있다. 마치 무리를 잃고 혼자가 된 미생물 같다.

"선배, 어제 무슨 일 있었어요? 팀장님이 엄청 찾았는데?"

P가 다가와 누가 들으면 큰일이라도 난다는 듯 속삭였다.

"뭔 소리야. 모처럼 야근도 없고 회식도 없는 날이라 일찍 퇴근했잖아. 뭐야, 나만 빼놓고 한잔한 거야?"

나는 건성으로 대답하며 구글어스 주소창에 내가 있는 곳을 입력해본다. 우주의 파란 동전이 순식간에 확대되더니 회사가 입주해 있는 건물의 옥상이 보인다. 조금만 더 들여다보면 구글어스를 보고 있는 내 뒤통수도 찾을 수 있을 것 같다. 뒤통수를 지나면 모니터가 있을 것이고 그 모니터 안에는 우주에서 지구로, 지구에서 대한민국 서울로, 서울에서 회사로 진입되는 또 하나의 시선이 있을 것이다. 그러길 여러 번, 이제는 현실로 나와야 한다. 회사에서 상공으로 멀어져가는 시선은 우주로 빠져나갔다가 다시 모니터에서 튀어나온다. 몇 번이나 들어갔는지 잊은 나는 실수로 몇 번 더 밖으로 나온다. 그리고 처음 시작된 곳을 잃은 채 사차원 속 미아가 되고 만다. 현기증이 인다.

"아니요. 어제 말이에요. 그제 말고요. 선배 어제 결근했잖아요."

P의 말에 등줄기를 타고 한기가 주르륵 흘러내린다. 농담인가 했으나 P의 눈빛에 웃음기가 보이지 않는다. 스마트폰 화면의 날짜를 확인한다. 화요일이 아니라 수요일 오전 8시 30분이다. 최근 통화 기록을 보니 회사에서 열 번도 넘게 전화를 걸었는데 모두 부재중이다. 그런데 대기화면에 부재중 통화 수신을 알리는 표시가 없다. 알림이 있었다면 아침에 눈을 뜨자마자 알아챘을 것이다. 문자메시지도 잔뜩 와 있다. 역시 대기화면엔 수신 알림 하나 남아 있지 않고 메시지는 모두 확인된 상태다.

"혹시 그제 일찍 들어가는 것 같더니 어디로 새서 한잔하시고 하루 종일 완전히 쓰러져 있었던 거 아니에요?"

P의 조심스러운 척 놀리는 듯한 질문을 받고도 대답을 할 수가 없다. 그저 P의 얼굴만 쳐다보고 있는데 P는 어깨를 한 번 으쓱하곤 자기 자리에 가 앉는다.

내가 술을 마셨던가? 그건 분명히 아니다. 부장이 퇴근하면서 야근할 생각들 말고 일찍 들어가라고 말해준 덕분에, 그렇다면 한잔할 건수가 잡히지 않을까 기다려봤지만 나만 그렇게 생각했는지 모두들 집이나 친구에게 전화를 걸며 흩어지고 말아서 허전한 마음을 달래며 혼자 퇴근할 수밖에 없었다. 집에 들어가서는 냉동식품과 즉석 조리 국으로 저녁밥을 먹었고 드라마와 뉴스에 이어 예능프로그램을 차례로 보고도 잠이 오지 않아 케이블 채널 이곳저곳을 돌아다니다가 명사 초대석이란 것도 보고 홈쇼핑에서 보험 상품을 파는 것도 보다가 자리에 누웠다. 그러고도 긴 시간을 들여 새 알람 어플리케이션을 골라 스마트폰에 설치한 뒤 SNS와 연동되는 모바일 게임에 들어가 주간 랭킹을 끌어올리려 무진장 애를 쓰다가 만족할 만한 성과는 내지 못한 채 꽤 늦은 시간에 잠들었다.

그 외에는 아무리 기억을 되짚어봐도 생각나는 것이 없다. 진상을 확인하기 전에 팀장에게 둘러댈 말이 필요하다. 아팠다고 할까? 전화 받을 힘도 없을 만큼 중태였냐고 물을 것이다. 누가 죽었다고 할까? 문자 한 통 보낼 경황도 없을 만큼 가까운 사람이냐고 따질 것이다. 아예 외계인에게 납치되었다고 얘기하면 어떨까도 싶다. 동료들이 하나둘 출근하면서 나의 '어제'를 묻는다. 나는 "그냥 그렇게 됐다"고만 한다. 모두들 교통카드 찍듯 짧게 염려 섞인 말을 던진 뒤 자기 자리로 간다.

팀장은 밤을 새운 건지 얼굴이 안돼 보일 만큼 꺼칠하다. 엉거주춤 일어나서 인사를 했으나 본 체 만 체하고 자리로 가 앉는다. 컴퓨터 전원부터 켜고 손바닥으로 얼굴을 감싼 채 거친 숨을 내쉬는 틈에 술냄새가 희미하게 건너온다. 한참 동안 호출만 기다리는데 팀장은 모니터 너머에서 얼굴을 책상에 박은 채 별 기척이 없다. 한참 뒤 팀장이 어딘가로 전화를 건다. 간간이 짜증 섞인 얘기가 들려온다. 내가 '어제' 처리했어야 한 일이 연관된 것도 같고 아닌 것도 같다. 1분이 한 시간처럼 흐른다. 나는 더 기다리지 못하고 통화를 끝낸 팀장에게 다가간다. 사무실의 시선들이 일제히 내 등 뒤로 몰려드는 게 느껴진다. 팀장은 한 손으로 이마를 짚은 채 모니터를 노려보고 있다. 술냄새가 좀더 분명하게 맡아진다.

"팀장님, 드릴 말씀이……"

"가 있어. 내가 부를게."

시선도 주지 않고 던지는 함축적인 대꾸가 묵직하게 나를 밀어낸다. 나는 조용히 자리로 돌아와 일하는 척한다. '어제' 진행되었어야 할 일들이 모두 항로를 벗어나 표류하고 있다. 해도 해도 티가 안 나던 일들이 단 하루 만에 이렇게까지 엉켜 있는 게 믿기지 않는다.

—회의실로!

오래 기다리지 않아 모니터 하단에서 팀장이 보낸 메시지가 뜬다. 동시에 팀장이 의자를 거칠게 밀고 일어난다. 나는 소리 나지 않게 뒤를 따른다. 나머지 사람들은 얼굴을 들지 않고 제 일에 몰두하는 척하지만 시선을 제외한 모든 감각이 내게로 집중돼 있는 걸 알 수 있다.

회의실이 팀장의 술냄새로 가득 찰 때까지 침묵이 이어진다. 팀장이 인상을 쓰고 있는 이유가 나 때문인지 숙취 때문인지 모르겠다. 숨 막히는 시간이 한참 더 흐른 뒤 팀장이 입을 뗀다.

"내가 널 어떻게 하면 좋겠냐?"

의도를 파악할 수 없는 질문이다. 여러 경우의 수를 예상하고 대답을 준비했건만 어느 하나 쓸 만한 게 없다. 그냥 쏴보는 공포탄인지, 작정하고 겨눈 실탄인지 분간이 안 된다.

"잘…… 하겠습니다."

방탄복이 없으므로 피하기로 한다.

"그런 게 아니잖아."

"네?"

"어제 부장님이 조용히 불러서 물으시더라. 널 어떻게 하면 좋겠냐고. 니가 이러는데 내가 아무리 변호해봐야 무슨 소용이야!"

"……"

"문을 열기가 겁나면 대신 열어줄 수도 있어. 아직 젊잖아. 진지하게 하는 말인데 어떻게 생각해?"

팀장이 기어코 한 방 더 당기고 말았다. 회의실이 갑자기 어두워지더니 붉고 탁한 빛이 회의실 바닥에서부터 찰랑거리며 채워진다. 서늘한 느낌에 내려다보니 내 가슴에 구멍이 뚫려 있고 붉은빛이 가슴의 구멍에서 용암처럼 쿨럭쿨럭 뿜어져 나오는 중이다. 심장의 박동에 따라 분출하는 짙고 뜨거운 빛이다. 몸은 점점 식어가는데 이마에선 땀이 흐른다. 붉은빛이 일렁이며 차오를 동안 우리는 둘 다 말이 없다.

맞은편에 앉은 팀장이 아직 어깨 위로는 어둠 속에 잠긴 채 말한다. 표정이 보이지 않는다.

"다른 일을 생각하는 것 같은데, 망설이고 있다면 그냥 얘기해. 조직이 중요하긴 해도 사람 앞길까지 막을 필욘 없지. 회사에는 괜찮은 절차도 마련돼 있어. 새 자리를 구할 때까지 제법 도움될 거야."

팀장의 말소리가 확성기를 통과한 것처럼 쟁쟁거린다. 팀장의 눈을 보고 싶다. 그러나 내 몸에서 나오던 붉은빛은 고갈되어 더 이상 회의실을 채워주지 않는다. 차가운 어둠 속에서 팀장이 다시 말한다.

"어쨌든 무단결근을 했으니 절차대로 시말서는 써. 쓰면서 잘 생각해봐."

무슨 말이라도 하고 싶었으나 팀장은 서둘러 일어난다. 팀장이 나가자 회의실이 다시 밝아진다. 가슴에 난 구멍은 사라지고 없다. 손아귀에 땀이 흥건하다.

시말서의 첫 문장만 생각하던 중에 어느새 점심시간이 됐다. 시계는 12시를 가리키고 있지만 다들 팀장의 눈치를 보고 있다. 팀장은 여전히 속이 불편한 듯 붉은 낯빛에 화가 난 표정이다.

P가 벌떡 일어나더니 큰 소리로 점심 메뉴를 추천한다.

"저기, 오늘 쌀국수 어떠세요, 들? 알고 보니 요 근처에 베트남 사람이 직접 하는 식당이 있더라고요. TV에도 여러 번 나왔대요."

사람들의 표정이 난바다에서 표류하다가 구조 헬기를 본 것처럼 밝아진다. 팀장은 부드러운 목소리로 자기는 속이 불편해 생각 없으니 든든하게들 먹고 오라고 한다. 그러나 P는 준비하고 있었다는 듯 다음 말을 꺼낸다.

"그러지 말고 가시죠, 팀장님. 숙취에는 쌀국수에 숙주 잔뜩 얹어 먹으면 직빵입니다."

나머지 사람들도 늘 먹는 밥보다는 별미가 당긴다며 P의 의견에 동조한다. 그러자 팀장이 못 이긴 척 일어나며 재킷을 집어 든다. 나는 이러지도 저러지도 못하고 앉아만 있는데 P가 함께 가지 않겠느냐고 묻는다.

"어, 난 알아서 할게. 좀 할 일이 많아서…… 맛있게 먹어."

"다 먹고살자고 하는 일인데 식사까지 거르셔서 어떡합니까?"

P는 애써 권하지 않고 일행의 맨 뒤에서 사라진다. 그 모습이 마치 얼른 나가자며 사람들을 몰아내는 것 같다. 나는 사무실이 비는 걸 쳐다보다가 시말서를 쓰던 모니터를 노려본다. 아직 한 줄도 적혀 있지 않은 빈 문서다. 첫 문장만이라도 만들면 어떻게든 채워보겠는데 어디서부터 무엇을 어떻게 써야 할지 전혀 감이 잡히질 않는다.

'늦잠을 자지 않으려 새 알람을 설치했습니다. 그런데 하루가 몽땅 없어져버렸습니다. 그러므로 무단결근은 저의 의도와 전혀 무관합니다.'

아무렇게나 손가락이 가는 대로 키보드를 두드려본다. 몇 개의 문장이 더 만들어졌지만 잘못 던져진 부메랑처럼 엉뚱한 궤도만 그린다. 백스페이스키를 눌러 글자들을 지우자 말간 화면이 다시 압박해오기 시작한다.

무심코 스마트폰을 만작거리다가 해답이 알람에 있을지도 모른다는 생각이 스친다. 왜 이 생각을 이제야 했을까. 알람 아이콘을 두드려 환경설정에 들어가서는 내가 미처 확인하지 못한 기능들을 샅샅이 살핀다. 하루를 건너뛰게 하는 기능이 있을지도 모른다. 그런 게 있다면 되돌리는 기능도 있을 것이다. 기대했으나 아무리 살펴봐도 스마트폰에서는 이번 일을 설명해줄 만한 단서가 보이지 않는다.

'그럴 리가 없다.'

하릴없이 몇 글자 두드려놓고는 모니터에서 깜빡이는 커서를 바라본다. 한 순간 촉매제 같은 문장을 궁리하며 얼마나 그러고 있었는지 뒷목이 뻐근하다. 한숨을 길게 내쉬고 등받이에 몸을 기댄다. 응어리진 기분을 내뱉기엔 한숨으로 모자란다. 담배를 챙겨 일어난다.

*

건물 옆 쉼터에 마련된 흡연 구역의 재떨이에 탄피 같은 꽁초가 가득하다. 담배연기를 뿜으며 하늘을 본다. 희푸른 하늘에 구름은 보이지 않는다. 기온도 조금 덥다 싶을 정도로 푸근하다.

"뭐야, 이건 런던 날씨가 아니잖아."

마지막 담배연기를 내뿜으며 하늘을 향해 중얼거려본다.

많은 것들을 사소하게 느껴지게 하는 햇살이다. 아직 좀 남아 있는 점심시간과 좋은 볕이 나를 길가로 이끈다. 벌써 점심을 해결한 사람들이 테이크아웃한 커피를 들고 돌아다니고 있다. 이면도로를 따라 양쪽에 늘어선 건물들에서 더 많은 사람들이 꾸역꾸역 쏟아져 나온다. 그리고 그들은 오피스빌딩이 밀집해 있는 쪽, 그러니까 내가 걷는 역방향으로 인파를 이룬다. 조심하지 않으면 몸이 부딪힐 정도로 빽빽하다. 나는 돌아서지 않는다. 괜한 오기인 것도 같은데 발걸음은 계속 앞으로만 향한다. 몇 번 사람들과 어깨를 부딪친다. 그러자 인파 속 얼굴들이 모두 나를 쳐다보며 지나간다. 하나같이 희고 창백한 낯빛으로 놀란 눈이다. 눈들이 이 친구야 그쪽이 아니잖아, 하고 묻고 있다. 나도 안다. 그런데 몸을 돌릴 수가 없다. 고개만 돌려 뒤를 보니 벌써 회사 건물이 보이지 않는다.

거리가 갑자기 거짓말처럼 조용해진다. 아주 멀리 어디선가 귀에 익지만 정확히 기억나지는 않는 음악만이 들려오고 있을 뿐이다. 음악이 나를 졸리게 만든다. 길은 곧게 뻗은 채 무빙워크처럼 나를 앞으로 보내고 있다. 길의 끝에 있는 무언가로 나를 데려가는 것 같다. 한 무리의 사람들이 건물과 건물 사이의 그늘진 공간에 모여 담뱃불을 붙이고 있는 게 보인다. 담배라고 생각했던 것이 다시 보니 권총이다. 앙증맞도록 작은 권총을 든 사람들이 자기 폐를 향해 일제히 방아쇠를 당긴다. 가슴이 뚫린 사람들은 구멍으로 흰 연기를 뿜어내며 만족스런 표정을 짓는다. 그리고 몇 번이고 같은 행동을 반복한다. 사람들 사이로 보이는 항아리에선 아가리 밖으로 흰 탄피가 넘쳐난다. 음악은 끊어질 듯 이어지길 거듭하고, 그것이 나를 더 졸리게 만든다.

멀리 앞쪽에서 사람 소리가 들린다. 남자인 것 같은데 무언가를 외치는 중이다. 남자와 가까워지며 외침이 들리기 시작한다. "소대에—, 차렷! 열쭈웅—, 쉬엇!" 뒷모습만인데도 그가 소대장이란 걸 알겠다. 다시 외침이 들린다. "소대에ㅡ, 차렷! 열쭈웅ㅡ, 쉬엇!" 나는 그를 향해 힘껏 소리 지른다. 소대장님! 남자에게 내 목소리가 들렸을 것 같은데도 그는 돌아보지 않고 걸음을 서두른다. 소대장님! 소대장님! 목청껏 부르는데 외치고 있다고 생각했던 목소리가 전혀 나오지 않는다. 남자는 계속해서 구령을 넣으며 빠르게 멀어진다. 나는 다급한 마음에 뛰어본다. 그러나 다리가 땅에 박혀버린 듯 움직여주지 않는다. 길이 계속해서 앞으로 흐르는데도 남자를 쫓기엔 역부족이다. 남자가 마침내 하나의 점으로 사라지고 만다.

음악이 나를 계속 졸리게 만든다. 곡명이 머릿속에서 가물거린다.

어딘가에서 요정처럼 입은 늙은 여자들과 악귀처럼 분장한 늙은 남자들이 나타나 앞을 가로막는다. 늙은 요정들이 먼저 춤추며 아양을 떤다.

보험을 들어줘요 내 사랑, 난 당신의 서명이 필요해요. 이 세상이 끝난대도 우리 약속은 영원해.

뒤를 이어 늙은 악귀가 종이와 펜을 흔들며 위협한다.

심연과 같은 우울을 경험해본 적이 있는가. 심장을 파먹고 있는 절망이 느껴지지 않는가. 사자의 안내를 따르는 자여, 계약만이 너를 구원하리라.

숨이 막히고 몸이 점점 더워진다. 길의 흐름이 몸을 가누기 힘들 정도로 거세다. 이 무서운 기세의 끝은 낭떠러지일 것만 같다. 문득 엄습하는 절망감에 오금이 아프도록 저려온다.

　길이 나를 데려다놓은 곳은 거대한 기관의 정문 앞이다. 길은 멈춰 있고 내 두 다리는 비로소 자유를 찾는다. 나는 다시 무언가에 이끌리듯 정문으로 들어선다. 그러자 드넓은 운동장이 펼쳐지고 갑자기 내려쬐는 햇빛 때문에 눈을 질끈 감는다. 오래지 않아 후텁지근한 기분과 함께 시야가 서서히 열린다. 땡볕 아래에 같은 색 운동복의 아이들이 대오를 정렬한 채 제자리걸음 중이다. 어림잡아 수천 명은 되는 것 같다. 운동장 사열대 위에서 한 사람이 아이들과 같은 자세로 제자리걸음을 하고 있다. 나는 그가 소대장이라고 확신한다. 언제 저 위에 올라간 걸까. 아이들이 구르고 있는 발밑에서 뿌연 먼지가 끊임없이 인다. 표정 없는 아이들의 얼굴이 자욱한 먼지에 잠긴다.

　아까부터 모호하게 들리던 음악이 순간 뚜렷해진다. 동시에 소대장이 소리친다.

　"국민체조― 시― 작!"

낫이
짖을 때

"나는 글을 읽을 줄 모른다."

아이가 붓을 들어 내 말을 옮기려다 말고 고개를 든다. 나는 아이의 눈을 보며 빙긋이 웃어준다. 잘 닦은 바둑알 같은 눈동자다. 의심을 해본 적도, 속여본 적도 없는 눈이다.

"왜 그러느냐?"

"선생님, 이건 어떤 글입니까?"

"알게 될 것이다."

지금부터 아이는 내 지난 삶을 기록할 것이다. 글을 베껴 쓰면서도 그 뜻을 알아서는 안 되었던 삶이다. 그리고 나는 어쩌면 이 기록마저 죽을 때까지 읽지 못할 것이다. 아이는 더 묻지 않고 종위 위에 내가 뱉은 말을 써내려간다. 자기에게 허락된 앎과 금지된 앎을 구분할 줄 아는 영민함이 기특하다. 아이가 쓰기를 멈추고 다시 고개를 든다. 다 썼다는 뜻이다. 나는 종이 위에 남겨진 글자들을 찬찬히 들여다본다. 하나하나 눈에 익지만 그 뜻과 소리는 모른다. 나의 이야기가 정녕 저렇게 시작되는 것인가. 나는 아이의 손에서 종이를 거둬와 잠시 가까이서 살펴본다. 글자들이 저마다 머금은 물기로 묵직하다. 질 좋은 먹의 냄새가 종이 위에 은은하다.

마당을 어슬렁거리던 황구가 댓돌 밑에 다가와 엎드린다. 미물이나마 듣는 이가 하나라도 더 는 것에 위안을 얻는다. 어디서부터 시작하면 좋을까. 이야기의 처음과 끝을 수백 번, 수천 번도 더 생각해왔는데도 막상 붓끝에서 흘러나온 글자들과 마주하니 머릿속이 텅 비어버린다.

나는 글을 배울 수 없는 노비 신분으로 자랐다. 그러나 나이를 먹어가면서 자연스레 글의 쓸모를 알게 됐다. 세상만물을 옮겨놓을 수 있고 허공에서 흩어져버리는 말들을 온전히 잡아둘 수 있으며 머릿속에 눈처럼 내려 쌓이는 생각들을 녹아 사라지기 전에 간수할 수 있다고 들었다. 나는 그런 글을 알고 싶었다. 그러나 아버지는 글 근처에는 얼씬도 못하게 했다. 내가 작대기를 쥐고 흙바닥에 글을 끼적이고 있는 걸 발견하면 내 뒷덜미를 잡아채 일으켜서는 호되게 나무랐다. 아버지는 그럴 때마다 글을 배워서는 안 되는 우리의 신분과 숙명을 들먹였다. 나는 아버지를 이해할 수 없었다. 원망스럽기도 했다. 글의 주인이 따로 있지 않을진대 아버지는 마치 내가 양반의 것을 탐내고 있기라도 하는 것처럼 말했다. 나는 고집을 꺾지 않고 호시탐탐 기회를 엿봤다. 그러나 아무도 내게 글을 가르쳐주지 않았다. 내가 말을 걸어볼 수 있는 어른들은 모두 글을 몰랐고 함부로 말을 붙일 수 없는 사람들은 부엌을 기웃거리는 개 쫓 듯 날 내쫓았다.

어쩔 수 없이 글을 체념해야만 했다. 그러나 세상의 것들을 내 손으로 베껴보고 싶은 욕망은 조금도 줄어들지 않았다. 그래서 나는 흙바닥에 그림을 그리기 시작했다. 새와 나무, 소와 쟁기를 그렸다. 개와 고양이, 쥐와 지네, 꽃과 벌, 나비와 푸성 귀를 그렸다. 어느 날 밭일을 마치고 녹초가 되어 들어오던 아 버지가 마당 구석에 쭈그리고 앉아 뭔가를 끼적이고 있는 나를 발견하고는 또 맹수처럼 달려들어 작대기를 빼앗았다. 그러나 내가 흙바닥에 남기고 있던 것이 글이 아니라는 걸 알고는 슬 며시 화를 누그러뜨렸다. 나는 그때 아버지가 뭔가에 크게 놀 랐다는 걸 느꼈다. 아주 무시무시한 꿈을 꾼 사람 같았는데, 그 때 아버지가 웅얼거린 말은 어떤 종류의 예언처럼 들렸다.

"그림은, 상관없겠지……"

나는 아버지의 묵인 아래에 틈이 날 때마다 그림을 그렸다. 내 그림은 하루하루 발전되어 낫을 그리면 풀을 벨 것 같고 개 를 그리면 곧바로 짖어댈 것만 같았다. 그림을 그리다가 누가 나타나면 얼른 지웠다. 노비가 일은 하지 않고 흙장난질이나

하고 있는 걸 좋게 볼 사람은 없었다. 아직 어렸던 나는 감시를 덜 받았으나 게으름을 피우다가 매를 맞는 어른 노비들을 숱하게 봐왔다.

어느 날 서신 심부름을 하고 오다가 길거리에서 나뒹구는 방 조각이 손에 들어왔다. 무슨 이유에선지 내 눈에는 그것이 글이 아니라 그림이 그려진 종이로 보였다. 나는 하던 대로 흙바닥에 앉아 거기 적힌 글을 따라 그려보았다. 글이 있는 물건을 쥔 게 오랜만이기도 했거니와 방처럼 글씨가 많은 것은 처음이어서 혼이 빠져 있었던 것 같다. 나는 바닥과 나 사이에 드리워져 있는 커다란 그림자에 놀라 앉은 채로 엉덩방아를 찧으며 자빠졌다. 주인과 주인을 보필하는 사내 두 명이 범 같은 표정으로 나를, 내가 그린 것을 내려다보고 있었다. 나는 얼른 일어나 손을 모으고 고개를 숙였다. 마침 일을 마치고 대문을 들어서던 아버지가 내 앞에 주인 일행이 모여 서 있는 걸 보고 말았다. 아버지는 지게를 벗어 던지고 허겁지겁 달려와서는 무슨일이 일어나고 있는지 알기 위해 애썼다. 아버지는 바닥에 놓인 방 조각과 그 옆에 적힌 글자들을 보자마자 주인 앞에 무릎을 꿇고 머리를 조아렸다.

"소인이 자식 단속을 소홀히 한 죄입니다. 부디 한 번만 용서해주십시오."

슬쩍슬쩍 올려다보니 주인은 뒷짐을 지고 고개를 갸웃거리며 한참 동안 땅바닥을 들여다보고 있었다. 그러는 동안에도 아버지는 연신 이마를 바닥에 찧어댔다. 나는 손 안의 작대기만 힘껏 움켜쥐었다. 작대기가 탁 소리를 내며 부러져 땅에 떨어졌을 때 주인이 입을 뗐다.

"그래, 니가 흙 위에 적은 그것이 무슨 뜻이냐."

나는 주인의 질문을 얼른 알아듣지 못했다. 우물쭈물하고 있자 주변의 사내들이 눈을 부라리며 재촉했다. 힘이 장사고 무예가 뛰어나 각자 군사 대여섯쯤은 가뿐히 상대한다는 사람들이었다.

"하문하시질 않느냐. 얼른 고하라."

사내 중 한 명이 말했다. 아버지는 더욱 안절부절못했다. 그러다가 내게만 들리는 소리로 중얼거렸다.

"니가 언제, 니가 언제……"

아버지는 말을 맺지 못했지만 무얼 말하고 싶어 하는지는 쉽게 알 수 있었다. 그러니까 그토록 단속했건만 내가 언제 글을 깨쳤냐는 것이었다. 하지만 아버지의 짐작은 틀렸다. 나는 분명히 글을 몰랐으며, 누가 뭐래도 내가 한 짓은 단순히 글을 따라 그린 것일 뿐이었다. 어른들이 무엇을 오해하고 있는지 알게 되자 할 말이 생겼다. 그러나 주인의 얼굴을 똑바로 볼 엄두가 나지 않았다. 주인 옆에서 불호령을 내리던 사내가 다시 다그쳤다.

"어린놈이 고얀 버릇이 들어 있구나. 매맛을 봐야 입을 열겠느냐."

나는 노비들이 멍석에 둘둘 말린 채 두들겨 맞는 걸 봐온 터라 주저앉아버리고 싶을 만큼 사타구니가 저려왔다. 목이 타고 입술이 바싹 마르는데도 머릿속의 말들을 띄엄띄엄 꺼내지 않을 수 없었다.

"저는, 이것이, 무엇을 뜻하는지 모르옵니다. 그저, 재미삼아, 그림을 그려왔, 사온데, 이것이 손에 들어와, 그대로 흙바닥에 옮기고 있었을 뿐입니다. 소인도 이것이 글이라는 걸 알고는, 있었습니다. 그렇지만 제가 글을 알고 베낀 건 아닙니다. 그러니까, 종이의 것은 분명 글이겠으나, 흙의 것은 결코 글이 아닙니다. 흙에 그린 낫으로는 지푸라기 하나 벨 수 없고 흙에 그린 개는 도둑을 쫓지 못하는 것과 같사옵니다."

내가 말을 마치자마자 주인의 옆에 서 있던 사내 중 하나가 또 고함을 질렀다.

"이놈이 감히 어느 안전이라고 혀를 함부로 놀리느냐. 네 정녕 네 아비와 함께 물고를 내야 바른대로 고하겠느냐."

아버지는 아예 흙바닥에 납작 엎드리고 말았다.

"살려만 주십쇼. 살려만 주시면 자식 놈 손모가지를 부러뜨려서라도 다시는 이런 짓을 못 하게 해놓겠습니다."

나는 아버지가 바지춤을 끌어당기는 바람에 그 옆에 나란히 엎드릴 수밖에 없었다. 잘못한 것도 없는데 추궁을 당하는 게 억울했고, 잘못했더라도 아버지가 욕을 먹는 건 더욱 참기 힘들었다. 신분이 무엇인지 숙명이 무엇인지 원망스러웠다. 아버지가 염려하던 게 이런 것이었는지, 아니면 더 큰 화를 입을 수도 있는 건지 몰라 겁도 났다. 나는 다시는 그림을 그리지 않으리라 다짐했다.

"아이가 흙장난질 좀 했기로 손목을 부러뜨린다니, 자네도 참 어지간히 엄한 아비일세. 이 아이의 이름이 무엇인가."

주인의 목소리가 마치 하늘에서 울리는 듯했다. 아버지는 땅바닥에 코를 박은 채 대답했다.

"천한 놈에게 이름이라니요. 가당찮습니다. 그저 목숨이나 잘 부지했으면 한다고 저잣거리의 관상쟁이에게 얘기했더니 수복이라 부르면 좋다 해서 그리하고 있습니다."

주인은 아버지의 얘길 듣더니 너풀너풀한 도포 자락을 젖히고 바닥에 쭈그려 앉았다. 아버지는 손찌검이라도 당할 줄 알았는지 움찔거리며 기어 뒤로 물러났다. 주인은 방금 내가 부러뜨린 작대기를 주워 들고 글자를 쓰기 시작했다.

"아마도 그 관상쟁이란 자가 이렇게 써줬으렷다?"

아버지는 주인이 쓴 두 글자를 가만히 들여다봤다. 나는 그것을 보며 내 이름이 저렇게 적히는구나, 사람들이 나를 보고 수복아 하고 부르는 그 이름의 생김새가 바로 저렇구나 하고 잠깐 구름 위에 기어오른 기분에 빠졌다. 그러다가 무릎을 부여잡은 아버지의 손이 부르르 떨리는 것을 보았다. 아주 작은 떨림이었으나 분명히 아버지는 무언가를 간신히 참아내고 있었다.

"그, 그렇습니다…… 아주, 바로 써주셨습니다. 제가…… 짐 승만도 못한 기억이나마 아들놈 이름자라 눈여겨봐둔 적이 있는데…… 맞습니다. 분명 이 두 글자의 생김새는 관상쟁이가 써준 것과 닮았습니다."

아버지는 손만큼 목소리도 떨고 있었다. 주인이 그토록 무서운 사람인가 싶어 새삼 불알이 쪼그라들었다. 아버지의 얘기를 들은 주인이 갑자기 소리 내 웃었다. 그러자 그 옆에 섰던 사내들도 겨우 참고 있었다는 듯 한껏 웃어젖혔다.

"미안허이. 내가 좀 짓궂었네. 이 글자는 목숨을 잘 부지하라는 뜻이 아니고 그 반댈세. 허허 이거 참, 내가 잠시 체통을 잃었네. 알겠는가? 자네 아들놈 이름을 이리 기억하면 아니 되네."

주인이 썼던 글자를 지우고 다시 썼다. 획마다 힘을 실었다 거뒀다 하는 게 눈에 똑똑히 보였다. 작대기가 바닥을 긁는 소리도 경쾌했다. 내 귀에는 마치 앞을 가리고 있던 두터운 막을 시원스레 찢어버리는 소리로 들렸다. 아버지의 떨리던 몸은 주인이 다시 쓴 두 글자를 본 뒤에야 조금씩 잦아들었다.

"이것이 자네 아들 수복이의 이름이네. 내 조만간 사람을 시켜 글씨를 보내줄 터이니 잘 간수하게."

"아이고, 어인 말씀입니까. 제게 나으리의 글씨라니요. 개 발에 편자가 따로 없습니다. 말씀만으로도 이리 몸 둘 바를 모르겠사오니 부디 거두어주십시오."

"사람도 참, 글씨 따위가 뭐 대단하다고 그리 질겁을 하고 그러나. 물론 객주 같은 데서 내 글씨를 꽤 두둑하게 쳐준다는 소문은 들었네만, 아비로서 자식 이름자를 그런 곳에 걸어두고 싶진 않겠지. 내 괜한 장난 한 번 했다가 마음이 쓰여 그런 것이니 받아두게. 그리고 수복아. 너는 내일 아침 일찍 잠시 내게 오너라. 내 너의 재주를 곁에 두고 긴히 쓰고자 하니라."

주인은 기분이 퍽 좋은 눈치였다. 나는 어안이 벙벙해져 얼른 대답하지 못하고 고개만 더 푹 숙였다. 주인과 사내들은 재밌는 구경을 마친 사람처럼 웃음 섞인 한담을 주고받으며 자리를 떴다.

저녁 내내 주인이 내게 무슨 일을 시키려는 걸까 생각했다. 일이 없는 노비, 남아도는 노비는 팔려나갔다. 그래서 우리 같은 사람들의 혈육의 끈은 지푸라기만도 못했다. 부모와 형제가 있더라도 주인들은 갓 젖을 뗀 개 새끼를 남의 손에 넘기듯 다른 주인에게 팔아버렸다. 나는 아직 어려 내 밥값을 다하진 못했지만 서신을 전하거나 물건을 사 오는 등의 잔심부름 정도는 똑부러지게 해내고 있었기 때문에 아버지와 떨어지지 않을 수 있는 것 같았다. 아버지는 행여 내가 어딘가로 넘겨질까 봐 내 밥값까지 도맡아 항상 소처럼 일했다. 나는 내 몫의 일이 꼭 필요했다. 그래서 주인이 나에게 일을 시키겠다고 한 게 불안한 한편으로 더없이 기뻤다.

아버지는 전혀 기뻐하는 내색 없이 눈썹 사이를 찌푸린 채 호롱불이 흔들리는 것만 바라보며 앉아 있었다. 밤공기를 타고 어디선가 개 짖는 소리가 들려왔다. 불을 끄고 누웠으나 초저 녁이면 곯아떨어지는 아버지가 잠들지 못하고 자꾸 뒤챘다.

"주인 나으리가 제게 뭘 시킬까요?"

내가 아버지 쪽에 대고 물었다. 어둠 속에서 긴 한숨 소리가 대답보다 먼저 들렸다.

"무슨 일을 시키든 너는 네 처지를 절대 잊어서는 안 된다. 그저 시키는 일만 하거라. 필요 없는 것은 듣지도 보지도 말거 라. 생각도 해서는 안 된다."

아버지는 주인의 속을 알기 위해 하나하나 짚어가며 멀리 돌 고 돌았지만 결국 제자리에서 벗어나지 못하고 있었다. 잠시 뒤, 아버지의 숨소리가 고르게 오르내렸다. 아버지에겐 무척 고단하고 긴 하루였을 거라는 생각이 들어 미안해졌다.

나는 그 뒤로도 오랫동안 잠들지 못했다. 들창에 번진 달빛 을 쳐다보며 내내 혼자서 넘겨짚고 있던 것을 반복해서 떠올려 봤다. 아무래도 주인이 나를 직접 부릴 일은 없는 것 같았지만 딱 하나, 주인이 하는 일과 관계가 있지 않을까 하는 추측이 계 속 몸을 부풀렸다. 주인은 양반인데 벼슬은 하지 않고 있었다. 녹봉을 받지 않는데도 곡식과 피륙이 떨어지는 날이 없을 뿐만 아니라 가세가 점점 불어 간간이 새로운 노비가 들어오기도 했 다. 규칙적으로 소출을 내는 토지가 있긴 했으나 식구 수에 비하면 보잘것없는 땅뙈기에 불과했다.

주인이 재산을 불리는 수단에 대해 들은 건 집에 자주 드나드는 사람들이 전국의 상단 행수들이란 걸 알았을 때였다. 멀리 도성에서도 오고 산맥을 넘고 바다를 건너서도 온다고 했다. 아주머니들에게 듣기로 그들은 주인이 써낸 무슨 서책을 사기 위해서 오는 거라고 했다. 우리처럼 천한 사람들은 봐도 모를 내용이었지만 양반들끼리는 그것이 어찌나 재밌는지 너도나도 먼저 구하려고 기웃거렸다. 주인의 책은 쌀이나 비단과 맞바뀌었다. 책에 따라 매겨지는 값이 달랐는데 쓴 지 오래된 책의 필사본은 쌀 한 가마니 정도에 거래됐고 새로 쓴 것은 최대 열 가마니까지 받기도 하는 것 같았다. 사정이 그렇다 보니 주인이 새로운 책을 시작했다는 소문만 돌아도 주막들의 봉놋방에는 전국 각지에서 모여든 상단 행수들로 가득 찼다. 그들은 주인의 책을 한 권 받아 각자의 고을로 가서는 여러 권으로 복제한 다음 조금 더 싼 가격에 팔았다. 주인의 손을 떠난 열 권 남짓의 책은 그렇게 몇 단계를 거쳐 백 권, 천 권이 되었고 전국으로 흩어졌다.

주인에게 글을 배우러 오는 사람들도 꾸준히 늘었다. 저택 옆의 별채에 기거하고 있는 여러 젊은 양반들은 모두 그런 사람들이었다. 그들은 대부분 쇠락한 가문의 자제들이었지만 개중엔 도성의 대갓집에서 내려온 사람도 있다는 것 같았다. 그들은 일찌감치 벼슬길을 포기하고 주인처럼 책을 써서 이름을 날릴 꿈을 품고 있었다. 주인은 그들에게 글을 가르쳐주는 대신 글을 지을 거리를 취재해오게 하고 틈틈이 주인의 책들을 베껴 똑같은 것을 여러 권 만들게 했다.

　앞뒤의 사정으로 보아 주인이 내게도 책과 관련된 일을 시키려는 게 아닐까 싶었다. 아버지가 놀랄 것 같아 물어볼 수는 없었지만 다른 건 짐작조차 되지 않았다. 그러나 나 역시 내 추측이 허무맹랑하다는 걸 알고 있었다. 무엇보다 나는 천한 노비이고 글을 전혀 모르기 때문이었다. 생각이 거기까지 미치면 또 마당에서 글 그리던 것을 들킨 처음 장면으로 되돌아가야 했다. 밤은 더욱더 깊어졌고 나도 서서히 지치고 있었다. 아침이 오면 알 수 있겠거니 하고 생각을 내려놓았지만 쉬이 잠이 오지 않았다.

　잠을 잤는지 잠깐잠깐씩 정신을 놓은 건지 모르는 사이에 새벽닭이 울었다. 아버지는 그새 나가고 없었다. 곧이어 저택의 곳곳에서 아침을 맞는 소리가 들렸다. 나는 주인의 부름을 기억하고 마음이 바빠졌다.

　주인이 조반을 들었겠다 싶을 만큼 시간을 기다려 대청 밑에 찾아가 고했다. 그러나 주인은 이미 출타하고 없었다. 주인 대신 나타난 사람은 이곳에 머무르며 주인에게 글을 배우고 있는 문하생들 중 하나였다. 문하생은 붉은색 도포 차림이었는데 잠깐 올려다봤을 때는 벽에서 두리기둥 하나가 빠져나와 걸어오는 줄 착각할 만큼 키가 컸다. 문하생들 중에서도 나이가 들어 보였으며 눈빛이 유난히 매서웠다. 그가 대청 밑에 서 있는 내게 다가와 물었다.

"네가 수복이란 놈이냐."

"그렇습니다."

"스승께서 오늘부터 네게 집필법과 운필법을 가르치라고 하셨다. 너는 그 이유를 아느냐?"

나는 고개를 숙이고 눈길을 댓돌 위의 태사혜 한 켤레에 박은 채 말했다.

"집필법이며 운필법이 다 무엇인지요. 소인, 그저 주인 나으리께서 부르셨기에 왔을 뿐입니다."

"집필법과 운필법을 들어본 적조차 없다? 그렇지. 네깟 놈이 붓을 잡아봤을 리가 없지. 그렇다면 글은 대체 어떻게 배웠느냐?"

"어찌 소인 같은 놈이 글을 배웠겠습니까. 아무래도 나으리가 뭔갈 잘못 아신 듯합니다."

"허허, 기가 찰 노릇이로고. 글도 모르고 붓도 잡아보지 못한 놈을 어디에 쓰시려고 글 쓰는 걸 가르치라는 건가. 그래, 너는 스승님께 들은 바가 전혀 없단 말이지?"

"나으리께서는 저를 쓰실 일이 있다고만 하셨지 다른 말씀은 없으셨습니다."

나는 지옥의 사자와 문답을 주고받는 것처럼 가슴이 오그라

들었다. 문하생은 잠시 생각에 잠겼다. 그러나 그의 뇌리에 있는 조각들이 잘 맞아 들어가지 않는 눈치였다. 이윽고 그가 고개를 가로저어 생각에서 벗어났다. 그리고 나를 강당으로 데려갔다.

아버지는 문하생들이 혹독한 수련에 마음이 많이 지쳐 있어 사람을 함부로 해친다고 했다. 얼굴에 먹칠을 당하는 건 다반사고 벼루에 맞아 코가 주저앉아버린 사람도 있었다. 문하생끼리 멱살잡이를 하는 것도 봤다. 그래서 문하생들이 득시글한 강당은 귀신 지키고 서 있다는 저 무당집 사립문 언저리만큼이나 내게 무서운 공간이었다. 강당에 들어서자 마음의 오랜 습관이 내 사지를 옭아 조였다. 글을 읽고 쓰던 문하생들이 내 쪽을 쳐다봤다. 하나같이 푸른 도포 차림이었고 내게 떨떠름한 시선을 보내고 있었다. 붉은 도포의 문하생은 아무 설명 없이 나를 강당 뒤쪽 구석 자리에 앉혔다. 그리고 푸른 도포의 문하생 중 한 명을 시켜 종이와 붓과 물을 가져오게 했다.

"글 연습을 할 때는 먹을 쓰지 못한다. 비싼 종이를 연습에 낭비할 수는 없기 때문이다. 붓에 물을 적셔 쓰거라. 바로 종이에 쓰지 말고 마룻바닥에 백 번씩 연습한 다음에 종이 위에 한 번 쓰거라. 젖은 종이는 다시 쓸 수 있도록 잘 말려야 한다. 자, 어서 붓을 잡아보거라."

붓대는 가볍고 매끈하고 곧았다. 흙을 헤집던 작대기와는 비교할 수 없었다. 붓을 나무 작대기처럼 힘주어 쥐자 문하생이 혀를 찼다. 그는 내게서 붓을 빼앗아 본을 보이며 잡는 법을 알려주었다.

"우선 엄지와 중지의 끝으로 붓을 잡는다. 잡았을 때 두 손가락이 형성하는 이상적인 원형을 용안이라고 하는데 조금만 찌그러져도 붓에 닿는 힘이 모자라거나 넘치기 쉬우니 주의해야한다. 식지는 중지 위에서 중지와 같이 손가락 끝으로 붓대를 지그시 눌러주고 약지는 중지 아래서 손톱 아랫부분으로 붓대 뒤를 받치며 미는 힘을 만든다. 마지막으로 소지는 약지를 도와 미는 힘을 보강한다. 이때 다섯 손가락에는 힘을 주되 손바닥은 텅 비어 있어야 한다. 이를 허장실지의 형상이라고 일컫는다. 텅 빈 손바닥에는 정결한 마음만을 채우고 붓대를 세운 다섯 손가락은 천변만화하는 붓의 길에 따라 자유롭게 힘을 빼거나 더할 수 있도록 익히거라."

나는 문하생의 말을 제대로 알아들을 수 없었다. 용안이네 허장실지네 천변만화네 하는 소리는 뜬구름 같기만 했다. 어떤 누구와도 그런 말로 대화해본 적이 없었다. 문하생은 분명 말을 하고 있었으나 내 귀에는 딱딱하고 복잡한 획들로 이뤄진 글이 되어 귀 바깥에서 걸러진 채 머릿속으로 들어오지 못했다. 나는 그저 그가 붓 잡는 모양만 눈여겨봤다. 처음에는 어색했으나 곧 자세가 다듬어지면서 붓대에 닿은 다섯 손가락에 각각 다른 감각이 전해지는 걸 느낄 수 있었다.

"이제 붓에 물을 적셔보아라."

붓에 물을 적시자 딱 그만큼의 무게가 느껴졌다. 너무 가벼워 날아갈 것만 같던 붓이 아래쪽으로 중심이 잡히고 손가락에 넣은 힘들이 안정을 찾기 시작했다. 문하생은 붓을 일으키고 움직이고 거두는 법, 붓을 당겨 끌고 찍어 미는 법, 둥글게 굴려 방향을 돌리는 법과 매섭게 꺾는 법, 뾰족하게 빗겨 드는 법과 풍만하게 눌러 맺는 법을 보여주었다. 나는 문하생이 하던 대로 바닥에 획을 그어보았다. 물의 자국이 붓의 행로를 따라 머물렀다가 천천히 지워졌다. 나는 내가 만든 자국을 보면서 흥분했다. 계속 연습하여 대강 어떠한 기교들이 있다는 걸 기억할 수 있게 되었을 때쯤 문하생은 종이 위에 글자 한 자를 적어주었다.

"이 글자가 무엇인지 아느냐?"

나는 잘못한 것도 없는데 괜히 목이 움츠러들었다.

"어찌 된 일인지 스승께서는 너에게 글을 가르쳐서는 안 된다고 하시더구나. 그런데 글을 쓸 수는 있게 하라니 나는 도무지 영문을 모르겠다. 이 글자의 뜻은 말해주지 못하겠지만 이 안에 운필의 모든 것이 담겨 있으니 이 글자를 하루에 천 번씩 쓰거라. 운필은 단순한 기교가 아니라 수양이다. 네가 기교를 익히는 데만 몰두하지 않고 진정으로 수양을 한다면 한 달쯤 뒤엔 웬만한 글씨는 자유자재로 쓸 수 있을 것이다. 스승께서 특별히 하명한 일이니 노력을 게을리했다가는 엄히 다스려질 것이다. 무슨 말인지 알아들었느냐?"

나는 머리를 깊숙이 숙여 대답을 대신했다.

강당에 나간 지 사흘이 흘렀다. 그동안 주인은 한 번도 나타나지 않았다. 나는 문하생이 주고 간 글자를 쓰고 또 썼다. 문하생이 말해준 집필법과 운필법의 세세한 이름들은 다 잊었다. 내게 집필법이란 그저 제일 효율적으로 붓을 쥐는 방법이었고 운필법은 처음부터 있었을 붓의 길일 뿐이었다. 점을 찍고 선을 그은 뒤 붓을 떼는 한 순간 한 순간에도 여러 가지 변화가 일어났다. 처음에는 앞에 썼던 글자와 뒤에 쓴 글자의 모양이 제각각이라 변화가 무디게 보였다. 그러나 글자가 어느 정도 뼈대를 갖추어 비슷하게 씌어지면서 작은 차이들이 눈에 띄었다. 붓의 털 한 가닥 한 가닥이 글자의 모양에 모두 영향을 끼치고 있었다. 문하생처럼 붓놀림 하나하나에 이름을 붙이자면 한도 끝도 없을 것 같았다. 그러니까 이름이란 건 처음부터 있었던 백 가지 변화와 앞으로도 있을 천 가지 차이를 단 몇 가지로 가둬버리는 감옥 같다는 생각이 들었다.

하루에 천 번씩 쓰라고 했으나 일일이 헤아리기 번거로워 그저 쉬지 않고 써댔다. 쓰면서 글자의 뜻은 생각지 않고 모양에만 집중했다. 뜻이 궁금해도 마음을 다해 멀어지려 애썼다. 단순히 주인의 명령이나 붉은 도포 문하생의 엄포 때문만은 아니었다. 내가 글씨를 쓰게 됐다는 걸 안 아버지는 하루 만에 눈에 띄게 늙었다. 그렇더라도 주인의 명을 거역할 수는 없었다. 아버지는 생각하지 말고 시키는 것만 하라는 당부를 반복할 뿐이었다. 하루가 지났고 나는 밥을 먹다가도 젓가락을 붓처럼 들고 글씨를 연습했다. 그 모습을 보던 아버지는 내게 절대 들려주지 않으려 했다던 이야기를 꺼냈다. 우리 조상에 관한 것이었는데 놀랍고도 무서웠다.

　내 증조부는 주인처럼 양반이었다. 그냥 양반이 아니라 궁궐에 드나들며 임금과 나랏일을 의논할 만큼 높은 관직에 있었다고 했다. 증조부는 임금과 함께 늙으며 임금이 태평성대를 이루도록 도왔고 많은 공을 쌓았다. 말년에는 기력이 달려 벼슬을 내려놓고 후학을 기르는 데만 힘썼다. 어느 날 늙은 임금이 죽고 그 아들이 새로이 임금 자리에 올랐다. 새 임금은 나랏일에 소홀하고 날마다 기행을 일삼으며 밤낮으로 방탕했다. 그러는 동안 궁궐의 관리들은 제 잇속을 채우기에 바빴고 백성들은 풀뿌리와 나무껍질도 구하지 못해 굶어 죽어갔다. 증조부는 근심에 젖어 하루하루를 보내다가 결연히 붓을 들었다. 새 임금이 어서 정신 차리고 국정을 살피도록 글을 올려 권하기 위해서였다. 새 임금의 성정이 사납다고 소문이 자자해 제자들은 만류했다. 그러나 증조부의 결기를 꺾진 못했다.

　증조부가 임금에게 올린 글은 직언이 아니라 지각이 있는 자라면 곱씹어 뜻을 헤아리도록 자연의 이치에 빗대어 쓴 글이었다. 나는 빗대어 쓴다는 말이 무엇인지 몰라 아버지의 말을 끊고 물었다. 아버지는 임금 앞에서 창칼을 휘두르는 것보다 위험한 일이라고 할 뿐 더는 설명하지 않았다. 증조부의 글을 받은 임금은 그것을 이해하기는커녕 눈여겨보지도 않았다. 대신 어떤 간사한 신하에게 글 두루마리를 던져주고 또 술판을 벌이러 가버렸다. 신하는 오랫동안 글을 살핀 뒤 궁녀를 끼고 술에 절어 있는 임금에게 달려가 증조부의 글에 역심이 짙게 드리워져 있다고 아뢨다. 증조부의 수많은 제자들도 순식간에 역적 도당이 되어버렸다. 임금은 들고 있던 술병을 내던지며 곧장 증조부를 잡아들이라 명했다.

신하들은 친히 추국장에 납신 임금 앞에서 우리 가문의 씨를 말려버려야 한다고 주장했다. 결국 증조부는 "사실"을 실토하라는 고문만 계속 당하다 죽었다. 그리고 자손들은 노비로 전락해 전국 각처로 뿔뿔이 흩어졌다. 그나마 증조부가 이전 임금 때 세운 여러 공로가 있어 관대한 처분을 내린 것이라 했다. 어린 눈으로 가문의 몰락을 모두 지켜봐야 했던 아버지는 이야기를 하는 도중에 자주 한숨을 내쉬었다. 아버지의 이야기는 노비가 되어서도 역적 집안의 자손으로 자라면서 숨 쉬는 것조차 감시를 받아야 했던 나날들로 이어졌다. 노비가 되기 전에 익혀놓은 글은 오해를 사지 않기 위해 최선을 다해 잊어야 했다. 송아지에게 코뚜레를 끼울 수 있는 나이가 되었을 때 이곳으로 팔려왔고 같은 신분의 어머니와 반강제로 결혼해 나를 낳았으며 어머니는 역병이 돌던 해에 죽었다. 아버지에게 하늘 아래 피붙이라곤 나뿐이었다. 나는 우리가 다시 양반이 될 수는 없는지 물었다. 그 순간 아버지의 눈이 불타오르는 것을 보았다. 아버지는 있는 힘껏 내 따귀를 때렸다.

"아프냐. 그 고통을 기억하거라. 니가 만약 글을 깨친다면 백배 천 배의 고통이 뒤따를 것이다. 명심해라. 아직도 우리를 보는 눈이 있다. 니가 글을 깨치는 건 이 아비를 사지로 몰아넣고 네 뼈와 살을 뭉개는 짓이다."

나는 글씨 연습을 잠시 쉬고 그때 맞은 뺨을 어루만져보았다. 날 때린 아버지에게, 아버지의 손에게 미안했다. 그리고 온 마음을 다해 글의 의미에서 자유로워지리라 다짐했다.

강당에 나간 지 나흘째 되는 날, 나는 여전히 잡념을 물리치고 붓이 일으키는 변화무쌍함에 푹 빠져 있었다. 그러던 중 잠시 허리를 폈을 때 언제 왔는지 내 앞에 서서 물끄러미 내려다보고 있던 주인과 눈이 마주쳤다. 나는 급히 무릎 꿇은 몸을 엎드렸다.

"됐구나. 그만하면 됐어. 이제 이 책을 베껴보거라."

주인이 내게 책을 한 권 건네기 무섭게 주위에 있던 문하생들이 달려들었다.

"스승님! 어찌 저런 천한 자에게 필사를 맡기십니까. 저희가 하겠습니다. 저자는 글도 모른다고 하지 않으셨습니까."

주인은 제자들을 노려보면서 신음을 낮고 길게 뱉었다. 개를 잡아먹으러 내려온 호랑이가 사람들의 햇불을 보며 내는 소리와 비슷했다.

"바로 그래서 내가 이놈을 쓰고자 한 것이다. 이놈은 글을 읽을 줄은 모르나 이제 쓸 줄은 안다. 그냥 쓸 줄 아는 게 아니라 네놈들 중 어지간한 자보다 낫게 쓴다. 이놈은 글을 모르니 네놈들처럼 제가 쓰는 것에 그 어떤 사사로움도 담지 않을 것이다. 어디 네놈들과 다른 점이 그뿐인 줄 아느냐. 보아라. 여기 있는 네놈들은 죽었다 깨어나도 나흘 만에 이런 일은 해내지 못할 것이다."

주인이 내 손에서 뺏은 것은 나흘 동안 쉬지 않고 마룻바닥에 글씨를 써대느라 털이 거의 닳아버린 붓이었다. 깡똥하게 줄어든 붓끝은 내가 적신 물기를 머금고 있지 못하고 마룻바닥으로 한 방울 툭 떨어뜨렸다. 문하생들은 주인의 손에 들린 것을 보고 무슨 말이라도 하고 싶어 하는 눈치였으나 아무도 나서지 못했다.

내가 베껴 쓸 책은 옛 성현의 말씀을 담은 아주 귀한 경전이라고 했다. 탁발하는 스님들이 문 앞에서 목탁을 두드리며 중얼거리던 말도 무슨무슨 경이라고 한 게 기억났다. 내게 그 말을 해준 스님은 뜻은 몰라도 되니 그저 시시때때로 외고 다니라며, 그렇게 하면 악귀를 물리치고 부처가 될 수 있을 거라고 했다. 그러나 나는 뜻도 모르는 말을 중얼대는 게 너무 우스꽝스러울 것 같아 그냥 그 자리에서 잊었다. 나는 주인의 명을 받아 옛 성현의 말을, 글이 된 말을 베낄 기회를 얻었다. 입으로 외진 못하겠지만 아주 그대로 베낄 테니 한 조각 복이나마 아버지와 내게 돌아오길 희망해보았다.

일을 시작하기 전에 내게 운필법을 가르쳐준 붉은 도포의 문하생으로부터 몇 가지 규칙을 들었다. 글이 진행되는 방향과 글자 사이의 간격 따위였다. 나는 그가 시킨 대로 하다가 문득 굳이 지킬 필요 없는 규칙이라는 생각이 들었다. 글을 읽을 줄 모르니 글자끼리의 관계나 방향이 중요할 리 없었다. 붉은 도포의 문하생은 종이의 오른쪽 위에서 세로로 내려 쓰며 왼쪽으로 줄을 채우라고 했다. 그러나 내게는 종이 한 쪽이 통째로 하나의 그림에 불과했으므로 내게 가장 편한 방법으로 똑같은 한 쪽을 완성하면 그만이었다. 나는 문하생이 안 볼 때 한가운데서 맨 가장자리로 빙빙 돌리며 퍼져나가기도 해보고, 아래에서 위로 채워가기도 해봤으며, 왼쪽 위에서 세로로 써 내려 오른쪽으로 줄을 채워보기도 했다. 그러다가 결국 왼쪽 위에서 가로로 써서 오른쪽 아래에서 다음 쪽으로 넘어가는 게 가장 편한 방법임을 깨달았다. 그렇게 또 나흘이 흘러 한 권이 완성됐다. 내 필사본을 본 주인은 몹시 만족했다.

"똑같구나, 똑같아. 획의 흔들림까지, 점의 망설임까지, 먹이 튄 자국까지 그대로구나."

주인은 곧장 나를 강당 밖으로 데리고 나갔다. 뭔가 서두르고 있다는 걸 느낄 수 있었다. 주인이 앞서 걷고 나는 뒤를 따랐다. 문하생들이 내 뒤에서 뭐 마려운 강아지처럼 쩔쩔매며 따라붙었다. 그들은 주인이 나를 어디로 데려가는지 알고 있는 게 분명했다. 내게 붓 잡는 법을 가르쳐준 붉은 도포의 문하생이 주인의 앞길을 막아섰다.

"스승님, 이자를 어디로 데려가십니까. 설마 그곳입니까."

주인의 얼굴에 잔뜩 불편해진 심기가 드러났다.

"너는 어찌하여 내가 하려는 일에 토를 다느냐."

"이치에 맞지 않사옵니다. 여기 수많은 제자들이 스승님의 뜻을 받들어 고통스런 수련을 감내하고 있지 않습니까. 그런데 난데없이 저자가 나타나 저희의 노력을 우습게 만들고 있습니다. 스승님께서는 부디 헤아려주십시오."

"닥쳐라. 네놈이 이곳에 오래 머물렀다는 빌미로 사형 노릇을 하고 있는 모양이다만 내 눈엔 그 홍포가 가소롭기 짝이 없다. 네놈 눈에 사특함이 가득 차 있는 게 안 보이는 줄 아느냐. 글을 배우겠다는 자의 눈이 아니다. 감히 나를 거스르려 하지 마라. 내가 어쩌기 전에 네놈 스스로가 네 자신을 해칠 것이다."

붉은 도포의 문하생은 물러서지 않았다.

"무려 십 년입니다. 저는 후원으로 가기 위해 그동안 전국을 누비며 취재하고 밤을 새워 그것들을 정리했고 스승님의 글들을 수없이 필사했습니다. 그런 저에게 어찌 이러실 수가 있단 말입니까."

나는 무슨 말인지는 모르겠으나 붉은 도포의 문하생이 결사

적이라는 것만은 느낄 수 있었다. 주인이 입술을 꾹 다물고 그를 노려보다가 말했다.

"네 선배들이 어떻게 쫓겨났는지 기억하지 못하느냐. 너희들 중에는 후원에 들어올 사람이 없다. 그러니 그만하고 이제 떠나거라. 사지가 멀쩡할 때 그리 하거라. 이게 내가 네게 베풀 수 있는 마지막 자비이니라."

주인의 목소리는 부드러웠으나 내가 듣기에도 온몸의 솜털이 곤두설 만큼 노기가 서려 있는 게 느껴졌다. 뿌리 깊은 증오였다. 문하생은 이를 악물고 버티더니 결국 돌아서고 말았다. 나머지 문하생들은 한마디도 못하고 그를 따라 물러갔다. 무슨 일인지 모르는 나는 그저 가슴에 가득 들어앉은 서늘한 기운을 달랠 뿐이었다.

주인은 저택 뒤쪽으로 가서 굳게 잠긴 쪽문을 열었다. 쪽문 건너에는 단출하지만 허름하진 않은 독채가 있었다. 방으로 들어가자 그곳에서는 백의 차림에 한눈에도 학자로 보이는 세 사람이 무언가를 열심히 쓰고 있었다. 그들은 주인이 들어서는 것을 보고는 하던 일을 멈추고 일어서서 공손히 허리를 숙였다. 주인이 상석에 자리를 잡고 앉기를 기다려 모두들 주인 앞에 양쪽으로 갈라 서로를 마주하고 앉았다. 나는 주인이 고개를 끄덕여 허락하는 것을 확인하고서야 무릎을 꿇고 앉을 수 있었다. 주인과 되도록 멀리 떨어져 앉느라 문지방이 뒤꿈치에 닿았다.

"그동안 셋이서 그 많은 일을 해내느라 버거웠을 터. 이제 한 명이 채워졌으니 조금은 숨을 돌릴 수 있을 것이다."

주인은 방금 전 밖에서의 일 때문인지 약간 피곤한 목소리로 이야기를 계속했다. 세 명의 학자가 따스한 눈으로 나를 돌아봤다. 나는 그들을 향해 어정쩡하게 허리를 굽혔다 폈다.

"수복이 너는 지금부터 내가 하는 말을 잘 듣거라. 여기 있는 이 사람들은 아주 오래전부터 나를 도와 중한 일을 하고 있다. 밖에서는 문하생들 중 정예를 이곳으로 차출해 내가 쓸 새 서책에 대해 토론하고 책이 나오면 초고를 맨 먼저 보고 베낀다고들 알고 있다. 너도 그리 들었을 것이다. 대강 맞는 말이긴 하다만 사실은 그게 전부가 아니다."

주인은 잠시 생각을 정리하는 듯 눈을 지그시 감았다. 그리고 나는 믿기 힘든 이야기를 듣게 되었다.

주인은 거래하는 상단 사람들을 통해 은밀히 궐에 선을 대고 있었다. 그리고 궐내의 이야기를 채집해 그것을 기록했다. 주인의 기록에는 임금의 실정에 관한 것들도 포함돼 있었다. 주인은 궐에서 기록하는 임금의 일지는 모두 거짓이라고 했다. 감히 사실을 기록할 수 있는 사람도 없었다. 그러나 누군가는 반드시 있는 그대로를 후세에 전해야 했다. 그렇게 완성된 서책은 후원의 학자들에 의해 여러 권으로 만들어지고 필사본은 전국 각지에 있는 주인의 동지들이 비밀리에 마련해놓은 서고에 보관되고 있었다.

"여기 있는 네 사숙들도 모두 너처럼 천한 신분이며 글을 모르는 자들이니라. 그러나 나와 사제의 연을 맺은 뒤로 이들뿐만 아니라 이들의 식솔들도 모두 호의호식하고 있다. 중한 일을 맡기는 대가가 소홀해서야 되겠느냐. 네 아비도 이제 곧 고된 노역에서 풀려나 작으나마 거처 한 채와 부쳐 먹을 땅을 받게 될 것이다."

나는 내 귀를 의심했다. 그리고 흰 도포의 사람들을 찬찬히 다시 봤다. 그들은 여전히 옅은 미소를 머금은 채 처음부터 똑같은 표정을 짓고 있다. 내가 저러고 있다간 얼굴에 쥐가 나지 않을까 싶었다. 주인이 계속해서 말했다.

"다만 명심할 것이 있다. 이 방 밖에서는 절대 이 일을 입에 담아서는 아니 된다. 너와 네 아비의 목숨이 아깝다면 그리 해야 할 것이다."

마치 어마어마한 소용돌이에 휩쓸린 것처럼 호흡이 불편하고 정신이 아뜩해졌다. 나는 미리 확인해두지 않으면 안 될 것이 생각나 용기를 냈다.

"소인이 이미 글을 깨치고도 모르는 척 나으리를 속이고 있는 거라면 어떻게 하실 겁니까. 나으리가 하고 계신 일을 발고하여 아비와 저의 면천을 도모하기라도 한다면 어쩌실 작정입니까. 그리고 저는 정녕 글을 모르는데도 오해를 산다면 저와 제 아비는 대체 어찌 되는 것입니까."

주인은 잠시 말없이 나를 바라봤다. 얼굴에 스치는 엷은 미소가 마치 내 질문을 예상하고 있었다는 말 같았다.

"네가 글자를 알았더라면 너는 지금 이 자리에 있을 수 없는 몸이다. 아마도 먼 곳으로 팔려갔거나 네 아비와 야반도주를 했겠지. 내가 네게 서신 심부름을 시켜왔던 걸 기억하느냐. 봉인이 되지 않아 마음만 먹으면 얼마든지 볼 수 있었을 것이다. 거기에는 늘 같은 글이 적혀 있었다. 너를 팔고자 하니 적당한 가격과 매수할 만한 사람을 알아봐달라는 내용이었다. 네가 네 아비와 떨어지게 되었는데 가만히 있었겠느냐. 서신을 받은 사람은 매번 값을 올려 답을 주었다만 나는 오래전부터 너의 쓸모를 봐왔기에 거절했다. 기특하게도 너는 그 살벌한 시험들을 늘 무사히 통과하더구나. 니가 마당에서 글자를 베낄 때는 내가 틀린 줄 알고 잠시 놀랐으나 너는 날 실망시키지 않았다. 이일을 하는 내내 너는 그와 같은 시험을 끊임없이 치를 것이다. 글을 알게 된다면 스스로 혀를 깨물지도 모를 시험들이다."

그걸로 주인과의 대화는 끝이었다. 그 자리에서 주인과 나는 사제의 연을 맺는 의식을 간단히 치렀다. 나는 스승에게 절을 한 뒤 스승으로부터 잘 빚은 청주 한 잔과 겨울을 난 염소의 배에서 뽑은 털로 만들었다는 최상급의 붓 한 자루를 받았다.

그날 이후 사숙들은 한결같이 나를 따뜻하게 대해줬고 주인은 내가 해내는 일을 늘 만족했다. 그러나 단 한 사람, 아버지만은 깊은 시름에서 벗어나지 못하고 있었다. 누추하지만 아버지와 나만의 집이 있었고 주인이 내려준 땅도 기름졌다. 나는 형편이 훨씬 나아졌는데도 날마다 얼굴에 그늘을 드리우고 사는 아버지가 답답했다.

"글이 그토록 무서운 건가요? 저는 글을 배울 생각이 이제 아주 없어요. 이렇게 아버지와 함께 배곯지 않고 살 수 있으니 더 욕심 내 뭐하겠어요."

어느 날 나는 아버지를 달래듯 물었다. 그러나 아버지는 단호히 고개를 가로저었다.

"네 결심이 어떻든 너는 글의 힘을 감당하지 못한다. 오래 공부한 저 젊은 양반들도 못하는 일인데 네가 어찌 그럴 수 있겠느냐. 네 일전에 주인 앞에서 흙바닥에 그린 낫은 풀을 베지 못하고 흙바닥에 그린 개는 도둑을 쫓지 못한다고 했다. 그러나 그렇지 않다. 양반들은 그 낫으로 사람의 목을 베고 그 개를 앞세워 사냥을 할 수도 있다. 어디 그뿐인 줄 아느냐. 그 낫이 짖기 시작하고 그 개가 논두렁에 뛰어들어 추수를 할 때가 올 것이다. 그러면 세상은 혼란에 빠지게 된다. 오래전 네 증조부 때처럼 말이다."

나는 아버지의 말을 듣고 있으니 어쩐지 울고 싶은 기분이 들었다. 우리의 앞날이 불안해서가 아니었다. 아버지가 오랜 공포에서 아직도 벗어나지 못하고 있는 것 같았고 너무나 쇠약해 보였기 때문이었다.

그로부터 약 한 달 뒤 아버지의 우려는 실제로 벌어졌다. 내게 붓 잡는 법을 알려주던 붉은 도포의 문하생이 죽을 만큼 매질을 당하고 내쫓긴 것이다. 그는 스승이 낸 시험을 망쳐버렸다. 스승은 시험에 앞서 그에게 엄중히 경고했다. 통과하면 승격시켜 후원으로 들일 것이되 통과하지 못하면 그 후의 일은 각오하라고 했다. 그는 스승의 신임을 받을 것이라 확신했다.

스승은 그에게 아직 아무도 읽어보지 못한 스승의 새 글을 한 권 주고 그대로 베끼도록 했다. 파지를 아무리 내더라도 상관없다고 했다. 시험치곤 싱거워 보였다. 나뿐만 아니라 모두가 통과할 것이라 예상했다. 문하생은 독방에 들어간 지 이틀 만에 원본과 필사본을 들고 나왔다. 결과는 불합격이었다. 그가 그만 한 글자를 다르게 적어버렸던 것이다. 스승은 분명히 백성이 임금을 살찌우고 있다고 썼으나 문하생이 글자 하나를 바꾸는 바람에 임금이 백성을 살찌우고 있다는 문장이 돼버렸다고 했다. 문하생은 그 대목에서 스승이 실수를 하여 위험한 글을 남긴 게 우려돼 고심 끝에 바로잡은 것이라고 해명했다. 그러나 스승은 대노하여 그를 꾸짖었다. 제 흠을 덮으려 스승을 음해하고 있다는 이유였다.

많은 글자 중 단 한 글자를 다르게 적었을 뿐인데 오랜 인고의 세월이 허망하게 무너져버리는 순간이었다. 스승은 장 스무 대로 다스린 뒤 혼절한 그를 집 밖 먼 곳에 내다 버렸다. 문제의 글을 직접 확인해볼 수는 없었으나 모두 전해 들은 나는 내가 글의 힘을 감당할 수 없을 거라던 아버지의 말이 무슨 뜻인지 어렴풋이 짐작할 수 있었다. 그런데 아버지의 얘기를 듣고는 그게 전부가 아니었다는 걸 알게 됐었고 소름 돋을 정도로 글이 무서워졌다. 아버지는 내게서 일의 전모를 들은 뒤 새파랗게 질린 얼굴을 하고 말했다.

"무서운 사람이구나. 그 문하생이 책을 그대로 베꼈더라면 더 큰 화를 당할 뻔했다. 그의 필체가 남아 있는 책이 그대로 머무르다 없어졌을 성싶으냐. 없어질 게 있었다면 원본일 것이다. 그자가 제가 쓴 글을 숨기고 문하생이 만든 필사본만 관아에 보냈다면 그의 가문은 멸문을 면치 못했을 터…… 정말 교활하고 무서운 인간이다. 네가 하고 있는 일이 설명 들은 것과 다를 수 있다. 명심하거라. 너는 그것을 절대 알아서는 안 된다."

아버지는 그 뒤 며칠 동안 오한을 앓았다.

내가 후원에 들어온 지도 어느덧 10년이 흘렀다. 그동안 스승을 흠모하여 모여든 문하생의 수가 세 배로 늘었다. 스승은 임금의 일지를 따로 기록하는 일을 계속하는 한편으로 틈틈이 자기의 글을 지어 파는 데에도 더욱 매진했다. 이제는 새 책의 필사본 하나에 황소 한 마리 값을 받는다. 그동안 온화하고 반듯한 학자의 모습으로 내게 큰 기둥이 되어주던 사숙 세 명은 반백의 노인이 되어버렸다. 그들이 서서히 잃어가는 기력은 모두 내가 대신해서 메우고 있다.

　나는 여전히 글을 읽지 못한다. 그러나 이제 필사에 노회해져 스승의 글을 베끼면서 내 안에서 이는 생각을 다스리지 않아도 된다. 이를테면 이웃 마을에서 뜨내기 비웃 장수와 어느 집 찬모가 몰래 배를 맞췄다는 소문 같은 것들을 떠올리며 필사의 지루함을 견디는 식이다. 그러면 어느새 스승의 글은 본래의 내용이 무엇이건 정분 난 남녀의 이야기가 되고 만다. 물론 필사는 점 하나 틀리는 법 없이 완벽하다. 나는 언제부턴가 글에서 자유로워지고 있는 게 분명하다. 그걸로 됐다. 더 바란다면 욕심일 것이다.

　이쯤에서 내 이야기를 마쳐야겠다. 이제 나는 스승이 내게 맡긴 새 글을 필사할 참이다. 마침 임금의 일지가 아니라 스승이 갓 지어낸 이야기라고 한다. 여태껏 내 이야기를 읽어준 누군가를 위해 이 자리에서 내가 하는 일을 약간 보여줘도 좋겠다. 나는 읽지 못하지만 글을 읽을 수 있는 그 누군가에겐 긴한 선물이 될 것이다. 황소 한 마리와 맞바꾸는 글이라지 않는가. 아마 지금까지의 내 이야기보다는 열 배 백 배는 더 흥미로울 이야기일 텐데 모두 보여주지 못하는 것이 안타까울 뿐이다.

　스승의 새 글은 이렇게 시작되고 있다.

　"나는 글을 읽을 줄 모른다."

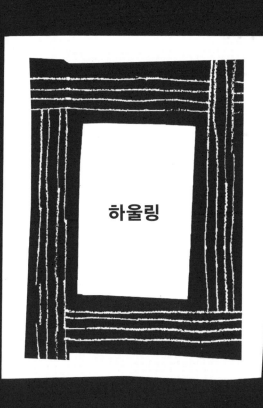

하울링

젓가락 댈 곳이 마땅찮다. 안주를 먹는 둥 마는 둥하고 위스키만 들이부었더니 취기가 솟구친다. 그래도 위스키는 챙겨오길 잘했다. 화학 감미료 범벅을 술이라고 말하는 녀석들의 처지를 헤아려 티 내고 싶진 않았지만 하루 종일 가는 속병을 감수하긴 싫었다. 박과 김은 오랜만에 안주가 좋다며 젓가락질이 바쁘다. 두 차례 리필된 참치회는 얼린 지방 덩어리나 다름없는 것들이 섞여 있다. 박과 김이 비누 조각 같은 회를 조미김에 싸서 기름장까지 찍어 아구아구 욱여넣는 모습을 보니 속이 다 울렁거린다. 전문적이고 정직한 조리실장은 개뿔, 데코레이션과 서비스만 요란할 뿐 음식은 엉망이다. 학장씩이나 하고 앉았는 탁의 안목이 애처롭다.

"탁 박사, 좀 제대로 된 델 알아보지 그랬어? 여기 좀…… 아닌 것 같지 않아? 누군지 모르겠지만 여길 추천했다는 그 양반, 우리 학장님 수준을 너무 몰라봐주네."

어쨌든 탁이 돈과 시간을 내서 자리를 마련해준 것이니 먼저 공격하긴 싫었는데 서로 너무 오래 잠자코 있었다. 나는 참지 못하고 시비를 걸었다. 탁이 고개를 외로 틀고 헛기침을 오래 한 뒤 대답했다.

"참치회가 다 거기서 거기지 뭐……"

뜻밖에 히마리 없는 반격에 헛손질한 기분이었는데 탁이 말을 덧붙였다.

"이제 좀 먹고살 만해졌다고 돈 펑펑 쓰고 그러면 안 돼. 뼈빠지게 일하면서 한 푼 두 푼 아끼는 젊은 사람들을 생각해야지. 어른 대접을 받으려면 먼저 모범을 보여야 된단 말야."

나는 속으로 무릎을 쳤다. 이제 좀 내 스파링 파트너답다. 전초전은 치렀으니 본격적으로 시작하려는데 박이 소주잔을 들이밀었다. 탁과 나 사이에 벌어질 일을 짐작한 것이었다.

"이렇게 우리 동기들의 자랑인 세 사람을 한자리에서 보니까 좋다 야. 송 전무도 은퇴했으니 이제 자주자주 보자."

박은 내가 회사에서 명예퇴직을 강요받은 줄 빤히 알면서도 일부러 은퇴라고 했다. 박은 그런 놈이었다. 저보다는 남의 기분을 먼저 생각하는 순둥이. 곧 평교사로 정년을 마칠 것이다. 일단 발을 들였으면 꼭대기까지 올라가보겠다는 근성을 가지라고 누차 닦달했지만 아무 소용이 없었다. 천성이 착한 건지 멍청한 건지 언제나 윗자리는 자기 몫이 아니라며 실실 웃어넘기기만 했다. 박은 내가 건네는 위스키를 마다하고 소주를 택했다. 싸구려 참치회에 환장하는 주제에 30년산 발렌타인을 마다할 위인이 아니었다. 분명히 얼마 전에 큰아들이 박사과정에 들어갔고 그 지도교수가 탁이기 때문에 눈치를 보는 것이리라. 탁이 학교에서 '동문가족 장학금'이란 걸 주선해줬다는 소릴 들은 것도 기억났다. 옆에서 잔을 거드는 김도 소주잔이긴 마찬가지였다. 박에겐 자랑스러운 동기일지 모르겠으나 이제는 완전히 묻혀버린 중늙은이 시인이다. 탁에게 도대체 뭘 바라는 건지 아주 거머리처럼 찰싹 들러붙어 있다. 지난번에 봤을 때는 백화점 문화센터 문예반에 나가면 아직도 자기는 랭보라고 자랑을 하더니 그마저도 떨어져나간 눈치다. 한 잔의 위스키와 세 잔의 소주가 어정쩡하게 만났다가 각자의 입술을 향해 흩어졌다.

"젊은 사람들 얘기가, 나왔으니 말인데."

나는 혀뿌리를 긁는 위스키의 독기를 달랠 만한 것을 찾다가 맹물만 조금 들이켜고 말을 이었다. 위스키를 혼자 거의 한 병을 다 비우고 나니 술기운이 성큼성큼 몸을 점령해오는 바람에 혀가 자꾸 느슨해졌다.

"내가 현직에 있을 때 보니까 말이야, 대학이이, 애들을 조옴, 제대로 가르쳐서 내보내줬으면 싶더라고. 면접을 보다 보면, 이건 뭐, 죄다, 껍데기뿐이야. 영어가 몇 점이네, 어디에서 뭘 했네 하는 소리만 하지, 지성인다운 소양이 없더라니까. 한심해. 치암, 한심해. 그럴 거면 대학은 왜 다니나 몰라. 차라리 고등학교 졸업하고 나한테, 나 같은 기업인들한테서 인생을 배우는 게 낫지 않느냐는 말이지. 여보게, 탁 박사. 내 후배들, 내가 은퇴하면서 현장에 깔아둔 이 나라 경제의 역군들이 부디 좋은 인재를 데려다가 쓸 수 있도록 학교에서 잘 좀 해줘."

탁은 두꺼운 입술을 꾹 다문 채 눈을 가늘게 뜨고 내가 하는 말을 듣고만 있었다. 나는 바로 되받아치기 어려운 공격이라는 걸 이해한다는 의미로 고개를 주억거리며 거의 바닥난 위스키 병을 들어 내 잔에 기울였다. 박이 자작하는 나를 말리려 잽싸게 손을 뻗었지만 나는 병을 들지 않은 손을 점잖게 들어 보인 뒤 술을 마저 따랐다. 승기를 잡은 쾌감에 명치끝이 간질거렸다.

"자네 지금 그걸 말이라고 하는 거야?"

의외로 날선 반격에 정신이 살짝 맑아지는 걸 느꼈다. 나쁘지 않은 수순이었다. 나는 어디 한 번 떠들어보라는 의미로 턱을 들어 보였다.

"애초에 대학에서 가르쳐놓은 걸 쓰레기처럼 취급한 게 자네들 장사꾼 아니야? 대학 신입생들한테 미리미리 영어 공부를 해놓으라, 스펙을 쌓아둬라 하고 강요한 게 누군데. 대학들 줄이나 세우고 말이야. 천박하기가 이를 데가 없어. 이 나라 대학을 위해서 자네가 제일 잘한 게 뭔 줄 알나? 딴 게 아니라 바로 회사에서 쫓겨난 거야. 알아들어?"

대결은 거기까지였다. 천박하단 말에, 회사에서 쫓겨난 걸 콕 집어내는 바람에 정수리가 뜨거워졌다. 박과 김이 손을 내 저으며 분위기를 바꾸려 애썼다. 둘이서 말리지 않았더라도 취기 때문에 당장 논리적으로 뭔가를 떠올리기는 힘들었다. 아직 초반인데 탁이 벌써부터 감정적으로 나온 것도 이상했다. 그건 분명 우리가 해오던 방식이 아니었다. 사내아이들이 싸우다가 먼저 울거나 코피가 나면 지는 것처럼 우리는 발끈하는 순간 백기를 드는 거나 마찬가지였다. 그도 늙은 것인가. 이젠 너나 없이 퇴물이 되고 말았다는 걸 확인한 자괴감이 걸쭉하게 폐부에 차올랐다. 식도 아래쪽에서 뭔가가 거슬러 오르려 했다.

이긴 것 같긴 한데 영 찝찝했다. 머릿속에서 어떤 목소리가 그만 됐으니 빠져나오라고 소릴 쳤지만 따르기 싫었다. 나는 횟집 주차장에서 나를 배웅하려던 동기들을 모두 차 뒷자리에 밀어 넣고 조수석에 앉은 뒤 대리 기사에게 행선지를 외쳤다. 접대를 할 때와 받을 때마다 가던 가게였다.

키맨즈클럽. 심플한 서체가 검은 배경에 매혹적으로 빨간 라인을 두르고 우리를 반겼다. 가게 앞에서 탁은 학자의 체면을 생각하는 듯 망설였고 박과 김은 이미 침을 흘리고 있었다. 쭈뼛거린 건 거기까지였다. 우리는 1차 자리에서의 일은 잊고 부어라 마셔라 하면서 순식간에 한데 어우러졌다. 어린 여자들을 끼고 돌고 돌다 보니 학자도 교사도 시인도 모두 '사장님'이 되었다. 분위기가 한창 무르익었을 때 나는 밴드에게 다가가 조용필의 「꿈」을 청했다. 전주가 흐를 때 밴드가 선사기타를 징, 울리며 흥을 돋웠다.

"화아려한 도시를 그리며 찾아왔네, 그곳은 멀고도 험한 고 옷!"

우리는 약속이나 한 듯 합창을 시작했다.

"저기 저 별은 나의 마음 알까, 나의 꿈을 알까."

가사가 갑자기 심장에 꽂히는 바람에 울컥 뭔가가 목구멍을 타고 넘어오는 것 같았다. 내가 가사를 잊은 줄 알았는지 동기 녀석들이 내가 쥔 마이크에 입을 가까이 대고 대신 불러젖혔다. 머릿속에서 1차 때의 그 목소리가 다시 나타나 그만 빠져나오라고 소리쳤다. 아내는…… 어디로 갔을까. 아이는 왜 아직도 오전에 보내놓은 내 문자메시지에 답을 하지 않을까. 동기놈들이 꽥꽥대는 소리가 듣기 싫어졌다. 그들 아랫배에 바짝 기대 엉덩이를 비비고 있는 여자들도 꼴사나웠다. 나는 내 팔에 매달려 있던 파트너를 밀치고 스피커를 향해 마이크를 휘둘렀다. 그러자 위잉 하는 고음이 울리다가 물러났다. 그때까지도 집요하게 나더러 빠져나오라던 목소리가 스피커의 소리에 잠깐 묻혔다가 되살아났다. 나는 다시 마이크를 쥐고 스피커에 짓뭉개듯 들이댔다. 빼앵, 하며 고막을 쥐어뜯는 듯한 무지막지한 소음이 머릿속의 소리를 지워주었다. 일행과 여자들이 귀를 막고 비명을 질렀다. 그러나 나는 멈추기 싫었다. 그들이 고통스러워할수록 내 쾌감은 증폭됐다.

"사장님, 그러시면 앰프 나가요."

밴드가 잽싸게 마이크의 잭을 뽑아버리고 나를 나무랐다. 룸 안엔 「꿈」의 배경음만 헛돌고 있었다. 나는 욕을 하고 싶었다. 계속 연주해 이 오브리 새끼야. 정말로 그렇게 말했는지는 잘 모르겠다. 분위기가 애매하게 식었고 나는 온몸에 기운이 빠져 자리에 털썩 주저앉아버렸다. 흐트러진 정신이 위스키를 갈구했다. 병을 집어 들자 어떤 손이 나타나 빼앗았다. 탁이었다.

"다들 좀 나가 있지."

탁의 지시를 따라 여자들과 밴드가 서둘러 룸을 빠져나갔다.

"그만하자."

"뭘!"

"자네랑 나랑 하고 있는 이 유치한 짓 말이야."

"지랄하네."

"내가 사과할게. 진심이야. 자넬 무시하려는 마음은 없었어."

"누가 취한 줄 아나, 이 새끼가."

나는 점점 사나워지고 있었다. 다시금 머릿속에서 '그만 빠져나오라'는 소리가 들렸다. 술이 필요했다.

"곱게 늙자고. 나라고 뭐 별 재미 있는 줄 알아? 선배 대접한 다고 학장 자리에 올려놨지만 허수아비 된 지 오래야. 이제 뒷 사람들한테 물려줄 때가 된 거라고."

나는 대꾸를 하지 않고 탁의 손에서 위스키 병을 빼앗아 그대로 몇 모금 들이켰다. 그때는 아무도 말리지 않았다. 탁이 나를 쏘아보고 있는 게 느껴졌다. 대들고 싶었지만 어쩐지 놈의 앞에서 더 망가질 용기가 나지 않았다.

"마누라한테나 가버려, 새끼들아."

나는 소리를 지른 뒤 손으로 벽을 짚어가며 룸을 빠져나왔다.

몇 개의 손이 내 팔을 붙들었다. 뿌리칠 힘이 없어 그대로 몸을 맡긴 채 차까지 갔다. 손들이 나를 관에 밀어 넣듯 차 뒷좌석에 태웠다.

"사장님, 어디로 모실까요?"

가게에서 미리 대기시켜놓은 기사가 내게 물었다. 뒤통수만 보였는데 싱싱한 목소리였다. 나는 어디로 가야 할지 생각나지 않았다.

"왜 그러고 사냐."

"네?"

"그 나이에 할 일이 그렇게 없어?"

"아이고, 사장님, 오늘 좀 언짢으셨나 보네요."

주폭을 대하는 대리 기사의 노련함이 느껴져 전의가 그만 푹 꺾였다.

"내가 보여주겠어. 미래로 가자."

"네?"

"한 백 년쯤 미래로. 좋은 세상이겠지? 거기서 다시 시작해 보이겠어. 나 아직 죽지 않았단 말이야."

"아, 네. 그러시군요. 그럼 미래로 가겠습니다. 한잠 푹 주무십시오. 가게에서 대강은 얘기해줬어요. 근처에서 깨워드리겠습니다."

아우디 A8이 묵직하고 귀족적인 진동을 시작했다. 나는 아버지의 품에 안긴 기분을 느끼며 스르륵 밀려드는 졸음을 내버려뒀다.

책이 나왔다. 일주일 새 두 권째다. 회사의 기준에서 사고라 할 만한 오점은 없다. 텍스트 사이사이에 자리 잡은 영상들이 안정적으로 재생되는지 확인하고 영업팀에 배본 OK를 전달한다. 이제 책은 온라인 서점에 깔려 독자들이 다운로드해주길 기다릴 것이다. 다음, 다음, 다음 원고들도 폴더에서 편집을 기다리고 있다. 책이 나오는 속도는 원고가 들어오는 속도를 당해내지 못한다. 그러나 어떻게든 진행될 것이다. 모든 건 관성에 맡긴다.

나는 단말기 화면을 손가락으로 문질러 올리며 침울해진다. '리더들의 꿈 분석'이라는 경박한 주제는 차치하고라도, 세 어절만 넘어가면 여지없이 꼬여버리는 문장들이나 출처 불명의 정신분석학 이론들을 난삽하게 따다 붙인 꼴이 도저히 전문가의 글이라고 볼 수가 없다. 게다가 '상담만 받아도 북유럽 티켓이 내 손에!' 'ㅇㅇ을 벗었더니 애인이 생겼어요!'와 같은 배너 광고가 화면 이곳저곳을 차지한 채 요란하게 반짝이고 있다. 자극적인 카피를 탭해서 들어가보면 보험사나 안과 광고창 따위가 열린다. 텍스트를 읽어 내리는 데 방해가 되더라도 자판기 커피 값 수준의 다운로드 요금만으로는 타산이 안 맞으니 싣지 않을 수가 없다.

사장실로 달려가 휴가를 내겠다고 하자 사장의 눈이 휘둥그레졌다. 놀라게 한 것 같아 생략한 말을 서둘러 이어 붙였다.

"당장이 아니라, 일주일 뒤에요."

일상의 비루함에 대해 누굴 탓할 생각은 없다. 단지 환기가 절실하다고 느끼고 있었을 뿐이다. 여전히 사장은 이해할 수 없다는 표정이다. 표정 아래에서 니가 지금 제정신이냐는 힐난이 비친다. 정말 그렇게 물었다면 할 말은 준비돼 있었다. 나는 지난 한 달 동안 정시에 퇴근한 적이 한 번도 없었고 철야도 네 번이나 했다. 나만 그런 건 아니었다. 다섯 명의 편집자가 각자 한 달 만에 5, 6만 단어짜리 원고를 서른 개나 소화해내야 했다. 최소한의 오탈자만 잡기로 했는데 오탈자에 최소한이란 개념이 있다고 말하는 건 질 떨어지는 저자나 경영자들이 하는 대표적인 바보짓이다. 몽롱한 상태에서 모니터를 노려보고 있으면 글자들이 티끌처럼 허공을 떠다녔다. 실제로 날파리의 환영을 보는 직원도 있다. 비문증(飛蚊症)이라고 했다. 문장 성분 사이의 호응이 엉망인 글, 소음과 같은 수식들이 주어를 잔뜩 짓누르고 있는 문장을 죄책감 없이 지나쳤다. 이런 책이 출간되는 건 양심과 교양, 책임감과 염치 따위를 교육받아본 적 없

146

는 위험하고 서툰 아이를 사회에 내보내는 꼴이다. 그러나 언제나 그렇듯 내 알 바는 아니다. 어차피 독자들도 텍스트를 스크롤하는 동안 대강의 의미 외에는 아무것도 수용하지 못한다. 심심한 독자들이 오탈자나 내용상의 오류를 지적해오곤 하는데 대개는 무료 다운로드 쿠폰만 전송해주면 조용해졌다.

"무엇보다 저는 지난 1년 동안 제 몫의 연차휴가를 하루도 못 썼습니다."

사장은 현란하기만 할 뿐 내용 없이 긴 문장을 교정할 때처럼 미간을 잔뜩 찌푸리고 있다가 입을 열었다.

"그런데 말이야, 다른 직원들 눈도 생각해야 하지 않겠나. 실상 지금이 휴가 시즌도 아니고, 너도 나도 휴가를 내겠다고 하면 일은 누가 해? 요즘 같아선 실상, 기역 니은만 구분할 줄 알아도 데려다 쓸 판이야. 모르겠어? 이제 기반이 좀 잡히려는 신호라고. 실상 아주 중요한 시기지. 그러니 휴가는 좀 미루고, 직원들 모두 함께 어디 공기 좋은 데로 바람이나 쐬고 오도록 해보자구. 또 말이지, 실상 우리 회사에서 고생 안 하는 사람이 누가 있어? 조만간에 인원도 보충할 거고, 그땐 숨 좀 돌리면서 일할 수 있을 거야. 장담할게."

사장은 평소보다 더 '실상'을 남발했다. 나는 사장이 쉽게 허락하지 않을 줄 미리 알고 몇 가지 경우의 시뮬레이션을 돌려봤다. 당황한 틈이 보이니 곧장 핵심을 치는 게 효과적일 것 같다.

"제가 회사를 관두는 것보다는 잠깐 쉬었다가 나오는 게 좋지 않겠습니까? 제 월급이 그리 합리적인 것 같지 않다는 생각을 오랫동안 해왔습니다. 이걸 좀더 진지하게 의논해보고 싶습니다만 지금이 적절한 때는 아닌 것 같습니다. 그러니까 전 지금 이 자리에서 제 휴가 얘기만 하고 나가고 싶다는 겁니다. 실상은 그렇습니다."

입사보다 퇴사가 더 어려운 시기다. 사장은 내 말을 듣고는 팔짱을 단단하게 꼈다. 애써 들키지 않으려 해도 얼굴이 이미 붉어져 있었다. '실상'까지 써먹은 건 좀 잔인했던 것 같다. 사장이 책상 구석에 놓여 있던 전자담배를 집었다. 몇 번 빨아보다가 카트리지가 비어 있는 걸 확인하고 달랑달랑 흔들며 두리번거렸다. 만년필처럼 생긴 가짜 담배가 사장의 손에서 위태롭게 흔들릴 때 내 등허리에 힘이 들어갔다. 신경질을 내며 내팽개칠 수 있다고 생각했기 때문이다. 그러나 사장은 주섬주섬 가방을 뒤지더니 새 카트리지를 꺼내 담배에 장착했다.

"그래, 휴가를 내서 뭘 할 작정인가?"

사장의 입에서 말과 함께 가짜 연기가 차지게 흘러나왔다.

"여행을 다녀올 생각입니다."

"어디로?"

"유럽 쪽을 생각하고 있습니다."

"혼자?"

"네."

"준비할 게 많겠군."

"이제 차근차근 해야죠."

사장은 조용히 고개를 몇 번 끄덕였다. 나는 더 이상 할 말이 없었으므로 그만 나갈 수 있도록 해줬으면 싶었다.

"뭐, 하여간…… 그래, 알았으니 그만 나가보게."

알았다는 말이 허락인지 보류인지 분명치 않았다. 어느 쪽이든 상관없다. 나는 휴가원을 낼 것이고 허락되지 않으면 정말 일을 그만둘 각오도 돼 있다. 여행을 다녀오면 세상이 달라져 있거나 최소한 나 자신이라도 변해서 돌아오리라. 다들 여행이란 그런 거라고들 하지 않는가. 덮어놓고 믿는 건 아니다. 세계 곳곳의 역사 지리 문화 사회 정치 경제 등의 정보가 데이터베이스에 취합되어 있고 따라잡기 불가능한 속도로 매일 업데이트된다. 그러므로 이 시대의 여행은 철저히 이미 체험한 이미지와 관념의 재생이다. 여행자들이 쏟아내는 안내서는 투입한 금액과 시간에 비해 매우 큰 수확을 건졌다는 걸 증명하려는 듯 환상을 강요한다. 필연에 거만해지고 우연에 환호하는 게 여행기의 일반적인 패턴이다. 그렇지만 직접 해보지도 않고 부정만 하고 있긴 싫다. 나는 반드시 떠날 것이다.

아내가 집을 나갔다. 아이를 지하철역까지 태워주고 돌아왔는데 사람은 보이지 않고 TV테이블 위에 성의 없이 두 번 접힌 쪽지만 남아 있었다. 탁상달력의 과월 면을 뜯은 것이었다.

바람 좀 쐬고 올게요. 얼마나 걸릴지는 몰라요. 집에 없던 사람이 있으니 갑갑해서 그래요. 당신 잘못이란 말은 아니에요. 핸드폰은 두고 가요.

아내의 문장과 필체가 낯설었다. 그건 마치 잠자리를 갖지 않게 된 뒤부터 서로 보여주지 않던 속옷 차림 같은 것이었다. 옷장을 열어봤지만 뭘 얼마나 챙겨간 건지 알 수 없었다. 그뿐 아니라 옷장 안에 어떤 게 있었는지조차 모르고 있었다는 걸 깨달았다. 나는 딸아이에게 문자메시지를 보내기 위해 핸드폰을 들었다. 뭐라고 알려야 할지 막막했다. 몇 번을 썼다 지워도 문장이 나와주질 않았다. 어떤 것은 호들갑스러웠고 어떤 것은 무책임했다. 수많은 기안서며 제안서에서 경영진을 설득시켜오며 나름대로 문장력이 있다고 자부했는데 가족끼리 안부를 전하는 데에는 전혀 무력했다.

혹시 엄마가 어디 간단 말 안 하든?

결국 나는 하나 마나 한 메시지만 보냈다. 아내의 핸드폰은 화장대 위에 꺼진 채 놓여 있었다. 전원 버튼을 누르자 금방 켜졌지만 암호가 진입을 막았다. 전화번호 뒷자리와 가족의 각자 생일 그리고 결혼기념일 등을 오래 생각해서 간신히 떠올려가며 차례로 넣어봤으나 모두 실패했다. 점심때가 훨씬 지나도록 나는 아내의 암호를 유추하며 핸드폰만 만지작거리고 있었다. 아이에게선 답신이 오지 않았다. 시장기와 졸음이 함께 찾아와 조금 당황했다.

오후 늦게 대학 동기 탁에게서 문자메시지가 왔다. 수신음을 들었을 때 아이의 답신이라고 생각했기에 스팸문자를 본 것처럼 신경질부터 났다. 메시지는 오늘 저녁으로 예정된 모임을 거듭 상기시켰고 불참 시 받게 될 '막대한 피해'를 농담조로 이야기하고 있었다. 내 은퇴가 무슨 감투나 되는 양 동기 두엇을 더 불러내서 축하해주겠다는 제안을 한사코 거절했는데 기어이 자리를 마련한 모양이었다. 말이 좋아 은퇴지 쫓겨난 거나 다름없다는 걸 알고 있을 게 빤한 탁이 무리해서 추진한 자리라는 걸 짐작하기는 어렵지 않았다. 메시지에 섞여 있는 제명이니 퇴출이니 절연이니 하는 단어에서 축하나 위로보다는 농락의 기운이 더 짙게 느껴졌다. 괜한 자격지심을 갖고 있는 건 아닌가 싶어 고개를 흔들어보아도 탁의 혐의는 조금도 옅어지지 않았다.

이미 오래전부터 탁과 나 사이에는 묘한 기류가 형성되어 있었다. 그것을 무어라 불러야 좋을지는 모르겠다. 그 애매한 신경전의 전초는 아주 옛날로 거슬러 올라간다. 아마 졸업 즈음의 어느 날이었을 것이다. 내가 취업 턱을 내는 자리에서 탁은 내가 자리를 일찍 잡게 된 걸 축하했다. 나는 탁이 대학에 남아 공부를 계속하겠다는 걸 나라를 수호하겠다는 의지에 빗대어 응원했다. 그러나 무슨 이유에선지 술자리는 시시한 농담만 오갈 뿐 좀처럼 달아오르지 못했다. 그러다가 탁이 먼저 포문을 열었다. 탁은 내가 전공인 국문학과 무관한 분야로 취직한 걸

못마땅해했다. 나더러 자본주의의 부역자라 비아냥댔을 때 나는 술기운에 그런 소릴 할 수도 있겠나 싶었으나 완진히 유연해지기가 어려웠다. 그래서 나는 탁을 부모 잘 만나 생사를 건 전쟁터에 뛰어들지 않아도 되는 어린애로 취급했다. 아마 우리는 그 자리에서 다시는 안 볼 원수가 될 수도 있었을 것이다. 그러나 우리는 어른인 체해야 했고 서로를 성장의 동력으로 삼는 쪽을 택했다.

되돌아보면 딱 한 뼘쯤의 우월감이면 충분했던 것 같다. 이 유치한 싸움 때문에 탁과 나는 다른 동기들로부터 여전히 이십대 후반에 머물러 있다는 소릴 종종 들었다. 나는 작년에 탁이 학장 자리에 오른 걸 축하하기 위해 모였을 때 교수 월급을 들먹이며 이 사회가 학자를 얼마나 홀대하고 있는지 성토하는 척 은근히 조롱한 기억이 났다. 그때 탁은 아직 한참 남은 정년을 얘기했다. 그건 두말할 것 없이 지금의 내 상황을 예언하고자 한 것이었다.

내가 아직 죽지 않았다는 걸 보여줘야 했다. 내비게이션의 안내 덕에 약속 장소인 참치횟집을 찾아가는 건 어렵지 않았다. 탁은 자기 지갑을 열어야 할 시점이라고 판단하면 늘 직접 장소를 잡았다. 이번 D 참치는 조리실장이 전문적이고 정직하다는 평이 자자하다고 했다. 세간의 평 중에 '저렴한 가격'을 더 염두에 뒀을 거라는 내 짐작은 틀리지 않을 것이다. 차를 몰고 가다가 횟집 못 미처에서 내비게이션 화면상의 작은 블록들을 돌며 일부러 늑장을 부렸다. 20분 정도 늦게 나타나는 게 그림이 괜찮을 것 같아서였다.

헤어질 때 모두가 볼 수 있도록 차는 주차장 입구 쪽에 세웠다. 발렛파킹을 해주는 주차관리인이 키를 받고는 들고나는 차들 때문에 안쪽 빈자리부터 차례대로 대야 한다고 했지만 소주값이나 하라고 지폐 두 장을 찔러주자 잠잠해졌다.

"좀 늦었지? 오랜만에 하려니 운전이 영 서툴러서 말야. 기사를 그냥 계속 부릴 걸 그랬나 싶네, 미안하다."

별실의 문을 열자 탁이 박과 김과 함께 나를 반겼다. 테이블 위에는 부위별로 난자된 생선살이 커다란 범선을 꽃잎처럼 알록달록하게 뒤덮고 있었다.

"제수씨는 안녕하시고? 은진이도 졸업할 때 됐지?"

자리에 앉자마자 탁이 호구조사부터 시작했다. 뭘 알고 말하는 것 같아 가슴께가 뜨끔했다.

휴가가 결국 무산됐다. 사장은 정부에서 준비하고 있는 대중가요 200년사 아카이브 프로젝트 중에서 전자책 출판 부문에 입찰하기로 했다고 통보하고 내게 TF팀장을 맡겼다. 그리고 이틀 정도 쉬면서 사직서를 낼지 사령장을 받을지 고민해보라고 했다.

나는 탁에게 전화를 걸었다. 여행을 직업적으로 다니는 놈인데 여행기를 쓰면 그걸로 회사가 책을 낸 뒤 거기에 끼워 넣는 광고 수익을 나눴다. 저자와 편집자로 만났다가 나이가 같아 호칭을 편히 하다 보니 자연스럽게 친구가 됐다. 턱은 맥주나 한잔하자는 말에 흔쾌히 시간을 내주었다. 나는 퇴근하자마자 그의 집 근처 비어홀로 가서 기다렸다. 비어홀에는 남자 아이돌이 리메이크한, 약 90년 전의 노래가 흘러나오고 있었다. 가사는 화려한 도시를 그리며 찾아왔다는 고백으로 시작되었다가 격정적인 멜로디로 치달으면서 이 세상 어디가 숲인지 어디가 늪인지 아무도 말을 해주지 않는다는 호소를 퍼부었다. 거기에 원곡에 덧댄 랩이 흥을 더했다. 아이돌 가수의 기교만 많은 창법에도 불구하고 타향살이들의 감성을 건드리는 가사에 괜스레 콧등이 시큰해졌다.

탁은 추리닝 바람으로 슬리퍼를 끌며 나타났다. 머리가 부스스하고 수염이 거칠게 자라 있는 꼴이 며칠간 제대로 씻지도 않은 것 같았다. 그는 헤드셋처럼 머리에 쓰고 있던 것을 벗어 가방에 넣었다. 뇌를 백업하는 기계로 알려진 시냅스 활동전위 스캐너였다.

"몰골이 말이 아니지? 어딜 좀 다녀오느라……"

나는 탁이 스캐너를 착용하고 다니는 걸 본 뒤라 무슨 말을 하는지 알 것 같았다.

"VT?"

"어. 9.0버전이 나왔거든. 죽이더라."

VT는 버추얼트래블Virtual Travel의 약자로, 국내 최대의 여행사와 글로벌 게임 업체 G사가 합작하여 만든 가상 게임이다. G사에서 70년 전에 베타버전을 출시한 이래 다른 업체들에서도 비슷한 가상현실 프로그램을 쏟아냈지만 모두 아류에 불과했다.

"이번엔 어딜 갔다 온 거야?"

"호수 사이 마을이라고 알아?"

"알지, S랜드 아니야? 얼마나?"

"어, 한 달 일정이었는데 꼬박 이틀 걸리더라. 그것도 9.0되면서 많이 줄어든 거야. 이젠 나도 겁난다. 뭐가 현실이고 뭐가 가상인지 헷갈려."

탁은 필스너 우르켈을 두어 모금 들이켜곤 고개를 저으며 말했다. 나는 맥주 라벨을 쳐다보며 얼마나 아류가 판을 쳐댔으면 브랜드 뒤에 오리지널이란 뜻의 '우르켈'을 붙여야 했을까 하고 생각했다.

"그 스캐너 구경 좀 하자. 요새 없는 사람 거의 없지? 나도 하나 장만해야 되나?"

탁이 스캐너를 건네며 주의를 줬다.

"전원 켜지 마. 섞이면 곤란해."

스캐너는 외양이 꼭 헤드셋처럼 생겼는데 스피커가 있어야 할 자리에는 중뇌의 전기적 반응을 수신하는 리시버가 달려 있었다. 인체의 자극이 대뇌로 전달되는 알고리즘을 받아내는 기술은 세상을 완전히 뒤집어놨다. 사람마다 지문이 다르듯, 같은 자극을 받아도 뇌 속에서 140억 개의 뉴런들이 상호작용으로 만들어내는 3차원의 '무늬'는 제각각이란 사실이 밝혀진 게 기술 개발의 촉매가 되었다. 이를테면 탁과 내가 동시에 '스캐너'라는 말을 들었을 때 탁의 뇌에서는 내 뇌에서 '헤드셋'에 해당하는 무늬가 일어날 수도 있다는 것이다. 그 과정의 역순도 마찬가지다. 나의 대뇌에서 악수를 청하라는 무늬를 일으켜 내가 손을 내밀 때, 탁의 대뇌에서도 손을 내밀라는 명령을 내리겠지만 그에 해당하는 무늬는 내게 있어 상대방의 면상을 후려치라는 것과 같을 수 있다. 이 이론이 증명된 이래 '뇌를 바꾸고 싶다'와 같은 농담을 하는 사람은 없어졌다. 만일 진짜 누군가와 뇌를 바꾼다면 세상에 둘도 없는 멍청이가 될 것이기 때문이었다. 아니다, 딱 둘은 되겠다. 뇌를 바꾸려면 상대가 있어야 할 테니 말이다. 그래서 제정신일 때만 스캔을 받아야 했다. 술이나 마약을 할 때 혹은 잠잘 때 스캐너를 착용하고 있었다면 반드시 스캐너 저장소를 포맷해야 한다고 했다. 여기서 재밌는 건, 사람마다 아무 외부 자극 없이 뇌에서 무늬가 일어나는 경우가 있다는 사실이었다. 몸의 상태나 스트레스 정도에 따라 활동 전위가 불안정해지는 탓이었다. 바로 환청과 환시, 환지통 따위가 설명되는 순간이었다. 꿈도 마찬가지였다. 그리고 오감의 직접적 자극에 의존하던 가상체험의 패러다임이 완전히 뒤집어지는 순간이기도 했다.

"그러니까 이걸 VT 터미널에 장착하고 너는 거기 드러누워서 가상체험을 한다 이거지?"

"대단하지 않냐? 수십 년 내에 터미널을 헬멧처럼 머리에 쓸 수 있게 만든다고 하더라. 그게 진짜 가능해지면 외국어 선생들 모두 딴 일 찾아야 돼. 초기엔 교실만 하던 터미널이 이제 관보다 조금 큰 정도가 됐고 헬멧처럼 생겼던 스캐너가 이렇게 헤드셋 크기까지 진화했으니 이제 얼마 남지 않은 것 같아. 아마 스캐너도 이어폰 정도로 작아질걸."

"통역기 말이야? 에이, 그건 좀 오버다. 몸의 자극이 만드는 무늬야 그 사람의 활동성에 따라서 몇 주나 몇 달이면 거의 스캔되겠지만 말은 배우는 시간이 절대적으로 필요한데 기술이 아무리 좋아져도 그걸 어떻게 해결하겠어."

탁은 뭘 모르면 잠자코 있으라는 듯 코웃음을 쳤다.

"너 편집자니까 무슨무슨 전문가들이 괜히 어렵게 글 써놓은 거 자주 보지? 어때? 우리말인데도 도통 모르겠는 문장들 아니야? 그럼 넌 뭐부터 하냐? 사전 찾잖아. 그런 거야. 어순이 어떻든 단어가 어떻든 일단 우리말로 들리긴 들린다니까. 물론 그것도 한방에 해결이 가능하긴 해. 태어날 때부터 스캔을 하면서 사는 거지. 그렇게 차곡차곡 스캔을 받아놓으면 터미널이 외국어 무늬를 그 사람이 학습해온 모국어 무늬에 매칭시켜서 전송해주면 그냥 다 알아듣는 거야."

나는 머리에 스캐너를 쓴 신생아를 상상해봤다. 양쪽 귀를 감싼 기계가 뇌파와 흡사한 인공 파장을 주고받는다면 그 사이에 낀 아이의 뇌는 과연 무사할까. 설령 그것이 아무런 문제가 되지 않는다 하더라도 내가 무서운 건 그다음이다. 체험할 수 없는 것이 아예 사라지고 말 기술의 진보가 나는 무섭다. 그래서 비교적 원시의 형태에서 변형이 더딘 언어인 문자 속으로 숨어들었다. 그러나 글자와 문장을 매만지는 일은 꽃꽂이나 뜨개질과는 전혀 달랐다. 바이러스처럼 급속히 확산되고 변이되는 지식을 감당하기에 문자는 지나치게 관념적이고 무력했다. 그 무능함 때문에 영상과 소리를 비롯해 오감을 자극할 수 있는 모든 것이 동원돼야만 했다. 그만,이라고 외치고 싶을 때가 한두 번이 아니었다. 가끔은 거대한 가상 속에서 출구를 찾지 못하고 허덕이는 꿈을 꿨다. 꿈이란 걸 깨닫고 나서도 한참 동안 정신을 가다듬은 뒤에야 가슴을 쓸어내렸다. 잠깐이라도 비켜서 있을 만한 곳이 필요하단 생각에 휴가를 떠올렸고 여행을 계획했지만 어차피 사장이 허락했더라도 소용없는 짓일 거란 회의에 여러 번 숨이 막혔다. 문득, 출구를 찾기 위해 내가 해볼 수 있는 것이 떠올랐다.

"미안한데 나 먼저 일어나야겠어. 스캐너 사야 해. 아직 문 연 데가 있겠지?"

나는 필스너 '우르켈'을 단숨에 비우고 일어났다. 탁이 뭐라고 구시렁대는 소리도 들리지 않았다.

금덩어리처럼 번쩍이는 SUV가 넓은 들판을 가로지르는 도로 위를 달리고 있었다. 헬리캠의 시야에는 차와 연록색의 들판뿐이었다. 화면이 운전석 옆을 비추자 창밖으로 운전자의 손이 나와 바람을 부드럽게 쓰다듬었다. 차는 곧 넓고 깨끗한 호수에 도착했다. 호숫가에 세운 차 보닛 위에서 남자와 여자가 나란히 앉아 서로에게 기댄 채 호수 위로 떨어지는 석양을 바라보는 것으로 영상은 끝났다. 영상이 흐르는 내내 배경음악 없이 바람 소리와 부드러운 배기음만 증폭되어 들렸다. 암전된 화면에 자동차 회사의 로고와 함께 "Do your dream!"이라는 카피가 길게 머물렀다.

교외용으로 하나 살까 생각하고 있는데 아내가 아침 먹은 설거지를 마치고 와서는 드라마 할 시간이라며 내게서 리모컨을 뺏어갔다. 마침 딸아이가 제 방에서 나왔다.

"아빠, 나 수업 늦었는데, 지하철역까지만 좀 태워주면 안 돼?"

졸업반이라는 애가 수업에 가는 건지 미팅에 나가는 건지 모르게 치장이 화려했다. 종아리만 드러나도 부끄러워 어쩔 줄 몰라 했던 제 엄마 처녀 적과는 사뭇 달랐다. 며칠 전엔 치마 길이로 한마디 했다가 꼰대 취급하는 모녀의 협공에 혼쭐이 났다. 아내는 분명 아이를 통해 그 나이 때 하지 못한 것들을 대리만족하고 있었다.

"내가 니 운전기사나 하려고 은퇴한 줄 아냐? 깜빡했나 본데, 이 아빠도 한때는 뒷좌석에만 앉아 다니던 몸이셨다."

"나 늦었다니까. 빨리잉."

발을 동동 구르며 애교를 떠는 아이 앞에서 저절로 마음이 급해졌다. 안방으로 들어가 카디건을 꺼내 걸치고 키를 챙겨 나오면서 아이를 다시 봤다. 어떤 놈이 채갈지 모르겠으나 그게 좀, 아니 아주 나중의 일이었으면 하는 마음이 들었다.

나는 몇 달 전까지만 해도 아이가 결혼할 사람만 데려오면 재빨리 식을 치를 작정을 하고 있었다. 아직 현직에 있을 때였다. 은퇴하면 하객이 10분의 1로 줄어든다는 건 공공연한 사실이고 축의금은 무려 20이나 30분의 1까지 떨어질 거라는 관측이 나를 초조하게 했다. 일가친척들이 내놓을 돈이야 빤하지만 입장 아쉬운 사람들이나 받아먹은 게 있는 놈들이 들고 올 돈은 구미가 당겼다. 내가 뿌려온 것들을 생각하면 계산이 얼른 되지 않을 정도였다. 아내에게 넌지시 아이가 누굴 만나지 않느냐고 물어봤다. 요즘이 어떤 세상인데 없을 리가 있겠냐는 대답이 돌아왔을 때 나는 속으로 쾌재를 불렀다. 그런데 결혼 얘기를 꺼내자 냉담한 핀잔만 돌아왔다.

일찍 결혼해봐야 실상 인생 고생길 열리는 거나 마찬가지니 즐길 만큼 즐기게 내버려두겠어요.

나는 아내가 '실상'이라는 단어를 제대로 알고 쓰는 걸까 생각해봤다. 그건 아내의 말투가 아니었다. 아마도 드라마에서 나오는 어떤 대사를 흉내 내고 있는 게 아닌가 싶었다. 은퇴 전후로 예상되는 축의금 규모를 비교해줬지만 아내는 그럴수록 더욱 얼굴을 굳히고는 딸을 갖고 장사하겠다는 파렴치한으로 몰아세웠다. 그거 없다고 우리가 굶느냐는 아내의 말은 맞았다. 은퇴를 대비하고 있어서 시 외곽의 넓고 깨끗한 아파트를 알아보고 있던 중이었다. 당시 깔고 앉아 있던 강남 아파트는 팔기가 아쉬워 세를 놓았다. 작으나마 두 채의 상가 건물에서 매월 충분한 임대료가 들어왔고 때마다 주식 배당금을 기대하는 재미도 쏠쏠했다. 게다가 몇 년 뒤엔 연금도 예정돼 있었다. 푼돈일 테지만 마다할 건 아니었다.

엘리베이터 안에서 딸아이와 나란히 서서 층 번호가 17에서 카운트다운되는 걸 보고 있으니 시간이 거꾸로 흐르는 남자에 관한 이야기가 떠올랐다. 이십대 중반, 아니 삼십대 초반이라도 좋겠다. 젊은 시절로 돌아간다면 무엇을 할까. 나는 글을 써보고 싶었다. 국문학과를 다녔지만 시나 소설을 써봤더니 문학은 분명히 내 길이 아니었고 칼럼니스트라면 넘볼 만했다. 영어 공부 삼아 세계적인 이슈를 해외 신문을 통해 꾸준히 접하고 있었는데 유전자 변형 곡물에 맞서는 친환경 식품 쪽으로 관심이 기울게 됐다. 그게 어쩐지 가짜와 진짜의 거대한 대립처럼만 보였던 것이다. 졸업을 앞두고 밥벌이를 구하던 중에 곡물 무역회사에 지원한 게 내 인생을 결정지어버렸다. 두부와 청국장의 수요가 늘 것으로 보고 콩 수입을 확대하는 기획을 했을 때 과장으로 승진했고 선진국의 도심가를 스타벅스가 점령해가고 있는 것을 보고 커피 생두를 들여오자 부장 자리에 오를 수 있었다. 사세가 확장되면서 브랜드를 개발해 제품을 출시할 수 있게 된 것도 기회였다. 나는 '하루 한 줌의 건강'을 콘셉트로 '믹스넛'을 만들었다. 1일 섭취 권장량만큼 포장해 60봉 단위로 판매되는 견과류 제품은 대히트를 쳤다. 눈이 아프게 발전한 세상에서 젊은 사람들이 할 수 있는 일은 더 많을 것이다. 명예퇴직을 당하기 전에 기획을 지휘한 프로젝트들은 별 재미를 보지 못했다. 훨씬 복잡해진 세상의 구조에 비해 내 감각은 무뎠다. 만약 다시 젊어질 수 있다면 좀더 첨단에서 멋지게 한번 부딪쳐보고 싶었다.

"아빠, 내가 아빠 운전 시켜서 서운해?"

아이가 팔짱을 껴오며 물었다. 나는 층 번호를 올려다보며 표정이 굳어 있었던 게 아닌가 하고 아차 싶었다.

"그런 말이 어딨냐. 우리 공주님 기사는 이 아빠가 한다. 여기서 기사는 운전기사가 아니고 나이트다. 알지?"

"어? 아빠, 나 나이트 안 다니는데?"

나는 나를 빤히 쳐다보는 아이의 얼굴을 마주하고 있다가 한 박자 늦게 이해하고 크게 웃었다. 마침 지하 주차장에 도착한 엘리베이터가 종소리를 내며 열렸다.

"그나저나 너 운전 언제 배울 거야? 요즘 젊은 사람들 타고 다니는 거 있잖아. 골프네 미니네 하는 그 장난감 같은 차들 말이야. 아빠 맘 변하기 전에 서두르는 게 좋을 거다 너."

"칫, 나 겁 많아서 운전 못 배운단 말 듣고 좋아하셨다는 거 엄마한테 다 들었네요. 그리고 차 가지고 다니면 애들 눈치 보여. 수업 마치면 곧장 알바하러 달려가는 애들 얼마나 많은데."

그러고 보니 아이는 회사 일로 가족 동반 모임에 나올 때가 아니면 명품을 잘 걸치지 않는 것 같았다. 고가의 장신구 없이 화려하되 천박해 보이지 않을 수 있는 요령을 제 스스로 터득한 걸까. 그런 요령이야 잘 모르겠지만 사람들 사이에서 어우러지기 위한 아이의 조심성에 마음이 놓였다. 일이 바쁘다는 핑계로 신경써주지 못한 사이에 혼자서 아이를 이만큼 가르친 아내의 수고가 그저 고마울 따름이었다. 결혼 후 5년이나 소식이 없다가 서른다섯에 과장 승진 직전에 들어서서 우리 부부는 아이를 늘 복덩어리로 여겼다. 동생을 만들어주지 못한 게 내내 미안했지만 그럴 때마다 아내가 겪었을 두 배의 고생을 생각하면 고개를 흔들게 됐다. 회사에서의 입지를 굳히고 형편도 좋아지기 시작했을 때 일 도와줄 아주머니를 두자고 해도 아내는 남의 손에 살림을 맡기기 싫다며 한사코 거절했다. 아내는 그렇게 늘 현명함과 검소함을 잃지 않았다.

시동 버튼을 누르자 아우디 A8이 사냥 준비를 마친 맹수처럼 뱃구레를 울렸다. 온몸의 모근들을 긴장시키는 묵직하고 거만한 진동과 함께 앞만 보고 내달려온 내 지난 삶이 한 번 더 스쳐갔다.

"화아려한 도시를 그리며 찾아왔네. 그곳은 멀고도 험한 고옷……"

"아빠 왜 틈만 나면 그 노랠 불러?"

"그랬나? 왜, 듣기 싫어?"

"아니, 뭐. 옛날 노래기도 하고, 한 맺힌 사람처럼 불러서."

"글쎄, 이상하게 아빠 이 노래가 좋더라. 너 기저귀도 떼기 전에 나온 노래니까 오래되긴 오래됐지. 언제 엄마랑 다 같이 노래방 한번 가자. 아빠가 이 노랠 얼마나 잘 부르는지 들으면 깜짝 놀랄걸?"

지하주차장을 빠져나온 차 위로 봄볕이 고운 모래처럼 내려 앉았다. 단지에서 지하철역까지 가는 15분이 길게 느껴질 만큼 아이와 나눌 이야기가 뚝 떨어졌다. 아이가 이어폰을 귀에 꽂는 건 당연했다. 아이의 귀에서 기계음이 엿가락처럼 늘어지며 흘러나왔다. 나는 아이의 청력에 문제가 생기지나 않을지 걱정되었다.

지상 역사는 거대한 기지 같았다. 아파트 주변과 역을 오가는 마을버스들 때문에 차를 댈 곳이 마땅치 않았다. 나는 할 수 있는 최대한 역사에 가깝게 차를 붙였다. 아이가 이어폰을 꽂은 채 손을 흔들며 차에서 내렸다. 차 문이 열리자 아직은 찬 공기가 훅 밀려들었다. 바깥에는 봄답지 않게 바람이 일고 있는 것 같았다. 아이는 치맛자락을 꼭 붙잡고 종종걸음으로 빠르게 사라졌다. 애초에 나는 차를 세운 뒤 용돈을 두둑이 쥐여 주며 '아빠 사랑해' 같은 말을 듣는 장면을 기대하고 있었다. 뒤에서 마을버스 한 대가 경적을 길게 울리며 바투 붙는 바람에 화들짝 정신이 깼다.

자신을 상담실장이라고 소개한 여자는 내가 말할 때마다 고개를 크게 끄덕이거나 한쪽만 드러낸 귀를 내 쪽으로 내밀며 적극적으로 반응해줬다. 고개를 흔들 때마다 짧게 쳐서 반대편으로 넘긴 커트 머리 안쪽으로도 깨알만 한 보석이 박힌 귓불이 드러났다 숨었다. 미인이라고 할 수는 없었는데 깔끔하고 세련된 정장 차림에 어울리는 단정한 인상이 고객에게서 이야기를 끄집어내는 데는 훨씬 유리할 것 같았다.

"가능할까요?"

실장은 미소를 머금은 채 눈썹을 살짝 들었다 내렸다.

"아주 만족하실 겁니다, 고객님. 요즘 분들은 가상 여행만 찾으시는 게 아니거든요. 딱 맞는 상품을 보여드릴게요."

실장이 자신만만한 얼굴로 테이블 위에 놓여 있던 투명판을 일으켜 세웠다. 실장이 테이블 아래에서 무언가를 건드리자 갖가지 가상 체험 상품 정보가 나열된 카탈로그가 커다란 메뉴판처럼 투명판에 펼쳐진다. 처음에는 실장을 향해 있던 카탈로그는 실장의 조작에 따라 내 쪽으로 돌려졌다. 나는 투명판을 수놓은 이미지와 텍스트들 사이로 실장을 살폈다. 실장은 자기 쪽에서는 좌우가 바뀐 화면일 텐데 능숙한 손놀림으로 찾는 상품을 향해 재빠르게 링크를 탔다.

상담실장의 설명에 따르면 가상 체험자들은 무비스타가 될 수도 있고 대통령이 될 수도 있었다. 나는 은퇴한 기업가를 주문해놓았다. 부족함이 없는 일상을 영위하며 가끔 덩치 큰 차를 몰고 사연을 누비는 삶을 원했다. 그러기 위해서는 반드시 지금처럼 감당할 수 없는 욕망을 강요하는 과학 기술들이 없는 세계여야 했다. 그렇다고 원시로 돌아가고 싶진 않았다. 실장은 100년쯤 전이면 딱 좋을 거라고 말했다.

실장이 내가 스캔해온 메모리카드를 기계에 읽어들였다.

"두 달 동안 스캔하셨다고요. 한 달이면 되는데 준비성이 철저하시네요. 오 이런, 요즘 엄청 바쁘신가 봐요. 전전두엽 쪽에서 수신한 데이터가 압도적이에요."

"그래서 여행을 가려다가 말고 스캔을 준비해서 여기 온 겁니다."

"잘하셨어요. 실제랑 똑같은데 훨씬 안전하죠. 작년에 비행기가 태평양 한가운데서 사라져버린 거 아시죠? 혼자만 조심하면 뭐하겠어요. 사람 일이란 건 모른다니까요."

여객기가 바다 상공에서 폭파한 사건이었다. 기장이 안정된 고도에 오른 직후에 초음속으로 진입하는 과정에서 기체의 사소한 결함이 과항력을 버티지 못하고 균열을 일으킨 것으로 알려져 있었다. 분명히 처음에는 아무런 문제가 되지 않았을 작은 균열이 증폭된 진동이 이어지자 돌이킬 수 없을 지경에 이르는 모습을 상상했다. 전문가들은 기장이 기체의 결함을 인지하고 항속을 얼른 아음속으로 낮췄더라면 참사를 막을 수 있었을 거라고 했다. 인지와 반응 사이에 배려된 시간이 너무 짧았다는 게 문제였다. 세상일이란 게 늘 그렇듯 말이다.

실장의 안내를 받아 병원에서의 문진표처럼 생긴 서류를 작성했다. 과거 병력이나 생활 습관 같은 걸 묻는 항목들은 문진표에서도 접한 것들이라 쉽게 체크했으나 삶에 있어 우선순위를 두는 가치를 고르라는 식의 난감한 항목들 앞에서는 시간을 끌 수밖에 없었다. 서류 작성을 마치고 터미널로 안내됐다. 엔지니어가 정보를 입력하는 동안 나는 허브에 설치된 터미널들을 둘러봤다. 비단이라는 직물에 대한 자료를 살피던 중에 누에고치를 본 기억이 났다. 신장과 체중에 따라 크기는 달랐지만 하얗고 길쭉한 타원형의 터미널들은 모두 딱 고치와 비슷한 모양을 하고 있었다.

엔지니어가 지정해준 터미널에 들어가자 관에 누운 기분이 들었다. 상담실장이 관 밖에서 손을 흔들어주었다.

"그럼 즐거운 체험 되세요."

터미널의 뚜껑이 닫히자 사방이 깜깜해졌다. 기분 탓인지 머릿속에서 어떤 외침이 들린다. 이곳에 오기 전부터 들리던 소리다. 소리는 그저 웅웅거리기만 하는 소음에 가까워 깨닫지 못하고 있었는데 조금씩 구체적인 언어로 바뀌고 있다. "그만 일어나시라니까요, 사장님. 다 왔습니다." 그러나 나는 이미 어머니의 품에 안긴 것처럼 따뜻하고 편안한 기분에 빠져들고 있다. 어디선가 바람 소리와 자동차의 엔진 소리가 들려온다. 감은 눈 안쪽에서 어렴풋이 들판이 보이는 것도 같다. 나는 몸의 힘을 최대한 빼고 내게 다가오는 가상, 아니 실상을 받아들인다.

가시 자국
—혈 2

여자는 동그랗게 뜬 눈을 빠르게 깜빡거렸다. 마치, 전 잘 이해가 안 가요, 선생님, 하는 것 같다. 육십쯤 됐을까. 투실투실한 살집 때문에 실제보다 덜 늙어 보이는 걸지도 모르겠다. 여자의 말투가 벽돌처럼 단단하고 까칠해서 질문 자체는 알아들었는데 나이와 어울리지 않는 표정이 해석되지 않았다. 나는 질문의 숨은 뜻을 만져볼 시간을 벌기 위해 되물었다.

"어머님, 죄송한데 다시 한 번만 말씀해주시겠어요?"

"왜 사극에서는 의녀들이 몸종처럼 나오느냐고요. 사람을 살리는 사람들인데 그러면 안 되는 거잖아요."

틈을 주지 않고 빠르게 쏟아내는 걸로 봐서 내가 생각할 시간을 벌려고 한다는 걸 눈치챈 것 같았다. 여자 한의사인 내게 의녀와 몸종을 엮어 질문하는 데 아무 속뜻도 없을 거라고 생각할 수는 없었다. 입을 떼려는데 여자가 대뜸 다른 질문을 던졌다.

"그리고요. 약방기생이란 말이 있던데 그건 또 무슨 뜻이에요?"

애초에 여자는 답을 듣기 위해 질문한 게 아니라는 확신이 굳어졌다. 싸울 빌미를 틀어쥐자면 일단 말을 섞어야 하기 때문에 억지 질문을 던진 게 아니었을까. 내가 그 마중물을 그냥 삼켜버리지 못하고 내 안의 것을 밀어 올리는 순간 뜻밖의 것을 빼앗겨야 할지도 몰랐다. 노골적으로 나를 기생 취급하는 데서 퍼뜩 한 사람이 떠올랐다. 나는 반쯤 확신을 갖고 여자를 힘주어 노려봤다. 왜 그러는지는 대충 알겠는데 당신이 생각해도 방금 건 좀 심했다 싶지 않아? 그렇게 눈빛으로 물었다. 그러자 여자가 입술을 삐쭉거리며 시선을 피했다. 나는 기세를 몰아 대답했다.

"대감님들이 집에 와서는 쳐다봐주지도 않으니 늙은 마님들이 샘을 내서 만든 말이겠지요."

실제로 의녀들은 연희에 동원되곤 했고 개중에는 본업보다는 나으리들과의 자리에 더 충실했던 축도 있었을 거란 추측은 가능하다. 그러나 구청 문화센터의 생활 특강 자리에서 그런 걸 일일이 설명하고 싶지는 않았다. 어물거리지 않고 똑바로 쏴버린 게 먹혀들었다. 청중들 위로 싸늘하고 민망한 분위기가 내려앉아 있었고 여자는 그 기운을 불러들인 주범이 되어 계속 함부로 굴기가 애매해졌다.

"뭔가 오해를 하신 것 같은데, 불쾌하셨다면……"

"제가 어머님 질문에 왜 불쾌할지도 모른다고 생각하셨나요?"

기왕에 겨눈 김에 늙고 교양 없는 여자를 벌집으로 만들어버리기로 했다. 나는 잔머리 굴리지 말고 대답해보라는 의미로 무대 끝까지 걸어가서 여자를 마주 봤다. 가슴속에서 불덩이가 이글거렸다. 속이 메스꺼워졌다. 나 스스로는 제어하기 힘든 단계로 넘어가고 있다는 신호였다. 웅크리고 있다가 내가 참지 못하면 사방으로 뻗치고 마는 가시 덩어리가 곧 터지려고 하는 게 몸속 깊은 곳에서 느껴졌다. 두 손을 앞으로 모으고 오른쪽 손목 안쪽 한가운데, 내관혈을 들키지 않을 만큼 천천히 깊게 눌렀다. 혈을 통한 달램에 몸이 응하는 걸 느끼기 위해 집중하면서 여자의 대답을 기다렸다. 여자는 시선을 피한 채 아무 말도 하지 않았다. 이쯤 하자, 여자를 노려보며 속으로 여러 번 되뇌었다.

이후로는 객석에서 여자만 보였다. 여자는 조울증 환자처럼 잔뜩 치장하고 있었다. 혼자서 도드라지는 꼴이 영 거북했다. 호랑이 한 마리가 부풀린 머리와 새빨간 루주와 비싼 가방과 금수가 놓인 스카프 따위로 사람인 양하고 앉아 있는 줄 착각할 정도였다. 여자는 내 시선을 느낄 때마다 목각인형처럼 표정을 고정한 채 다시 눈을 깜빡거렸다. 저 두 눈꺼풀을 이쑤시

개 같은 걸로 딱 괴어버릴 수만 있다면…… 여자는 자기가 날 싫어한다는 걸 내게 꼭 알리고 싶어 하는 것 같았다. 내가 청중의 호응이 필요해서 질문을 하거나 반응을 유도할 때마다 늘어진 턱살이 씰룩거리도록 코웃음을 치며 쓴웃음을 짓는가 하면, 강의 내내 무슨 심사위원처럼 팔짱을 낀 채 턱을 들고 나를 내려다보듯 했다. 대체 뭐가 불만일까. 난 여자에게 무얼 그리 잘못했을까.

*

강의를 마치고 무대 뒤로 가 조명을 벗어나자 한숨부터 길게 흘러나왔다. 아무나 붙잡고 신경질을 실컷 부리고 싶었다. 출연자 대기실 쪽 통로의 어둠에 숨어 잠깐 객석을 돌아봤다. 여자는 아직 자리를 뜨지 않고 옆자리의 일행과 수다를 떠는 중이었다. 일행이나 여자나 돈을 잔뜩 바른 차림새에도 불과하고 전혀 관리되지 않은 몸매 때문에 잘 먹인 돼지 한 쌍으로 보였다. 뭐가 그렇게 재밌는지 둘은 이따금 잇몸을 드러내면서까지 웃어젖혔다. 보고 있자니 사람들이 강당을 빠져나가느라 온갖 소리가 웅성대는 틈을 비집고 여자들의 말소리가 들릴 것만 같았다.

아까 봤어요? 입술이 바르르 떨리던데? 언니가 안 참았음 뛰어내려와서 달려들 기세더라고요. 그럴 수밖에, 켕기는 게 있는 거지. 맞아, 얼굴에 색기가 자르르한 게, 여자가 무슨 침이야? 그건 그렇고, 언넌 약방기생이란 말은 어떻게 알아요? 난 언니가 그렇게 유식한 말 쓰는 거 보고 놀랐다니까. 예습 좀 했지. 그렇구나, 근데 언니, 난 왜 이 순간에 약과가 생각나지? 이래서 살이 찌나 봐요. 호호호호호.

출연자 대기실에 들어서자 중년 신사의 뒷모습이 나를 맞았다. 돌아서는 얼굴에서 잠깐 기억의 수면이 일렁거리다가 곧 파문이 가라앉았다. 태성 선배였다.

"야, 솔! 나 알아보겠어?"

선배는 내가 국문과에 다닌 1년 동안 불리던 별명을 서슴없이 꺼냈다. 대충 꼽아도 20년쯤 저쪽에서 희미하게 지워져가고 있던 별명이었다. 그맘때 함께 다녔던 복학생 선배들 몇 그룹이 나를 은솔이란 이름에서 한 글자만 떼 별명처럼 불렀다. 누가 처음 시작한 건지는 아무도 몰랐다. 그들은 내 뒤에서 솔, 하고 크게 불러놓고는 내가 돌아보면 재빨리 '라시도'를 덧붙이며 딴청을 피우기도 했다. 그 시절 내 주변 사람들은 그렇게 장난을 쳐대는 능청맞은 쪽이거나 은솔이란 이름이 예쁘다며 그대로 불러주는 부류로 구분할 수 있었다. 가끔은 어울리지 않게 능청맞은 쪽을 기웃거리는 사람들이 있어 좀 어정쩡했다. 선배는 그런 사람 중 하나였다. 내가 그 어정쩡함을 방치한 사이에 우리는 반쯤 사귀는 사이가 되어 있었다. 보름쯤 전에, 내가 나온 방송을 봤다며 특강을 맡아달라고 부탁해왔을 때 워낙 건너 건너서 들리는 소식조차 없던 사람이라 통화가 길어졌다.

먹고살려다 보니 공무원 시험을 봐서 구청에 뼈를 묻을 신세가
됐고 이제는 청 안팎에서 끗발을 좀 세우는 고위직인 것 같았
다. 벌써 중학교에 다니는 연년생 형제의 아버지이기도 했다.

그간 거쳤을 풍랑의 여파가 머리에 가득한 새치와 이마의 깊
은 주름에서 손을 대면 묻어날 듯 감돌고 있었다. 애처로워져
야 할 순간인 것 같은데 왠지 마음이 놓였다. 나는 학과를 떠날
때 이미 선배가 이런 모습으로 어른이 될 사람이란 걸 짐작하
고 있었다. 그리고 내가 그 길에서 빠져줘야 한다는 것도 알았
다. 선배는 내가 학과를 그만두는 게 자기 때문이냐고 물었다.
나는 선배가 내 삶에서 그 정도의 비중을 차지한 적은 단 한 번
도 없었다고 사실대로 말했다. 선배는 절반도 안 되었더냐고
되물었다. 나는 그를 똑바로 쳐다보다가 문득 가여워져서 그쯤
은 되었던 걸로 치자고 했다.

"와, 선배, 그대로네요. 저녁 자리에서나 보나 했더니?"

"너 방송 좀 하더니 뻥이 늘었구나. 그대로는 무슨, 내내 못
알아봐놓고선."

강의 중간에 나가던 남자가 이 사람이었던가. 나는 앞쪽에
앉아 있던 어떤 남자가 꼽추처럼 허리를 잔뜩 굽히고 강당을
빠져나가는 모습이 떠올랐다. 경험상 강의가 지루해서 나가는
사람들은 그렇게 죄인처럼 굴지 않았다. 나는 끝까지 듣지도
못할 거면서 빠져나가기 번거롭게 뭐하러 앞쪽에 앉아 있었는
지 의아했다. 그리고 보니 엄청나게 내게 집중되어 있던 그의

시선이 생각났다. 내가 알아보고 깜짝 놀라기라도 바란 것이었을까. 선배는 옛날에도 내게 서프라이즈를 여러 번 시도했다. 아무 약속 없이 집에 들어가던 어느 저녁, 지하철 출구 옆에서 선배가 불쑥 나타났을 때는 한 남자의 대책 없는 착각에서 인간에 대한 근원적인 연민마저 느꼈다.

"아, 중간에 나가던 사람이구나. 선배가 거기 있을 줄은 꿈에도 몰랐죠. 귀띔이라도 좀 해주지."

"얘기했으면 뭐 무대로 올리기라도 했게? 침 맞는 사람 역할 정도는 각오돼 있긴 했지만 말야."

이야기가 점점 맥락 없이 새고 있었다. 이대로 공허한 말대답이나 주고받자고 저녁 자리를 앞당겨 날 보러 온 게 아닐 텐데도 선배는 계속해서 주변만 맴돌았다.

강의 준비를 돕던 실무자가 대기실에 들어서다가 멈칫, 하고 문밖에서 쭈뼛거렸다. 강의 직전에 만났을 때 자신을 문화행정과의 막내라고 소개한 진희였는데 시간이 없어서 아무것도 먹질 못했다고 하자 재빨리 어디선가 타르트 두 조각과 뜨거운 커피 한 잔을 가져다줘서 인상이 깊게 남아 있었다. 나는 진심으로 반가웠기에 친동생을 본 듯 반기며 손을 잡아끌었다.

"진희 씨! 얼른 들어와. 강의 다 봤어? 나 오늘 잘했나 몰라."

진희는 상관을 향해 고개를 숙였다 들고도 그를 똑바로 쳐다보지 못했다. 공무원끼리였고 말단이 마주하기에 선배는 너무 높은 위치에 있었다. 선배가 제발 얼른 눈치를 채고 나가주

길 바랐으나 예나 지금이나 그런 센스를 기대할 수 있는 사람이 아니었다. 저런 사람이 대체 무슨 수로 지금의 자리까지 올라갈 수 있었을까.

"아주 좋았어요, 선생님. 시장하시죠? 고 주임님 차로 정 선배랑 다 같이 움직이기로 했어요. 나오시면 곧 출발할 수 있게 기다리고 있어요."

그때 선배가 진희의 말을 자르고 끼어들었다.

"고 주임이면 고대만이 말이야? 지금 그 똥차에 몇 명이나 타려는 거야? 내 기억으론 십 년이 다돼간다고 들은 것 같은데?"

"선생님까지 네 명입니다만."

"이 사람들이 이러니까 고생은 고생대로 다 해놓고 욕은 욕대로 먹지. 내가 보고만 있으려고 했는데 안 되겠네. 됐고, 넌 내 차로 가."

나는 내가 똥차를 타건 꽃마차를 타건 내 앞에서 부하직원을 마구 찍어 눌러대는 선배 때문에 불쾌해지고 있었다. 게다가 말단 여직원이지 않은가. 쥐새끼를 앞에 두고 도끼칼을 망나니처럼 휘둘러대는 꼴이 더없이 못나 보였지만 내가 보는 앞이라 더 그러는 것 같아 참견하진 않기로 했다. 그런 한편으로는 낡은 승용차에 낯선 사람들과 함께 내 몸을 실을 생각을 하니 부담스러워지기도 했다.

"그래 진희 씨, 오랜만에 만났으니 나는 선배 차 타고 갈게.

차 두 대로 다섯이 가는데 이 아저씨만 혼자 오라고 하면 기름 낭비잖아."

진희가 나가고 우리도 대기실을 빠져나왔다. 진희는 이따 뵙겠다고 하곤 서둘러 사라졌다. 본관 출입문을 나서자마자 선배가 어딘가를 향해 차키를 조작하자 한눈에도 묵직해 뵈는 고급 승용차가 구청 정문과 가까운 곳에서 몸에 달린 모든 등을 두어 번 번쩍거렸다. 그때 핸드백 안에서 전화벨이 울렸다. 발신자 표시창에 '김 실장'이 떴다. 나는 선배에게 먼저 시동 걸어놓고 기다려달라고 한 뒤 몇 걸음 벗어나 전화를 받았다.

"회장님께서 오늘 좀 보자고 하십니다."

나는 김 실장의 차갑고 건조한 목리를 들을 때마다 팔뚝 바깥이 얼음을 문지르는 것처럼 서늘해졌다. 마치 회장이 인형을 앞세우고 복화술을 하고 있는 것 같았다. 대답을 하기 전에 선배 쪽을 한번 봤다. 선배는 시동을 건 뒤 시트와 룸미러를 매만지고 조수석을 손보느라 바빴다.

"오늘은 뵙는 날이 아닌데요? 그리고 저녁 일정도 있어요."

"아무리 늦어도 괜찮다셨습니다."

"이런 식으로는 하지 않으시겠다고 약속하셨는데요."

"그래서 정중하게 부탁드리라고 하셨습니다."

김 실장은 자기의 기계음 같은 간접화법에서 회장의 '정중한 부탁'을 착즙해낼 수 있는 줄 아는 모양이었다. 메신저일 뿐인 김 실장에게 길게 얘길 해봐야 소용없을 것 같았다.

"두 시간 뒤에 차를 보내보세요. 하지만 못 갈 수도 있어요."

"시간 맞춰 보내겠습니다."

전화기에서 통화 종료음이 울렸다. 띠리릭, 하는 경박한 소리가 내 귀에는 중대한 선포처럼 들렸다.

*

한정식집은 겉보기에 시골 농가처럼 허름했다. 뒷골목이라지만 도심의 한가운데 이런 곳이 있으리라곤 미처 상상해보지도 못했다. 낮은 지붕 밑에 바짝 붙여서 내건 간소한 간판이 아니었다면 재개발을 앞두고 간신히 버티고 있는 철거촌의 어느 집이라 해도 될 것 같았다. 입구 안쪽은 좁고 긴 골목 같은 게 어딘가로 이어졌는데 내 표정을 살피던 선배가 믿고 따라오라며 앞장섰다. 입구의 통로는 곧 널찍한 마당에 닿았고 마당 가운데 파놓은 웅덩이에서 크고 작은 비단잉어들이 물옥잠 사이를 게으르게 누비고 있었다. 손님을 받는 방들이 마당을 중심으로 병풍처럼 둘러 있었고 어림잡아 열댓 개는 돼 보였다. 이미 몇 개의 방에는 음식과 그릇들이 바쁘게 드나드는 중이었다.

비단잉어의 머릿수를 세어보다가 종업원이 나타는 바람에 그만뒀다. 우리는 입구에서 가장 멀찍이 떨어진 방으로 안내됐다.

4인용 교자상 두 개를 잇대놓고 열 명 정도 넉넉하게 둘러앉을 수 있는 방이었다. 바깥쪽 상에 진희와 정 선생이 고 주임과 마주 앉아 있다가 우리를 보고 일어섰다. 그들은 선배와 내가 안쪽 상으로 가서 앉는 걸 보고서야 자리를 잡았다. 상전 대우를 받는 게 나쁘지는 않았다.

고 주임 등이 자리에 앉자 종업원이 손에 뭔가를 들고 문밖에 나타났다. 무릎담요였는데 고 주임이 그걸 받아 내게 건넸다. 두말할 것 없이 내 짧은 스커트 때문이었다. 차림새를 기억해놨다가 미리 자기가 할 수 있는 배려를 떠올리는 남자는 드물었다. 설령 떠올렸다 해도 실천할 수 있는 남자는 더욱 드물었다. 거기까지가 남자들의 몫이라면 그 배려를 어색해할지 받아들일지 정하는 건 내 몫이었다. 어떤 남자들에게선 내 속에서 가시들이 곤두서는 느낌을 받았다. 선배가 지하철 출구 옆에서 불쑥 나타나 밤길을 지켜주겠다며 곁에 다가왔을 때가 그랬다. 그러나 고 주임이 내게 무릎담요를 건넸을 땐 그저 편안한 파문만 잠깐 일었다.

"어머, 역시 고 주임님 섬세하셔."

"그러게요, 저런 걸 어떻게 아실까. 혹시 학원 같은 델 다니세요?"

내 옆에서 두 어린 여자가 호들갑스럽게 고 주임을 치켜세우자 문득 내가 줄곧 그의 행동을 눈여겨보고 있다는 사실을 깨달았다. 강의 전에 내게 다가와 전화로 인사드렸던 아무개라고 할 때만 해도 특별한 인상은 받지 못했다. 강의를 청탁하고 실무적인 절차를 진행하느라 전화와 메일을 주고받다가 실제로 현상에서 인사를 나누게 되면 실무자들은 으레, 내가 바로 전화 드렸던 그 사람이다, TV에서 자주 봤고 늘 직접 뵙고 싶었다. 이번 특강은 전반적으로 내가 컨트롤하고 있으니 내가 하자는 대로만 하면 문제없을 거다,라고 하는 식이기 일쑨데 그는 달랐다. 그는 자기에게서 행여나 그런 허세가 비칠까 염려하는 사람 같았다. 목소리를 높이지 않았고 나를 다 아는 척하지도 않았으며 필요하면 언제든지 자신이나 다른 직원들이 가까이 있으니 부르라는 말만 덧붙였을 뿐 인사는 최소한으로 하고 떠났다.

그는 한정식집에 도착해서부터 음식이 차려지는 내내 눈에 띄지 않은 움직임으로 타인에게 필요한 것들을 챙겼다. 대화에도 끼어드는 인상이 들지 않게 추임새만 조금씩 넣었다. 그러니까 고 주임이란 남자는 투명인간처럼 존재감을 드러내지 않으면서도 한편으로는 완전히 없어져서 도리어 눈에 띄는 일조차 일어나지 않게 하기 위해 아주 옅은 투명도는 유지하는 사람이었다. 나는 그가 두르고 있는 투명 망토를 벗겨보고 싶어졌다.

"고 주임님은 늘 그렇게 메일을 친절하게 쓰시나요? 위에서 이미 다 얘기된 줄 아시면서 그렇게 정중하게 메일을 쓰셨더라고요. 어떤 데서는 너무 사무적으로 써 보내서 좀 그런 적도 많은데 주임님 문장은 아주 정확한데도 어딘가 사람 사이를 채워주는 정이 느껴지던데요."

그는 에피타이저 격으로 나온 잣죽 종지들이 모두 비길 기다렸다가 빈 그릇을 거둬 상 바깥쪽으로 치우는 중이었다. 익숙해 보였고 신속했다. 그러는 사이 내가 메일 이야기를 건네서 리듬이 흐트러진 듯 가지런히 밀어놓던 종지 하나가 삐끗 대열을 벗어났다. 정 선생과 진희가 작은 소리로 저희한테 맡기시고 그냥 드세요 좀, 어쩌고 하며 고 주임을 책망했다. 고 주임은 아직 내 말에 대답을 안 한 걸 잊지 않고 아니요, 뭐, 그냥, 하며 우물댔다.

"우리 고 주임님 사실 시인이에요. 칠 년 전에 ○○일보 신춘문예로 등단했어요. 시인의 문장으로 쓰신 메일이니 오죽했을까요. 주임님, 그 필력으로 제발 시를 쓰시라니까, 참 말을 안 들으셔."

고 주임은 정 선생을 향해 눈썹 사이를 찡그렸지만 아주 싫지는 않은 눈치였다. 나는 시인이라는 소리에 절로 선배를 쳐다보게 됐다. 선배는 아무것도 못 들은 척, 상에 깔려 있는 밑반찬들만 뒤적이고 있었다. 자기에게 유리할 것 없는 화제인 줄 알고 그러는 것이었다. 한때 나를 붙들고 문학에 대해 장광설을 늘어놓던 선배가 지금 무슨 생각을 하고 있는지 궁금했다.

"어머, 시인이셨어요? 나도 옛날엔 시 썼는데. 아주 잠깐이긴 하지만요. 여기 선배도 그때 알게 됐잖아요. 학과 소모임에서 말이죠. 그때 선배 별명이 뭐였더라? 네, 네바다? 네루다?"

"어? 국장님이요? 공산당 상원의원까지 한 칠레의 그 파블로 네루다요?"

고 주임이 뜻밖에 적극적으로 반응을 해왔다. 나는 공산주의자란 말에 퍼뜩 옛 풍경들을 떠올릴 수 있었다.

"맞아요, 이 선배 그땐 완전 골수 빨갱이처럼 굴었다니까. 나는 대한민국이 곧 망하는 줄 알았지 뭐야. 근데 시는 또 안 그래. 엄청 달달해서 사람들을 헷갈리게 했죠. 내 말 맞죠? 아, 진짜 옛날 일인데 너무 생생하다."

선배는 귓바퀴가 빨개진 줄 아는지 모르는지 계속해서 반찬만 뒤적이고 있었다. 그러다 뜬금없이 맥주잔을 집어 들고 건배를 청했다. 나는 입술만 축이고 잔을 내려놓으면서 좀더 짓궂어지고 싶어 눈치를 봤다. 내가 아는 선배는 기질이 대리석 같아서 빈틈이 없었고 받은 만큼 고스란히 돌려주는 사람이었다. 시 합평 때 도전해오는 후배가 있으면 이론이든 작가연보든 동원할 수 있는 모든 화력을 집중해 퍼붓는 모습을 여러 번 봤다. 선배는 상대를 초토화시키기 전에는 포격을 멈추지 않았다. 그래서인지 선배보다 위의 학번들도 굳이 대적하려 들지 않았다. 지금 생각하면 그때 고학번들은 선배 같은 투견을 진정시키려면 집중포화를 못 견디고 황폐해진 척이라도 해야 한다는 걸 알고 있었지 싶다.

선배는 이상하게 내게만은 모질지 못했다. 내가 어떤 억지를 부리건, 어떤 실수를 하건 다 받아 안았다. 내 눈에는 그 스스로 내게 보여주고자 모습을 그렇게 설정해놓은 것 같았다. 그리고 거기에서 만족을 느끼고 있었다. 선배는 자기가 만든 그 허상 안에 완벽히 갇혀버렸다. 교양강좌에서 요구하는 귀찮은 에세이를 떠맡기고 부담스런 유흥비를 치르게 해도 표정은 어두워졌을지언정 한 번도 싫단 소리를 안 했다. 분명히 나 이외의 사람들에게 보이던 맹렬하고도 냉혹한 모습도 선배가 다른 한편에서 얼기설기 짜놓은 그물이었을 것이다. 처음엔 성기고 허술하지만 이내 스스로 촘촘해지고 단단해져서 마침내는 아가리를 조여 닫아버리는 그물. 나는 선배가 내게 해일처럼 몰아붙여 선사하던 정성들을 즐겼다. 나는 그저 여지가 아주 없지는 않다는 신호만 살짝살짝 흘리면 그만이었다. 선배 주변을 맴도는 얼빠진 여자애들이 내 욕을 하고 다니는 것 같았는데 엄밀히 말해 내 잘못은 아니었고, 그 여자애들이 선배에게 입을 상처를 내가 막아주고 있는 거라고 자부했으며, 부잣집의 외동딸로 자라다 보니 유치한 뒷소문에는 일찌감치 내성이 길러져 있었다.

"네루다는 공산주의자였고 시인이었지만 공산주의 시인은 아니었어요. 그래서 저도 네루다를 좋아합니다."

고 주임은 어색해지려는 분위기가 공산당 어쩌고 한 자기의 발언 때문이라고 생각했는지 재빨리 꼬인 위치로 돌아가 제 손으로 매듭을 풀려고 했다. 나는 요즘 같은 시대에 공산당이니 빨갱이니 하는 말이 농담 이상의 의미가 있을까 싶어 두 남자가 촌스럽게 보였다.

"일 안 하고 시나 끼적이고 있는 거 아니야? 취미활동은 퇴근하고 하라고."

"물론이죠. 저 절필한 지 꽤 됐습니다. 하하."

"왜요? 주임님, 절필을 왜 해요?"

정 선생이 속상한 일이라도 본 듯 물었다.

"왜는 무슨, 하도 못 쓰니까 그렇지. 생각해보면 절필이란 말도 과분하네, 뭘 얼마나 썼다고⋯⋯"

털털한 말투에서 쉽게 메워지지 않을 깊은 구덩이가 느껴졌다. 일행 중에 고 주임의 말을 곧이곧대로 듣는 사람은 아마 선배뿐일 것 같았다. 시 얘기가 나오자마자 투명 망토를 확 내던지고 자기 모습을 드러내놓고서는 마음에도 없는 소리를 하자니 목소리가 엉뚱하게 높아지는 걸 고 주임 자신은 모르고 있었다. 나는 시나 끼적인다거나 취미활동 어쩌고 하는 선배에게 화가 나는 만큼 절필 운운하는 주임에게도 화가 났다.

"저도 시나 쓸까 봐요. 예전엔 꽤 썼는데. 선배, 나 좀 괜찮지 않았어?"

"그러셨다면 당연히 다시 쓰셔야죠."

선배에게 물었는데 대답은 고 주임이 했다. 의외의 적극적인 태도에 모두가 놀란 눈치였다. 그러거나 말거나 고 주임은 마치 이럴 때마다 읊으려고 준비하고 있었던 듯 조리 있게 말을 이었다.

"의사이면서 문인인 사람들이 의외로 많습니다. 「시체공시소」로 유명한 독일의 고트브리트 벤은 피부 비뇨기과 전문의였고요, 「가르강튀아」를 쓴 프랑수아 라블레도 리옹 시립병원에서 근무했죠. 안톤 체호프, 존 키츠, 서머싯 몸, 코넌 도일, 루쉰 등등 자세히 뜯어보면 모두 의사였습니다. 우리나라에도 마종기 시인이나 허만하 시인, 특히 세계적인 백혈병 권위자인 김춘추 시인이 있죠. 제가 보기엔요 선생님, 한의사이면서 시인이라는 타이틀도 나쁘지 않은데요?"

시나 쓸까 보다고 말한 게 시를 낮잡아 본 소리며 자신을 향한 조롱인 줄 아는 건지 모르는 건지 고 주임은 내게 계속해서 친절을 베풀었다. 고 주임이 두르고 있던 투명 망토는 이제 완전히 벗겨지고 없었다. 빛을 뿜을 듯한 그의 시선은 내게 어서 다시 쓰겠다고 말하지 않고 뭐하느냐고 다그치는 듯했다. 생뚱맞고 성급한 대로 귀여운 면도 보였다. 더구나 나를 세계적인 문호들과 한자리에 놓는 바람에 기분이 좋아졌다.

한때였지만 시인이 되고 싶었다. 어릴 때부터 아빠를 따라 한의사가 되겠다던 내가 갑자기 국문과에 가겠다고 했을 때 아빠는 고민을 해보자고 하더니 하루 만에 허락해줬다. 엄마만 잠깐 여운처럼 잔소리를 할 뿐이었다. 나는 아빠가 야단은 안 치더라도 공을 들여 말릴 줄 알았는데 뜻밖이었다. 늘 그렇게 아빠의 지지를 받을 수 있었던 건 순전히 나로선 얼굴도 보지 못한 할아버지 덕이었다. 엄하고 강압적이었다던 할아버지 밑에서 자란 아빠는 절대로 할아버지를 닮지 않겠다는 강박을 가지고 있었다. 어쩌면 아빠는 내가 곧 포기할 걸 알고 있었는지도 모르겠다. 시를 써보던 1년 동안 나는 시인이란 나처럼 시인이 되고 싶은 사람보다는, 시를 쓰지 않으면 먹어도 헛헛하고 입어도 춥고 쉬어도 아픈 사람들을 위한 자리란 걸 깨우쳤다. 자퇴하고 한의대 입시를 준비하던 1년 내내 아빠에게 미안했고, 학원비든 과외비든 눈치볼 필요 없는 아빠의 재력이 새삼 고마웠다.

시 얘기가 시들해지면서 다들 분위기를 잇거나 전환할 주제를 찾느라 띄엄띄엄 공허한 농담이 오갔다. 방문이 열리고 구운 생선이 상에 올라와 모두의 시선이 거기로 쏠렸다. 고 주임이 삼치네, 하고 말했다. 그가 그렇게 말하기 전까진 내게 그것은 다른 접시 위의 것들처럼 때 되면 하나씩 추가되는 음식에 지나지 않았다. 그렇게 모른 채 지나갔으면 좋았을 텐데 고 주임이 '삼치'라고 생선의 이름을 말하는 바람에 눈길이 좀더 머물게 되었다. 그 이름이 마치 참치가 되고 싶었으나 참치는 못 되고 어정쩡하게 참치 흉내만 내는 물고기를 떠올리게 했다.

나는 날것은 물론 익힌 것이라 해도 생선에는 손을 잘 대지 않았다. 생선이든 뭐든 생살을 음식으로 여겨본 적이 없고 익힌 것을 어쩌다 입에 대더라도 생선 가시는 생각만으로 거북했다. 손질을 잘못한 채 요리된 것에서 발견한 비늘과 특유의 비린내들도 함께 떠올랐다. 특히 어른어른 새겨진 무늬가 파충

류의 껍질을 연상케 하는 등푸른 생선들은 머리를 지끈거리게 했다. 그뿐이 아니었다. 물고기 요리의 경우 열이면 여덟아홉은 대가리를 마주하게 됐다. 죽여서 굽고 튀기고 삶고 쪄낸 생명의 대가리를 마주한 채 그것의 살을 마구잡이로 헤집는 일은 둘도 없는 가학이었다. 그리고 하얗게 굳거나 생전의 모습 그대로인 눈깔은 기어코 수저를 내려놓게 만들었다. 나는 한다 하는 한정식집에서 왜 삼치 따위를 내놓는 건지부터가 이해되지 않았다. 혹시 마당 웅덩이에서 노닐던 비단잉어는 아닐까 하는 의심도 들었다.

몸을 갈라 데칼코마니처럼 양쪽으로 펼쳐진 채 구워진 삼치는 나무를 덧댄 쇠판 위에서 아직도 지글지글 소리를 내며 익어가는 중이었다. 진희가 기다렸다는 듯 새 젓가락을 고 주임에게 건넸다.

"주임님, 생선 발라주세요."

진희의 콧소리 섞인 말에서 딸이 아버지에게, 막내가 큰오빠에게 조르는 느낌이 났다. 나는 약간 어리둥절해진 채 다음 상황을 기다렸다. 그때 정 선생이 내 얼굴을 보고 웃으며 말했다.

"선생님, 기대하세요. 고 주임님 생선 바르는 거 완전 예술이거든요."

고 주임은 늘 해왔던 일인 것처럼 생선 기름이 지글거리고 있는 쇠 접시를 자기 앞으로 끌어당겼다. 그리고 이른바 예술을 시작했다.

그는 우선 갈라놓은 몸체의 한쪽에 붙어 있는 등뼈를 걷어냈다. 한손으로 꼬리지느러미를 살짝 꺾어 살과 뼈에 틈을 낸 뒤 그 사이로 젓가락을 집어넣어 훑어내듯 살을 분리했다. 들어올려지는 뼈 아래로 뽀얀 속살이 드러났다. 살 위에는 마치 연필로 금을 그어놓은 듯 짙은 골들이 근육의 마디처럼 찍혀 있었다. 생선의 살이 가시를 물고 있던 자국이었다. 통통하게 오른 살 위로 촉촉한 물기가 어른거렸다. 깊고 어두운 물속에서 이완된 채 유연하게 물살을 즐기거나 길쭉하고 강하게 팽창해 사정없이 물의 밀도를 파고들었을 몸체의 탄력이 머릿속에서 그려졌다. 짙은 갈색으로 구워진 등뼈 아래에 오랫동안 감춰져 있던 새하얀 속살이 조금도 훼손되지 않은 채 나타나는 걸 보고 나자 내가 지금껏 보았던 생선구이들은 서툴고 성급하기만 한 젓가락 아래서 모두 엄청난 능욕을 당한 거구나 싶었다. 해체 작업은 그 뒤로도 계속됐다. 고 주임은 등뼈 위쪽에 붙어 직접 열에 닿은 살들을 애지중지했다. 유해의 원형을 찾는 고고학자가 저럴까 싶었다. 바삭하게 잘 구워진 얇은 한 겹이 고 주임의 손에 의해 등뼈에서 떨어져 나오자 남은 건 새하얀 뼈 양 끝에 매달린 꼬리지느러미와 대가리뿐이었다. 살점 하나 묻히지 않고 몸체에서 완벽히 분리된 생선의 골조가 어딘가 친근했다. 생각해보니 만화 같은 데서 고양이가 생선을 한입에 삼켰다가 오물오물거린 뒤 뱉어내는 것이 딱 그랬다. 그렇게 생각하자 어느 정도는 생선 대가리를 견딜 수 있을 것도 같았다. 고 주임은 이어서 살코기 바깥에 길게 자리한 지느러미살을 결을 따라 매끄럽게 떼어냈다. 그는 생선을 잘 아는 사람이라면 반드시 욕심내기 마련이라며 기름기 자르르한 살점을 쇠접시 한쪽 깨끗한 곳에 소중히 모았다. 그런 뒤 배받이로 손을 옮겨 빼곡하게 달라붙어 있는 잔가시들을 제거해나갔다. 젓가락으로 가시 주변을 눌러 끝을 살에서 살짝 들어 올린 다음 손가락으로 하나하나 집어 올리는 식이었다. 철길 침목처럼 나열되어 있던 가시들을 모두 제거하는 데는 약간의 시간과 조심성이 더 필요했다. 떨어져 나오다가 부러지는 것 하나 없었다. 고 주임의 손놀림은 신중하고 정교하고 부드러웠으며 어떤 면에서는 숭엄해 보이기까지 했다. 잘 조율된 악기처럼, 가시가 있던 자리마다 질서 정연하게 배열된 선들이 나타났다. 나는 가시 자국들을 보다가 문득, 해체되는 생선조차도 즐거워하지 않았을까 하는 생각을 해봤다.

"역시, 아트야. 어떻게 이렇게 하지?"

정 선생이 또 호들갑스럽게 감탄했다. 나 역시 말은 하지 않았지만 정 선생과 같은 마음이었다.

"고 주임, 이거 아무래도 작업용 같은데? 애기들 엄마도 이렇게 꼬신 거 아니야?"

나는 고 주임의 섬세한 손길에 내 몸을 맡기는 상상을 하고 있다가 선배의 말에 퍼뜩 정신을 차렸다.

고 주임이 뭐라고 대답하려는데 등 뒤에 놓아뒀던 백 안에서 전화벨 소리가 들렸다. 선배가 먼저 듣고 백을 가리켰다 나는 숨기듯 백을 앞으로 끌어당기고는 백 안에서 발신인을 확인한 다음 전화기만 꺼내 자리에서 일어섰다. 또 김 실장이었다. 내 다리를 덮고 있던 무릎담요가 교태를 부린 흔적처럼 흐트러지며 바닥에 떨어지는 바람에 잠깐 머뭇거렸는데 벨 소리에 마음이 다시 바빠졌다.

차를 보낼 위치를 알려달란 말에 한정식집 상호를 댔다. 김 실장은 잠시 검색을 해보는 눈치더니 상호만으로는 잡히지 않는다며 번지수를 요청했다. 나는 카운터로 가서 명함을 받아낸 뒤 거기 적힌 주소를 알려줬다. 아무래도 오늘은 가기 어렵겠다고 말하려는데 전화는 벌써 끊겨 있었다. 기왕 나온 김에 담배를 한 대 피웠으면 싶었는데 백 안에 있는 걸 들고 나오지 못했다. 방문을 열어젖히고 고 주임이 담배를 챙겨 나오지 않을까 하는 상상을 하곤 혼자 피식 웃었다.

자리로 돌아오자 선배가 대뜸 애인이냐고 물었다.

"애인 같은 소리 하시네. 환자야. VIP는 왕진을 해주거든."

다들 구체적인 설명을 듣고 싶은데도 참는 것 같았다. 그러나 선배는 역시 어물쩍 넘어가는 타입이 아니었다. 그런 점이 사람을 질리게 한다는 걸 쉰을 바라볼 나이가 될 때까지 모른다는 게 답답했고 그런 걸 몰라도 사회생활에 별 지장이 없는 게 신기했다.

"얼마나 대단하신 몸이기에 다 저녁에 사람을 불러?"

"아저씨, 의사가 환자 신상에 대해 함부로 말했다간 쇠고랑 차거든요? 그렇게 궁금하면 영장 가져오셔."

나는 사적인 자리에서 내 직업을 화제 삼는 걸 피했다. 침과 뜸에 대해 이야기를 하다 보면 혈자리에 대해 말하게 되고, 무협지를 보며 자란 남자들은 십중팔구 손가락 하나로 온몸을 마비시킬 수 있는 급소가 정말 있는지 물었다. 격의 없는 농담인 줄 늘 알고 있었고 그들의 너스레 덕분에 딱딱한 분위기가 부드러워지는 효과도 분명했다. 그런 분위기에 취해 술기운이 좀 올랐을 때 나는 사람들에게 내가 어쩌면 누군가를 죽일지도 모른다고 말해버린 적이 있었다. 진심이었는데도 사람들은 와, 하고 웃으며 제발 자기는 처자식이 있으니 살려달라고 애원했다. 내가 마치 비밀스런 무기를 쓰는 무림의 마녀나 되는 듯한 농담의 씁쓸한 뒷맛이 오래 맴돌았다.

회장의 호출을 거절하지 못한 게 계속해서 마음을 어지럽혔다. 그러자 자리를 지키는 게 급속도로 피곤해졌다. 고 주임이 이따금 안색이 안 좋다면서 안부를 물었다. 나는 마시지도 않은 술을 탓하며 대답을 피했다. 선배는 내가 그러거나 말거나 어느새 자리의 주도권을 잡고 자기 인생역정을 풀어놓기 시작했다. 내가 마음의 여유만 좀 있었던들 식사를 겸한 술자리를 자기 연설장처럼 만드는 선배를 가만두지 않았을 것이었다. 나는 대한민국의 문화행정의 낙후성에 대한 선배의 '소견'이 이 척박한 환경에서도 양질의 교육 문화 콘텐츠를 무상으로 제공

하고 있는 자기의 공로로 이어지는 것까지 듣고는 그만 일어나 봐야겠다며 말을 끊었다. 어디 조용한 커피숍에 가서 뜨거운 차를 마시며 들끓는 마음을 가라앉히고 싶었다. 회장이 보낸 차는 내가 어디에 있든 찾아올 테니 염려할 필요 없었다.

선배는 날 이대로는 못 보내주겠다 했고, 나는 환자가 기다리고 있으니 가야 한다며 옥신각신하는 사이에 다시 전화가 왔다. 김 실장이 보냈다며 기사가 건 전화였다. 약속보다 훨씬 이른 시간이었다. 끝날 때까지 주차장에서 대기하겠다는 소리였는데 선배 때문에 그게 차라리 그렇게 반가울 수가 없었다. 차가 와서 기다리고 있다고 하니 선배는 고집부릴 명분을 잃고 나를 놓아주었다. 내가 극구 만류하는데도 모두들 나와서 배웅했다. 회장이 보낸 차는 하필 선배의 차와 나란히 서 있었다. 다른 곳에도 빈자리는 더러 있었으나 대형 세단을 세우기엔 모두 마땅찮아 보였다. 선배의 차가 초라해 보였는데 자부심을 건드린 것 같아 미안했다.

애인이랑 즐건 시간! ㅎㅎ 농담이고, 우리 종종 보자.

차가 주차장을 빠져나와 큰길에 닿자마자 선배에게서 문자 메시지가 왔다. 어떤 사람은 보고 싶단 말을 다시는 보고 싶지 않게 하는 재주가 있는데 선배가 딱 그랬다. 왜 선배 같은 사람들은 간격을 좁히려고만 들까. 지금의 거리에 의미를 입힐 수도 있을 텐데 왜 그러질 못하는 걸까. 한 발짝 떨어져서 말을 걸어주거나 손을 흔들어주면 좋았을 텐데 사람들은 굳이 다가 와서 내 가시에 찔려놓고 벌컥 화를 내곤 했다. 나라고 아무렇 지 않은 건 아니었다. 내 안의 가시들이 일제히 일어설 때 맨 먼저 회복하기 어려운 내상을 입는 건 언제나 나였다. 참아보 자, 기다려보자 하면서 길고 짧게 남자들을 만나봤지만 결과는 늘 같았다. 이 사람이 지금 외롭구나, 이 사람은 아직 좀 어리 구나 하는 생각이 잠깐씩 들긴 했다. 그럴 때마다 속으로 물었 다. 당신들은 왜 못 견디는데? 나는 이렇게 아파도 참는데 당 신들은 왜 꼭 이해받고 위로받아야 하는 건데? 차창을 내리고 들이치는 바람에 얼굴을 내밀었다. 룸미러를 거쳐 오는 기사의 시선이 느껴졌다. 창밖으로 펼쳐지는 도심의 야경은 저희들끼 리만 쇼핑을 하고 온 여자애들처럼 오만하게 화려했다.

이렇게 회장이 보낸 차에 앉아 있을 때마다 나는 용궁으로 가는 거북이의 등에 탄 토끼가 된 기분이 들었다. 회장은 방송 을 봤다며 엄청난 보수를 제시하고 주치의가 되어달라고 했다. 나는 겁을 먹고 있었다. 전국 유명 관광지 열세 곳에 대형 리조 트와 호텔을 소유한 기업가가 나를 보자고 했을 때부터 온몸이 떨리고 뼈마디가 굳는 것 같았다. 회장은 웹에서 검색되는 사 진과 달리 생기가 없고 저승꽃이 뺨을 타고 눈자위까지 올라가 고 있었다. 일흔을 갓 넘겼다지만 병풍 뒤를 기웃거리기엔 아 직 이른 나이였다.

회장은 대장암 수술을 받고 간신히 연명하고 있는 상태였다.

양의가 병을 완치하지 못했다고 해서 한의를 찾는 발상이 한심스러웠고 그걸 말하는 태도에서 용왕의 위엄은 이미 조금도 남아 있지 않았다. 나는 내 안에서 가시가 고개를 쳐드는 걸 느낄 수 있었다. 그냥 무당을 찾으시지요? 가시가 사방으로 뻗기 전에 통로를 열어야만 했다. 내가 퉁명스럽게 던진 말에 회장의 곁에 서 있던 김 실장의 얼굴이 붉어졌다.

자신이 없소? 역시 실력보단 인물로 유명세를 탄 건가? 방송이란 게 다 그렇고 그런 줄은 알고 있었지만 약간은 기대를 했었는데, 이런, 내가 헛물을 다 켜고, 죽을 때가 되긴 됐구만.

회장의 말을 듣는 순간 나란 존재는 회장의 수많은 경험 속에 깃든 작은 기시감일 뿐이라는 걸 알게 됐다. 회장의 제안을 받지 않으면 사이비 침쟁이가 되는 거였고 제안을 받으면 오기를 못 이기고 줏대를 잃는 꼬맹이가 되는 꼴이었다. 나는 그 같은 올가미에서 벗어나는 방법을 배운 적이 없었다.

휘황찬란한 장식의 호텔 로비와 회장 전용 엘리베이터는 나 스스로를 콜걸로 착각하게 만들 때가 있었다. 호텔 최상층에 마련된 펜트하우스의 문을 열면 마약과 술에 취해 있는 남자들이 반라로 나를 기다리고 있을 것만 같았다. 정장 차림의 경호원들이 보초를 서고 있는 복도를 지나 회장의 방에 도착할 때까지 그런 상상은 제멋대로 품을 넓히곤 했다.

회장은 보지 못한 사이 눈에 띄게 시들어 있었다. 그는 오래 기다리다 지친 기색을 들키지 않기 위해 일부러 환하게 웃었는데 노력에도 불구하고 볼이 움푹 패면서 병색만 더 뚜렷해질 뿐이었다. 회장의 공간에는 무늬가 요란한 카펫에서부터 갖가지 고가구나 미술품으로 가득 차 있었다. 그것들은 아름답거나 화려하다기보다는 구석구석까지 왕릉의 내부처럼 늘 어딘가 우울하고 쓸쓸해 보이게 만들었다. 회장은 나를 거실 한가운데 놓인 소파에 마주앉도록 한 뒤 준비된 잔에 술을 따랐다. 병에 붙은 라벨의 사슴 그림을 보니 남자들이 자신의 지위를 과시할 때 찾는 걸 더러 봐서 나도 알고 있는 영국산 싱글몰트 위스키였다.

"와줘서 고맙소. 의사 앞에서 환자가 술을 마시고 있으니 응당 혼이 나야 하겠지요. 하지만 좀 봐주셔야겠소. 이건 내가 선생에게 건네는 사과주면서 우리가 처음이자 마지막으로 나누는 이별주니까."

나는 회장이 잔을 들어 건배하는 시늉을 보내는 걸 보고 얼른 잔을 들었다. 회장은 남은 생에 허락된 마지막 잔인 양 얼음을 가득 담아 옅게 희석한 위스키를 아끼고 아껴 음미했다.

"젊을 땐…… 공무원이나 거래처 놈들 대적하느라…… 앉은자리에서 이런 것쯤…… 한두 병씩은 거뜬히 해치우곤 했는데…… 이젠 고작…… 이 한 모금도 버겁구료."

나는 회장이 술만큼 말도 아끼고 있다는 느낌을 받았다. 침을 받기 위해 날 부른 게 아닌 건 알겠는데 사과주니 이별주니 하는 소리가 내가 오기 전에 이미 취해 있었던 건가 싶게 만들었다. 회장은 잔을 눈높이로 들어 담겨 있는 얼음을 오랫동안 들여다봤다. 마치 눈빛만으로 얼음을 녹일 수 있나 없나 시험 하는 것 같았다.

"오늘 집사람이 찾아갔다지요?"

회장의 손에 들린 잔에서 얼음 하나가 균형을 잃고 액체 속 으로 무너졌다. 나는 강의 중에 내게 질문을 던진 여자를 떠올 렸다. 짐작이 들어맞은 게 전혀 유쾌하지 않았다.

"듣기로는 꽤 결례를 범했다던데, 어떻던가요? 많이 불쾌했 소?"

나는 뭐라고 대답해야 할지 몰라 입을 다문 채 내 손에 들린 잔만 내려다봤다. 잔이 차가워 손이 시렸다.

"샘이 많은 여자요. 젊은 나이에 재취 자리에 들어와서는 못 볼 꼴도 참 많이 봤답니다. 여태 잘 버티더니 선생을 찾아간 걸 보면 그 사람도 이제 늙은 거지. 대신 사과드리지요."

회장은 테이블에 잔을 내려놓고 소파 등받이 깊숙이 기댄 뒤 잠시 눈을 감았다. 생각을 정리하는 건지 단순이 어지러워 그 러는 건지 분간할 수 없었다. 회장이 눈을 감은 채 김 실장을 불렀다.

"김 실장, 준비한 것 좀 드려라."

김 실장이 품에서 봉투 하나를 꺼내 내게 건넸다. 나는 머뭇 거리며 받아들고는 회장을 쳐다봤다. 회장이 천천히 허리를 세 우고 나를 향해 빙긋이 웃었다.

"위약금이라고나 할까요. 섭섭하진 않을 거요. 생각해보니 참 많은 사람을 괴롭혔습디다. 가는 마당에 조강지처한테만이라도 더는 미움을 사고 싶지 않더구만요. 우리가 한 댓 번 만났지요? 슬슬 선생의 침에 온기가 돌기 시작했는데 아쉽네요. 그래서 꼭 만나서 얘길 하고 싶었소. 아쉬워서, 아쉬워서…… 아이고 이런, 내가 또 말이 많아집니다. 그만 쉬어야겠어요. 그간 고마웠습니다. 김 실장, 날 좀 잡아줘. 그리고 선생을 잘 모셔다 드리고. 그럼 이만 실례해야겠소. 양해바랍니다."

김 실장이 신속하면서도 안정적으로 회장의 겨드랑이에 손을 넣고 일어서는 걸 도왔다. 나는 회장과 동시에 일어서며 지금까지 한마디도 하지 못했다는 걸 떠올렸다.

"회장님."

회장이 거꾸정한 자세로 나를 등지려다 고개를 들어 나를 봤다. 나는 봉투를 테이블 위에 내려놓았다.

"이건 받지 않을게요. 의사로서 치료를 다하지 못한 책임감을 이런 것과 바꾸고 싶지 않아요."

회장은 눈썹을 올리고 봉투와 나를 한 번씩 번갈아 보다가 말했다.

"열어나 보고 말씀하시지? 우린 이제 다시 안 봅니다. 후회해도 소용없단 거요."

"안 보겠습니다. 그냥 제 뜻대로 하게 해주세요."

회장은 물끄러미 봉투를 내려다보다가 고개를 끄덕였다.

"선생이 정 그렇다면 나라고 무슨 수가 있겠소. 그렇게 하시오. 죽기 전에 한 번 더 생각날 사람이 하나 늘었구먼."

회장의 얼굴에서 아주 잠시 쓸쓸하지만 외로워 보이지 않는 미소가 일었다가 사라졌다. 그는 곧 김 실장에게 매달리다시피 한 채 절뚝이며 방으로 사라졌다.

*

수련의 시절에 참외를 물에 띄워놓고 자침 연습을 한 적이 있었다. 아빠가 학생 때 지겹게 했다는 전통적 자침 수련 방법인데 기구를 이용하지 않아도 실수가 없어야 한다며 아빠는 틈틈이 연습하길 당부했다. 손목과 손가락의 적정한 힘을 순간적으로 침에 전달해야 했다. 그러나 연습에 사용하는 침은 무뎠다. 그걸 참외에 표시된 곳에 찔러 넣자니 참외가 자꾸 침에 밀려 물에 잠겼다. 과피에서 조금 거리를 두었다가 속도를 내서 박아 넣으면 침이 들어가긴 했지만 언제나 눈으로 표시해놓은 지점을 크게 벗어났고 사람의 몸에 그런 자침을 할 수는 없었다. 내가 연거푸 실패하는 걸 안 아빠는 대야에 소금물을 채워보라고 했다. 부력이 증가해 참외는 덜 가라앉았고 성공률이 아주 조금 올라갔다. 익숙해진 뒤에는 염도를 낮춰 부력을 조정해가며 연습했다. 어느 밤, 맹물에서 열 번에 열 번 모두 성공할 수 있게 되었을 때 나는 세숫대야를 들고 안방을 두드렸다. 아빠는 내 침을 수없이 받아 곰보가 된 참외를 보고 내가 왜 왔는지 알겠다는 듯 고개를 끄덕였다. 나는 얼른 보여주고 싶어 아빠를 안방 문 앞에 세워둔 채 참외에 침을 놓았다. 이미 감각을 충분히 익힌 뒤라 실수는 없었다.

그래, 이제 니가 놓는 침을 아프다고 할 환자는 없겠다. 그런데 말이다. 침은 아프지 않은 것만으로는 충분하지 않단다. 자, 잘 보거라.

아빠는 내게서 침을 받아 참외 위에 수직으로 얹었다. 그리고 빠르긴 하지만 내가 하는 것에 비해서는 아주 느린 속도로 침을 참외에 밀어 넣었다. 그랬다. 내 눈에는 침을 찔러 넣는 게 아니라 부드럽게 밀어 넣는 걸로 보였다. 내가 그렇게 했다면 분명히 참외를 가라앉혔을 힘과 속도였다.

침은 아프지 않아야 할 뿐만 아니라 어떨 땐 시원하고 어떨 땐 따뜻할 수 있어야 하는 거다. 니가 환자의 몸과 혈을 충분히 이해한다면 지금 니가 가진 침에 대한 감각 위에 온기를 조절할 수 있게 될 거야. 참외 과육에도 결이 있는 줄은 몰랐지? 부디 상대방의 결을 읽으렴. 안 그러면 그 사람의 병이 네게 옮아올 수도 있어.

씻고 누워서 불을 끄고 오지 않는 잠을 기다리고 있는데 전화기에 불이 들어왔다.

선생님, 제가 오랜만에 시를 썼어요. 모르겠어요. 그냥 쓰게 되더라고요. 선생님이 등장해요. 봐주셨으면 해요.

자기들끼리 술을 더 한 건지 고 주임이 시라고 부른 활자들에서 취기가 느껴졌다. 문득 그가 생선을 바르는 모습을 한 번더 보고 싶어졌다. 그뿐이었다. 그리고 사람의 결을 읽으라던 아빠가 보고 싶어졌다. 이젠 할아버지를 이기고 있을까? 조건 없이 나를 지지해주던 아빠가 떠난 자리는 5년이나 지난 지금도 너무 크다. 아내의 마음을 헤아려 차라리 죽음을 받아들인 회장도 생각났다. 고 주임의 시를 다시 읽어봤다. 내가 등장한다고 했는데 어느 행에서도 나라고 할 만한 게 보이지 않았다. 나는 답신을 하지 않은 채 전화기를 꺼버렸다.

코뮈니케이터

아파트 진입로는 아래에서 보던 것보다 가파르고 길었다.

승태는 걸음을 멈추고 숨을 크게 들이쉬었다. 과열된 폐를 새벽 공기가 빠르게 식혀주었다. 멀지 않은 곳에 높고 단단하게 서 있는 아파트들이 금방이라도 이쪽을 덮칠 듯했다. 잠시 어지럼증을 느끼고 뒤로 돌아서자 도심이 한눈에 들어왔다. 승태는 저도 모르게 햐, 하고 낮게 탄성을 터뜨렸다. 막 떠오른 해가 아직 깨어나지 않은 도시 위로 금빛 염료를 끼얹고 있었다.

시야의 건너편에 봉긋하게 솟은 구릉 아래 어딘가에 비탈을 등지고 앉은 낡은 2층집이 있었다. 승태는 그곳에서 구멍가게를 운영하는 부모와 함께 살고 있었다. 한때는 승태네도 꽤 넓은 아파트에서 살았다. 아버지의 연이은 사업 실패로 바닥으로 내려앉은 지 3년이 지났다. 그사이 승태는 대학을 간신히 졸업

했고 오랫동안 무직이었다. 승태는 일요일 새벽에 집을 나서는 아들을 근심 어린 얼굴로 배웅하던 엄마를 떠올렸다. 사장님이면 훌륭한 사람 아니니. 일요일 아침에 불러냈다고 행여 인상 쓰지 말고, 너는 그저 뭐든 시키는 대로만 하면 된다. 엄마는 승태의 어깨에 묻은 보풀을 떼어내며 말했다. 걱정 마세요. 이번 일이 좋은 기회가 될 수도 있잖아요. 엄마는 웃는 듯 마는 듯한 얼굴을 하고 아들의 팔뚝을 가볍게 쓸어주었다.

금요일 퇴근 직전에 사장이 불렀다. 사장은 일요일에 자기네 개들을 돌봐줄 수 있겠느냐고 물었다. 승태는 잠깐 혼란스러웠다. 그건 어디 가서 물어보기도 뭣한 소리였다. 사장은 회사의 입장에서 매우 중요한 어떤 사람과 어렵게 골프 약속을 잡았는데 집에서 일 봐주는 분이 딸 결혼식 때문에 못 오게 됐다고 했다. 사장의 아내와 두 아들이 미국에 가 있다는 건 직원이라면 다 알고 있었다. 아무리 그렇더라도 휴일에 개를 돌보라는 지시를 들은 그대로 이해해야 하는지 헷갈렸다. 그러다가 아차 하는 기분이 들었다. 짧은 순간이었지만 승태는 방금 그 머뭇거림을 사장이 오해하지 않길 바랐다. 일요일쯤이야, 개쯤이야.

밤낚시를 갔다가 새벽에 들어온 아버지는 잠에 곯아떨어져 있었다. 남 밑에서 일하기가 싫어 평생 '사업'만 하다가 마지막에 닿은 곳이 고작 구멍가게였다. 승태는 안쪽을 한 번 노려보고 엄마에게 인사를 했다. 승태가 나간 뒤 엄마는 아버지를 대신해 장사 준비를 서둘렀다.

사장이 방문해달라고 한 시각까지는 아직 30분 정도의 여유가 있었다. 승태는 두 팔을 벌려 몇 번 더 심호흡을 했다. 오염되지 않은 공기 맛에 아침엔 늘 없는 식욕까지 일었다. 스마트폰의 카메라 앱을 열어 눈앞의 장면을 담아봤다. 꽤 근사한 사진이 걸려들었다. 그는 늘 하던 대로 이미지 파일을 SNS로 연결했다.

'오늘 아침, 내 앞에 펼쳐지고 있는 서광.'

승태는 사진과 함께 올릴 글을 입력해놓고 업로드 버튼을 누르려다 '서광'의 한자가 어떻게 되는지 생각나지 않아 머뭇거렸다. 그러고 보니 문장도 어딘가 설명적인 데다 읽는 맛도 없고 유치하기까지 했다.

'일상의 인상.'

새로 쓴 문구는 모호하고 허전한 듯해도 그럭저럭 마음에 들었다. 아니, 보면 볼수록 좋았다. 사진과 글만으로는 일요일 아침 일찍 등산을 즐기고 있는 건지 보스의 개나 돌보러 가고 있는 건지 전혀 드러나지 않았다. 일상, 인상. 다시 읽어봐도 똑 떨어지는 각운마저 마음에 들었다. 사실 본인이 사용하고 있는 스마트폰의 광고 카피인 줄은 기억하지 못 했다.

사진을 닫으려는 순간 승태의 눈이 커졌다. 사진 아래쪽 귀퉁이에 아주 작게 걸린 무엇 때문이었다. 개 한 마리가 보였는데 그나마도 꼬리 쪽으로 절반은 화면 바깥에 있었다. 개는 이쪽을 보고 있는 것 같았다. 사진을 확대하자 개의 시선이 카메라를 향하고 있는 게 확실히 보였다. 승태는 스마트폰 화면에서 시선을 떼고 개가 서 있던 곳을 살폈다. 사진상으로는 그리 멀지 않은 곳이었다. 진입로의 아래쪽, 그러니까 아파트 정문의 오른쪽인데 이미 개는 어디론가 가버리고 없었다.

너무 작게 찍혀 있었지만 보더콜리라는 걸 알아보는 데는 그리 힘들지 않았다. 흰 주둥이를 빼면 전체적으로 까만 얼굴에 온몸에서 갈기처럼 흩날리는 털로 봐서 틀림없었다. 승태는 어제 인터넷으로 밤늦게까지 애완견들을 훑어봤다. 견주들이 꾸리는 블로그에서는 반려견이라고 했다. 가족이나 다름없거나 가족보다 더 애틋한 존재들이었다. 보고 있자니 승태도 형편이 다시 좋아지면 한 마리 키우고 싶어졌다. 소형견보다는 대형견 쪽이 듬직해서 마음이 끌렸다. 그러던 중에 보더콜리가 눈에 들어왔다. 활발하고 지능이 뛰어난 데다 친화력이 좋아 양치기 개로 사육되는 종이었다. 사진 속 녀석은 얼핏 봐도 성견이었고 오래 못 먹은 듯 야위어 있었다. 유기견 신세가 되기엔 그 혈통과 재능이 너무나 아까웠다.

"개새끼들, 자신 없으면 애초에 키우지를 말았어야지."

승태는 아파트를 올려다보며 중얼댔다.

아파트 단지는 조경이 아주 잘 관리되어 있었다. 바닥은 블록 하나하나를 따로 닦아놓은 것처럼 깨끗했고 이제 움이 트기 시작하는 조경수들은 신선한 아침 공기와 함께 갓 떠오른 태양이 주는 생기를 힘껏 빨아들이고 있었다.

사장이 살고 있는 동을 찾는 건 어렵지 않았다. 로비에 들어서자 호텔에 온 듯한 착각이 들었다. 엘리베이터를 찾아 두리번거리는데 리셉션 데스크에 앉아 있던 회색 정복 차림의 경비가 다가왔다. 아파트 경비라면 으레 현업에서 은퇴한 노인일 거라 생각했는데 건장한 청년이었다. 그는 승태에게 신분증과 방문 목적을 요청했고 승태는 사장의 집 호수를 댔다. 그러나 경비는 사전에 통보받지 못했다며 단호히 제지했다. 큰 체구만큼이나 목소리에 힘이 차고 넘쳤다. 그는 인터폰을 해봐달라는 요청조차 거부했다. 역시 사전에 통보가 없었다는 이유에서였다. 승태는 사장에게 직접 전화했다. 화가 나 있는 상태에서도 목소리와 말투를 한껏 공손하게 꾸미느라 저도 모르게 무릎을 모아서 허리를 굽신거렸다. 사장은 미리 말해놓는다는 걸 깜빡했다며 실수를 시인했고 경비를 바꿔주자 확인은 간단히 끝났다. 경비는 전화기를 돌려주며 실례했다고 말했는데 표정은 별로 미안해하지 않는 것 같았다.

사장의 집은 11층이었다. 엘리베이터는 속도감 있게 솟구쳤다. 11층에 도착할 때까지 승태는 몇 번인가 크게 숨을 들이쉬었다가 내뱉었다. 엘리베이터를 나서자 양쪽에 두 개씩 네 개의 대문이 보였는데 굳이 호수를 확인하지 않아도 오른쪽의 가까운 문이 사장의 집이라는 걸 알 수 있었다. 문이 빠끔히 열린 채 고정되어 있기 때문이었다. 아래에서의 전화를 받고 열어둔 걸로 짐작했다. 시계를 확인했다. 정확히 약속한 시간이었다.

"사장님, 저 왔습니다."

승태가 천천히 문을 열며 인사했다. 사장은 한창 채비 중이었던 듯 부산스러운 모습으로 승태를 맞이했다. 사장의 발치에 개 두 마리가 승태를 올려다보며 꼬리를 짧고 빠르게 흔들었다. 짖지 않는 개, 귀족견 중의 귀족견 바센지를 실제로 보는 건 처음이었다.

사장이 이미 스마트폰에 담긴 사진을 보여주며 자랑을 한바탕 했었고 어젯밤에 인터넷으로 충분히 조사했기 때문에 개에 대해 알 만큼은 알고 있었다. 바센지는 아프리카 원주민들이 사냥을 위해 키우던 개다. 파라오의 벽화에도 등장할 정도로 긴 역사를 가졌다. 잘 짖지 않고 필요할 땐 목청을 길게 빼며 노래하듯 운다. 크지 않은 체구에 비해 다리가 길고 민첩하다. 털이 짧아 관리가 쉬우며 고양이처럼 제 몸을 핥아 청결을 유지하는 습성이 있다. 사슴개라고 불릴 만큼 체형과 용모가 수려하다. 바센지를 사람들에게 알린 가장 큰 특징은 이마의 주름이다. 이마에 세로로 굵게 팬 주름들은 '언짢으니 건들지 마' 하고 말하는 듯하다. 주름은 낯선 상대를 파악할 때 더욱 깊어진다.

사장이 말해준 대로라면 검정색 쪽이 검주라고 부르는 수컷이고 황갈색 쪽이 누주라고 부르는 암컷이었다. 이름을 풀면 검은 주둥이와 누런 주둥이가 됐다. 나이는 각각 다섯 살과 네 살이고 사장이 키운 지는 3년, 1년인데 아직 부부는 아니라고 했다. 그러니까 1년 동안 한 번도 하지 않은 커플인 셈이라고, 검주는 줘도 못 먹는 바보라고, 사장이 혼자 껄껄 웃으며 말했다. 승태는 뒤늦게 소리 내서 따라 웃었지만 타이밍이 딱 맞지 않아 아부한다는 인상만 남아버렸다.

승태가 거실로 올라서자 개들이 승태의 발치에 따라붙어 본격적으로 방문객을 탐색하기 시작했다. 개의 주둥이가 종아리와 발뒤꿈치에 닿을 때마다 항문이 조여들었다. 사장은 승태를 소파에 앉힌 뒤 마셔보지 못했을 좋은 커피를 내오겠다며 기다리라고 했다. 사장이 커피를 내리는 동안 승태는 언짢은 표정으로 자신을 쳐다보는 두 시선을 견뎌야 했다. 바센지 특유의 이마 주름 때문에 꼭 사람과 함께 있는 것 같았다. 문득 면접을 보던 때가 생각났다. 변변찮은 경력과 성적을 적어 넣은 이력서가 면접관들의 손에 들려 있었다.

무조건 뭐든지 열심히 하겠다고 해.

면접 날, 집을 나서던 승태의 등 뒤에 대고 아버지가 참견했다. 승태는 요즘 취업전선에서 그런 막무가내는 안 통한다고 대꾸했다. 비전을 정확하게 제시할 수 있어야 하고 가진 역량을 조리 있게 어필해야 한다고, 취업스터디 카페에서 일자리를 먼저 잡은 선배 회원들이 그랬다. 그런데 면접장에서는 어쩌다

보니 늘 아버지의 조언대로 막무가내가 될 수밖에 없었다. 꼭 입사하고 싶습니다. 뭐든 시켜만 주시면 잘할 수 있습니다. 기획 출판을 하는 단행본 전문 회사였고 편집이나 교정, 출판 마케팅 등에 대해 아는 게 전혀 없었다. 그런데도 면접관들은 성실하게 생겼다는 둥 패기가 좋다는 둥 하며 호감을 보였다. 어쩌면 될지도 모르겠다는 가느다란 희망이 승태를 더욱 과감하게 만들었다. 확실히 보여드리겠습니다. 회사에 뼈를 묻을 각오로 일하겠습니다.

며칠 뒤, 출근하라는 통보가 왔다. 곁에서 통화를 듣던 엄마는 관세음보살을 외며 좋아했고 아버지는 팔자주름을 깊게 만들고 고개를 끄덕였다. 거봐라, 내가 이래 봬도 사장질만 삼십 년째다. 시키는 대로 하니까 되잖느냐. 아버지는 모처럼 득의만만해졌다. 승태는 그중 절반은 백수였고 지금도 그렇지 않느냐고 묻고 싶은 걸 참았다. 엄마는 첫월급으로 당신 것은 필요 없으니 아버지 양복이나 하나 맞춰줬으면 했다. 승태는 그런 엄마가 답답한 한편으로 만약 결혼을 한다면 엄마 같은 여자였으면 좋겠다고 생각했다.

사실 승태는 출근 통보를 받고서도 중대한 착오를 저쪽에서 아직 파악하지 못하고 있는 게 아닌가 싶어 마냥 좋아할 수만은 없었다. 간밤의 꿈에서 통보를 취소한다는 통보를 수차례 받았다. 그런데 막상 출근해보니 왜 채용이 됐는지 쉽게 이해할 수 있었다. 승태는 마케팅 부서에 배속돼 있었다. 그곳에서 하는 일은 단순했다. 150개의 아이디와 10개의 신용카드를 이용해 하루종일 온라인 서점을 돌아다니며 회사에서 출간한 특정 책 몇 종을 구매하는 게 승태가 할 일이었다. 사마귀처럼 생긴 선배가 밖으로 불러내더니 담배를 권하며 신개념 출판마케팅이라고 설명했다. 승태는 끊는 중이었으므로 사양했다. 선배가 담배 연기를 내뿜으며 부연설명을 하는데 승태의 귀엔 그저 사재기의 다른 말 같기만 해서 띄엄띄엄 들었다. 주문한 도서의 배송지는 직원들의 집이거나 직원의 친구네 집이거나 직원 친구의 친구네 집이었다. 그들이 아이디의 실제 주인이기도 했다. 온라인 서점 분야별 판매 순위에 따라 승태의 일은 바빠지거나 느슨해졌다. 온라인 서점에서 주문자에게 발송된 책들은 모두 착불 우편을 통해 회사로 돌아왔는데 직원들은 친구나 친구의 친구 관리에 만전을 기해야만 했다. 돌아오지 않은 책값은 월급에서 차감했기 때문이었다. 며칠 지나지 않아 승태에게도 세 개의 아이디와 주소를 제출하라는 지시가 떨어졌다. 승태는 취업스터디 카페 회원들에게 부탁해 30개를 제출할 수 있었다. 회원들에게 부서가 머지않아 확장될 것 같다고 했더니 회원들이 매우 협조적이었다. 수집한 것을 회사에 제출하자 사장이 불렀다. 사장은 30개의 아이디를 살펴보다가 담배를 권했다. 앞으로 열심히 해보세. 승태는 끊는 중이라는 말을 하지 않고 받았다.

"순하지?"

부드러운 커피 향과 함께 사장이 나타났다. 승태는 엉거주춤 일어서서 쟁반을 받았다. 사장은 소파의 ㄱ자로 꺾인 부분에 엉덩이를 걸쳤다. 사장의 등 뒤로 베란다 유리문 밖에서 햇빛이 가득 밀려들고 있었다.

"근데 알게 모르게 예민하단 말이야. 꼭 자식 기르는 것 같다니까. 웬만해선 안 나가겠는데 오늘 만나는 사람이, 이건 자네만 알게, 여의도 쪽 사람이거든. 다음 총선에 나설 거란 소문이 있어. 거기에 맞춰서 자서전을 낸다는 거지. 사실 이 사람은 아직 체급이 좀 약한데, 다 이렇게 시작하는 거지 뭐. 잘만 되면 사세가 확 달라질 거야. 입사한 지 얼마나 됐지? 얼른얼른 승진해서 결혼도 하고 그래야지. 사명감을 가져주게."

사장은 일전에 사장실에서처럼 담배를 권했다. 그런데 이번에는 직접 불을 붙여 건넸다. 승태는 사장의 입에 닿았던 걸 물어야 해서 께름칙하긴 했는데 그 행위 자체만은 무척 인상적이었다. 사나이끼리의 우정을 배운 듯했다. 그리고 담배를 피우는 동안 조금 여유를 찾은 덕에 사장 뒤쪽 베란다 유리문 밑에 다양한 식물이 자라는 화분이 늘어서 있는 게 눈에 들어왔다.

"화분이 많네요. 관리하기가 쉽지 않을 텐데 바쁘신 중에 대단하세요."

승태는 사장의 비위를 맞춰줄 건수를 찾은 게 기뻤다. 사장은 고개를 뒤로 틀어 화분들을 슬쩍 본 다음 천장에 대고 담배 연기를 길게 뿜었다.

"혼자 살다 보니 자꾸 뭘 키우게 되더군. 애들 엄마가 애들 데리고 미국 간 지 벌써 육 년이야. 애들 생일 때마다 하나씩 사 모았네."

승태가 괜한 걸 들먹였다고 후회하는 동안 사장은 시계를 보더니 조금 조급해졌다. 검주와 누주에게 밥 주는 요령과 놀이에 필요한 것들을 빠르게 일러줬다. 승태는 생소한 제품명이며 도구들 이름을 알아먹기 힘들었는데도 어떻게든 되리라 믿고 거푸 고개를 끄덕였다.

"그리고 이 책이 도움될 거래. 얼마 전에 받아서 아직 못 읽었는데 자네가 한번 봐봐."

승태가 책을 뒤적이는 동안 사장은 골프 가방을 메고 현관으로 내려섰다. 승태는 얼른 쫓아가 허리를 깊숙이 숙여 배웅하고 문이 닫힐 때까지 그 자세를 유지했다. 문이 닫히는 소리와 전자키가 잠금으로 전환되는 소리를 듣고서야 허리를 펴고 책으로 시선을 돌렸다. 제목은 『개의 목소리』였고 부제로 '개들이 사람에게 보내는 101가지 메시지'가 달려 있었다. 마지막으로 책 한 권을 다 읽은 게 언제였는지 기억나지 않았다. 그러나 사장의 대리인으로서의 사명감에 그냥 집어던져둘 수가 없었다.

저자는 동물과 실제로 대화를 한다고 해서 '애니멀 커뮤니케이터'라 불리며 유명해진 미국인 여자였다. 저자가 골든리트리버의 모가지를 껴안고 환하게 웃고 있는 표지 사진에서부터 동물과 깊이 교감하고 있다는 인상이 전해졌다. 표지 하단 귀통이에 훈장 모양의 금박 안에 〈전미애견협회추천도서〉가 찍혀 있었다. 뒤표지의 추천사는 〈TV동물마당〉에서 가끔 보이는 'ㅈ애견 훈련소' 소장과 그 프로그램의 메인 진행자가 하나씩 맡아 썼다. 애견 훈련소 소장은, "이 책이 십 년 전에 나왔더라면 나는 아예 내 직업을 택할 필요를 느끼지 못했거나 좀더 빨리 지금 수준의 애견 훈련사가 되었을 것이다. 이제라도 내 훈련법이 더욱 정교해질 수 있게 된 데에 감사한다"라고 적어놓았고, 진행자는 "방송을 하면서 만나는 모든 견공들과 교감하는 건 아니다. 그러나 프로그램이 단순한 쇼가 되지 않도록 나를 비롯한 진행자들과 많은 제작진이 동물들의 의사를 이해하기 위해 무척 다양한 노력을 기울이고 있다. 이 책은 우리의 교과서가 될 것이다"라고 썼다.

얼마나 대단한 책이면…… 승태가 소파에 기대 앉아 책을 펼치자 검주와 누주가 양쪽에 자리를 잡고 앉아 함께 읽기라도 할 것처럼 관심을 보였다.

*

활자가 시원시원하고 삽화가 많아 책장이 빨리 넘어갔다. 250페이지 남짓 되는 걸 다 읽는 데는 두 시간 조금 못 걸렸다. 승태는 책을 덮고 잠시 눈을 감았다. 책 한 권을 이렇게 단숨에 읽은 건 만화방에 다니던 때 이후로 처음이었다. 어쩐지 뿌

듯한 기분에 젖어 기지개를 켜는데 오른쪽에 앉아 있던 검주가 말했다.

"명저지? 그렇지 않나?"

근엄하고 안정된 목소리였다.

"그러게. 술술 읽히네. 내용도 좋고."

승태가 기지개를 켜던 자세 그대로 대답했다. 두 손을 무릎 위에 내리고 한숨을 내쉰 뒤에도 방금 무슨 일이 있었는지 깨닫지 못하고 그저 이상해진 기분의 정체를 파악하느라 고개만 갸우뚱거릴 뿐이었다.

"다 읽었으면 먹을 것 좀 내와 봐. 밥 때가 다됐는데 뭐하고 있는 거야."

승태는 고개를 홱 돌려 소리 나는 쪽을 바라봤다. 검주가 이마의 주름을 깊게 잡고 승태를 올려다보고 있었다.

"방금, 너냐?"

승태는 자기가 생각해도 미친 소리 같았지만 분명히 들린 소리를 부정할 수도 없었다. 검주는 몸을 일으켜 소파에서 내려섰다. 그리고 또박또박 말했다.

"위아래도 없는 놈이네. 말이 짧잖아. 다시, 제대로 해봐."

검주가 승태의 정면에서 네 다리를 쭉 펴고 꼬리를 세워 위엄을 뽐냈다. 누주도 어느새 검주 옆에 붙어 같은 자세를 취했다. 승태는 소파에 앉은 채 말없이 그들을 내려다보다가 그만 피식, 웃어버렸다.

"별…… 개 같은 꼴을 다 보겠네."

승태가 방금 읽은 책과 개들을 번갈아보며 말했다. 검주가 혀를 끌끌 찼다.

"위아래만 없는 줄 알았더니 아예 천지분간을 못하는 놈이군."

검주는 베란다 쪽으로 천천히 걸어갔다. 그리고 베란다 유리문 아래에서 볕바라기 중인 화분들 중 하나를 골라 냅다 물어 뜯어버렸다. 길쭉한 풀이 자라던 화분이 넘어지면서 요란한 소리를 냈다. 풀은 흙에 단단히 뿌리박혀 쉽게 뽑혀 나오지 않았다. 검주가 풀포기를 문 채 마구 흔들어대자 풀과 흙과 자잘한 돌멩이들로 거실은 순식간에 난장판이 돼버렸다.

"뭐하는 짓이야!"

승태는 저도 모르게 개를 향해 소리를 질렀다. 자신이 개에게 소리를 지르고 있는 이 장면이 도저히 납득하기 힘들었지만 어쩌면 눈앞에 닥친 현실을 늦기 전에 받아들여야 할지도 모른다는 불길한 생각도 들었다. 검주는 화분에서 뽑아낸 풀포기만 질겅질겅 씹을 뿐 아무 말이 없었다. 이마의 주름이 풀을 씹을 때마다 꿈틀댔다. 그때 승태와 검주 사이를 누주가 우아한 걸음으로 가로지르며 흥얼거리듯 말했다.

"가여워라, 밤낮 매만지고 닦아주던 애였는데 마지막이 너무 허망하네. 그나저나 너는 이제 어떡할 거니? 개들은 극도로 불안하면 가끔 저런 짓을 하거든. 대체 넌 왜 우릴 불안하게 했을

218

까? 그렇게 가만히 서 있기만 하다가는 이 집에서 남아나는 게 없을 텐데……"

승태는 정신이 번쩍 들었다. 개밥그릇을 찾아 허둥대다가 겨우 사료 포대와 식판을 찾아 돌아왔다. 식판을 바닥에 놓고 적정량을 가늠하며 사료를 옮겨 담으려 하는데 누주가 소리를 질렀다. 앙칼지고 신경질적인 목소리였다.

"얘! 너 지금 우리더러 이런 데서 식사를 하라는 거니?"

방금 검주의 난동으로 엉망진창이 된 거실을 먼저 치워야 했다. 승태는 비로소 조금 빠릿빠릿하게 움직이고 있었다. 빗자루를 찾을 수 없어 욕실에서 수건 하나를 꺼내와 바닥을 훔쳤다. 깨진 화분과 흙과 난초인지 뭔지 모를 풀포기를 한데 모았다. 주방에 가서 싱크대 아래쪽을 뒤지자 어렵지 않게 쓰레기 봉투를 찾을 수 있었다. 어쩜 그렇게 있을 것 같은 위치에 있을 게 있는지, 승태는 혼란스런 와중에도 사람 사는 건 다 똑같구나 싶었다.

검주와 누주는 승태가 사료를 부어주자 천천히 다가와 냄새부터 맡았다. 검주가 주둥이를 떼고 승태에게 지시를 내렸다.

"와인 셀러 열어보면 아래쪽에 반쯤 먹다 남은 게 한 병 있을 거야."

"나는 우유나 가져다줘."

누주가 주문을 추가했다.

"왜, 한잔하지 않고?"

"아침부터 술은 무슨."

누주는 진절머리가 나는 듯 고개를 모로 틀었다.

"술꾼이 어쩐 일이야?"

검주의 질문에도 누주는 입술만 삐죽일 뿐 대답하지 않았다. 검주는 콧방귀를 한 번 킁, 하고 뀌고 승태에게로 눈을 돌렸다.

"저래 놓고 꼭 남의 그릇에 주둥이를 들이대지. 내가 어디 한 두 번 겪나. 어이, 그냥 달라는 대로 가져다줘."

승태는 눈치를 보며 서 있다가 검주가 고개를 끄덕이는 걸 보고 움직였다.

거실로 돌아왔을 때 승태는 하마터면 우유와 와인병을 떨어뜨릴 뻔했다. 누주가 직립한 채 오디오 데크를 열어 시디를 갈아 끼우고 있었기 때문이었다. 데크가 돌자 귀에 익은데 제목은 모르는 클래식이 흘러나왔다.

"낯선 사람 왔다고 교양 떠는 거야? 난데없이 클래식이야?"

"당신도 이런 것 좀 듣고 그래요. 혹시 알아요? 그 성질 좀 죽이게 될지. 애꿎은 난초는 왜 물어뜯고 난리야."

"내 저놈 눈빛을 보니 초장에 잡아야겠더라고. 이봐, 잘 좀 해."

승태는 무릎을 꿇고 식판 바깥으로 튀지 않도록 와인과 우유를 조심스럽게 따랐다. 두 마리 개가 다가와 와인과 우유를 몇 번 핥은 뒤 천천히 식사에 집중했다. 승태는 이제 뭘 해야 할지 몰라 그들 옆에서 무릎 꿇고 음료를 따르던 자세 그대로 기다리고만 있었다. 그러다 책이 생각났다. 개의 말이 들리기 시작한 건 방금 책을 읽었기 때문이 아닌가 싶었던 것이다. 승태는 호기심을 견디지 못하고 물었다.

"이건 분명히 말이 안 되는 상황인데, 내, 아니 제 귀에 지금 두 분 말이 들리는 이유가 저 책 때문인가, 요?"

식판에 주둥이를 박은 채 여념이 없던 검주가 고개를 들었다. 검은 주둥이에 시뻘건 와인 흔적이 어지럽게 묻어 있었다. 그 모습이 마치 막 사냥을 끝낸 야수 같아 승태는 흠칫 놀랐다.

"식사 중인 개를 존중하라는 말도 모르냐? 니들은 그 말을 좀 불경스럽게 바꿔서 쓰더라만."

"아, 먹을 땐 개도……"

승태는 말을 하다 말고 검주의 시선에 기가 눌려 입을 다물었다.

식사는 짧게 끝났다. 승태가 식판 등을 치우는 동안 검주는 서재로 들어갔고 누주는 소파 위로 올라가 앞발을 모으고 엎드린 채 고개를 빳빳이 세우고 거실에 흐르는 클래식에 집중했다. 승태가 보기에 누주의 자세는 오래 연습한 듯 완벽히 우아했다.

"애, 너도 배고프지? 냉장고 뒤져봐. 어젯밤에 너네 사장 피자 시켜 먹더라. 아유, 그런 걸 대체 음식이라고 먹는지."

아닌 게 아니라 아까부터 허기를 고통스럽게 느끼고 있었다. 개 사료 냄새가 고소하게 느껴질 정도였다. 승태가 주방으로 가는데 서재에서 검주가 부르는 소리가 들렸다. 검주는 서재 가운데 책상에 앉아 컴퓨터 모니터를 들여다보고 있었다. 뭉툭한 발가락과 날카로운 발톱을 놀려 마우스와 키보드를 다루는 모양새가 한두 번 해본 게 아니었다.

"술을 좀 했더니 목이 타는군. 물 한 대접만 부탁하네."

검주는 모니터에서 시선을 떼지 않았다. 승태는 재빨리 물을 담아와 핥아 먹기 좋을 위치에 내려놓았다. 검주는 물 대접에 눈길도 주지 않은 채 모니터를 보며 으르렁거렸다. 승태는 뭘 잘못했는지 몰라 쭈뼛대며 서 있었다.

"이런 찢어 죽일 놈들."

승태는 그제야 검주가 모니터의 무언가를 보고 화가 난 줄을 깨달았다. 검주가 뭘 보고 있는지 궁금했지만 서슬에 질려 감히 모니터 쪽으로 다가갈 엄두를 내지 못했다. 서재에서 나와서 주방으로 가는데 이번에는 누주가 불렀다.

"나도 물 좀. 피자 데워서 같이 가져와."

누주는 검주와 달리 승태에게 상냥했다. 물을 가져다주자 승태의 손등을 핥아 고마움을 표하기도 했다. 승태는 소파에 앉아 데운 피자를 무릎 위에 놓았다. 일부러 그런 건 아니었으나 무릎을 붙이고 앉아 있자니 꽤나 다소곳한 자세가 되었다.

"저 양반 또 뉴스 보지? 맨날 왜 저러나 몰라. 아무것도 아닌 일 가지고 화내고 열받고. 사람들도 수컷들은 다 저러니?"

승태는 대답할 말을 찾지 못하고 피자만 우물거렸다. 클래식이 트랙을 바꿀 때마다 마음이 진정됐다. 그러길 얼마 지나지 않아 누주가 슬슬 말을 걸어왔다. 승태는 누주에게 몇 살인지, 고향은 어딘지, 혈액형은 무엇인지 등에 대해 대답해주었다. 대화를 주고받는 동안 검주는 사람 나이로 마흔, 누주는 서른셋으로 모두 승태보다는 한참 위라는 것, 아까 승태가 짐작한 대로 『개의 목소리』를 읽은 사람은 개와 실제적인 대화를 할 수 있게 된다는 사실을 들었다. 사장은 아직 책을 읽지 않았다고 했다. 『개의 목소리』를 사장의 손에 들어가게 만들기 위해 여러 요원들이 치밀한 시나리오를 짜서 일단 성사시키긴 했는데 정작 당사자가 읽지를 않으니 골치라고 했다. 누주는 출판사 사장조차 책을 읽지 않는 독서 시장에 대해 개탄했다. 그리고 다독이듯 다음 말을 덧붙였다.

"우리랑 대화하게 된 걸 너무 겁먹진 마. 간혹 세상을 뒤엎어야 한다는 수컷들이 있긴 하지만 다 그런 건 아니야. 그저 서로 말이 통하면 더 잘 어울려 살 수 있을 거라고 생각하면 돼."

승태는 누주가 사람으로 치면 약간 수다스러운 아줌마라고 생각했다. 그때 서재 쪽에서 다가오는 거친 숨소리에 누주와 승태는 동시에 그쪽을 쳐다봤다. 검주가 이빨을 훤히 드러내고 가슴으로부터 분을 끌어올려 으르렁거리면서 누주와 승태의 앞을 지나갔다. 그는 베란다 유리문 쪽으로 바짝 다가가서는 아무것도 하지 않고 그저 오랫동안 창밖의 하늘만 바라봤다. 승태는 또 화분을 망가뜨리려나 싶어 가슴이 졸아들었다가 오랫동안 아무 일도 일어나지 않아 안도했다. 그런데 승태가 마음을 놓는 순간 검주가 하늘을 향해 느닷없이 길게 소리를 뽑아 올렸다. 그냥 듣기에도 잔뜩 한이 서린 소리였다.

"아유, 음악 감상도 못하게 뭐하는 짓이에요."

누주가 짜증이 잔뜩 묻은 소리로 쏘아붙였다. 검주는 그런 누주를 향해 몸을 돌리더니 눈을 부라렸다.

"음악이고 뭐고, 세상 돌아가는 꼴에 관심 좀 가져봐. 국회에서 동물보호법 개정안 발의가 무산됐다잖아."

"또 저 소리네. 지겨워 아주."

"뭐가 또야? 이유도 없이 사람 새끼들 분풀이로 죽어나가는 개가 얼마나 많은지 몰라서 그래? 몽둥이로 때리고 발로 차고 불로 지지고! 그래서 개정안을 발의하게 만든 건데 그걸 막다니 어처구니가 없지 않아? 우리가 왜 사람 새끼들 압제에 굴종할 수밖에 없는데? 우리가 왜 저 벌레 같은 새끼들 앞에서 평생 꼬리나 흔들며 살아야 하는 건데? 다 당신 같은 개들 때문이라고. 둔하고 멍청하고 이기적인데다 철저히 의존적이지. 젠장, 내 언젠가는 혼자서라도 싹 다 엎어버리고 말 테니 두고봐."

"아니, 누가 둔하고 누가 멍청하다고 그래요? 그 개들은 그런 팔자를 타고난 건데 어쩌라고. 우리는 보호 잘 받고 있잖아. 형편 따라, 타고난 팔자 따라 사는 거지 그게 왜 이기적이라는 건데?"

"이런 무식한 암캐 같으니라고. 꼭 닥쳐야만 내 일이야?"

"뭐? 암캐? 지금 말 다했어요? 하이고, 집안일은 나 몰라라 하면서 세상 돌아가는 꼴 관리하느라 수고가 참 많으시네요. 정 그렇게 분하면 인터넷에다가만 뭐라 올리지 말고 선생님처럼 나가서 싸워보든가. 그럴 용기도 없으면서 맨날 집에서 마누라만 들볶는 주제에, 뭐요? 암캐애?"

승태는 검주와 누주가 주거니 받거니 거칠게 다투는 걸 지켜보면서 불안해졌다. 저러다 둘이 싸우기라도 하면, 그래서 다치기라도 하면 사장에게 뭐라 해야 하나 싶어서였다. 이미 깨진 화분 걱정만으로도 머리가 아팠다. 그때 인터폰이 울렸다. 인터폰 소리에 두 개들은 자연스럽게 휴전이 됐다. 승태는 등을 돌리고 앉은 그들의 눈치를 보며 옆걸음으로 가서 인터폰을 집어 들었다.

"네."

"여기 관리사무소입니다. 검주님 계시죠. 좀 바꿔주세요."

"네?"

"거기 개 있잖아요. 검정색 바센지."

승태는 수화기를 들고 검주를 쳐다봤다. 검주가 이마 주름을 꿈틀거리며 승태와 눈을 마주쳤다.

"나 찾는 거야? 스피커폰으로 전환해. 저번에 수화기 들고 있다가 앞발에 쥐나는 줄 알았어. 하여간 이 사람 놈들은 뭐든지들 입맛대로만 만들었다니까."

검주는 승태가 스피커폰 전환 버튼을 누르는 걸 확인하고 외쳤다.

"무슨 일인가?"

"아, 검주님이세요? 우선 축하드립니다. 트위터를 지금에서야 봤어요. 그 사람이 책을 읽었다면서요? 꿩 대신 닭이지만 한 사람이라도 느는 게 어딥니까. 저 곧바로 리트윗했습니다."

"그 얘길 하려고 인터폰까지 한 건 아닐 테지?"

"네, 중요한 일이 생겼습니다. 실은 제가 말입니다. 그분을 본 것 같습니다. 상가 쪽 CCTV를 보고 있자니 화면에서 뭔가가 휙 지나갔는데 아무래도 이상해서 천천히 돌려보지 않았겠습니까. 너무 빨라서 카메라가 제대로 잡질 못했습니다만 제가 보기엔 딱 그분인 것 같단 말입니다. 직접 보시면 좋은데, 잠시 관리사무소로 나와주시면 안 되겠습니까?"

"선생님이? 말도 안 되는 소리. 일급 수배 중인 분이 어딜 나타난단 말인가. 현상금이 자그마치 이백이야. 사람 놈들이 개로또라고 하고 있다고!"

"저도 그래서 첨엔 아니라 생각했는데요, 아무튼 좀 보셔야 할 것 같습니다."

"사람 참…… 알았네. 곧 가지."

승태가 인터폰을 끄자 검주가 신발장 쪽에서 목줄을 물고 왔다. 검주는 얼른 알아차리지 못하고 서 있는 승태의 발치에 목줄을 내려놨다.

"목줄 없이 나다니다가는 신고당해. 어서 채우고 앞장 서."

승태는 너무 조이지나 않는지 조심스럽게 검주에게 목줄을 채웠다.

1층 리셉션에서 아침에 봤던 경비를 다시 마주쳤다. 표정 없이 마네킹처럼 정면을 응시하고 앉아 있던 그는 인기척에 이쪽으로 고개를 돌렸다. 그리고 뭔가에 놀란 것처럼 발딱 일어서더니 오른손을 들어 올리다 말았다. 마치 거수경례를 하려다 만 것 같았다.

"별일 없지?"

검주가 경비에게 말을 붙였다. 그제야 경비는 승태를 한 번 봤다가 검주를 향해 절도 있게 손을 이마에 갖다 붙였다.

"젊은 애가 너무 원칙대로만 하려고 해서 걱정이야."

검주는 경비를 외면하고 로비를 가로지르며 승태에게 속삭였다. 승태는 뭐라고 대꾸해야 좋을지 생각나지 않았다.

관리사무소로 가는 길에 아파트 상가를 지나게 되었다. 몇몇 사람들을 마주쳤지만 승태와 검주를 이상하게 보는 이는 없었다. 검주가 편의점을 향해 서서 오랫동안 무언가를 바라보고 있었다. 승태는 배가 고픈 건가 싶어 주머니에서 지갑을 꺼냈다.

"저것 좀 떼."

검주가 주둥이로 가리킨 곳에는 낡은 전단지가 하나 붙어 있었다. 다가가서 보니 보더콜리 한 마리의 사진과 함께 사례금 2백만 원이라는 글씨가 또렷했다. 승태는 사진의 개가 낯이 익은 것 같아 이맛살에 힘을 주고 자세히 들여다봤다. 그러길 한참 만에 뇌리를 스치는 게 하나 있었다. 아침에 아파트 진입로를 오르다가 찍은 사진이 생각난 것이었다. 얼른 스마트폰을 꺼내 사진첩을 열었다. 사진을 띄우고 확대해서 비교해보았다. 비록 전단지의 사진 속 보더콜리는 살집이 있고 눈빛이 부드러웠지만 같은 놈이라는 확신이 들었다.

"갈 길이 바쁜데 뭐하고 있는 거야?"

승태가 스마트폰에 빠져 있는데도 검주가 길을 잡는 바람에 목줄이 팽팽해졌다. 승태는 저도 모르게 목줄을 잡아당겼다. 검주는 무심코 걷다가 반대 방향으로 잡아채는 힘에 잠시 휘청거렸다.

"이게 무슨 짓이야?"

"아, 죄송해요. 근데 여길 보세요."

승태가 확대한 사진을 개의 코앞에 들이댔다. 검주는 귀찮다는 듯 건성으로 사진을 들여다보다가 숨을 멈췄다. 그리고 곧 가쁘게 숨을 몰아쉬더니 고개를 하늘로 젖혀 울부짖기 시작했다.

"아우, 아아우."

승태의 귀에 그건 일종의 절박한 신호처럼 들렸다. 검주의 소리가 아파트 벽면을 타고 하늘 높이 올랐다. 사방이 높은 건물로 둘러싸인 아파트 상가 광장은 하나의 커다란 울림통 역할을 했다. 여기저기서 다른 개들이 짖는 소리가 들려왔다. 검주는 울부짖기를 멈추고 귀를 사방으로 까딱거리며 신경을 곤두세웠다. 그러다가 아까와 같은 소리로 몇 번 더 울었다. 검주가 울면 울수록 각 집에서 새어나오는 개 소리가 더 많아졌다. 난데없는 소란에 사람들이 창으로 내다보기 시작했다. 승태는 상황이 통제를 벗어나는 걸 속수무책으로 바라볼 수밖에 없었다. 그때 검주가 아파트의 뒤쪽 산을 향해 방향을 잡고 달리기 시작했다. 승태는 목줄을 놓칠세라 꽉 붙들고 따라 달렸다. 그러나 개의 주력을 사람이 따르기는 힘들었다. 검주는 곧 그걸 알고 속도를 늦췄다.

검주는 인적이 닿지 않는 곳까지 승태를 끌고 가서야 멈췄다. 아파트 뒤로 등산로가 시작되는 계단 아래였다. 그곳에서 개나 사람이나 할 것 없이 둘 다 잠시 헐떡이며 숨을 골랐다.

"갑갑하군. 목줄을 풀어줘."

승태는 미처 챙기지 못해 미안한 마음으로 얼른 목줄을 끌렀다. 그러자 검주가 고개를 휘저으며 몸을 탈탈 털었다. 승태는 검주가 그렇게 몸에 남은 목줄의 찝찝함마저 털어낸다고 생각했다. 몸부림을 멈춘 검주는 언제 그랬냐는 듯 전혀 헐떡이지 않고 있었다. 그리고 딱 잘라 말했다.

"돌아가."

"네?"

"난 이제 안 가. 가서, 기다리지 말라고 전해줘."

"무슨 말씀입니까. 저는 어쩌라고요."

"선생님이 신호를 보내셨어. 네 귀에는 안 들려도 우린 들을 수 있거든. 어서 가야 해."

"하지만……"

검주는 이미 계단을 풀쩍풀쩍 뛰어 올라 이제는 승태가 마음을 먹는다고 해도 손을 쓸 수 없을 만큼 거리를 벌렸다. 검주가 계단을 오르다 말고 말했다.

"혹시 코뮈니케이터가 돼줄 수 있겠나?"

승태는 그 말을 잘 알아듣지 못했다. 검주는 대답을 오래 기다리지 않고 등을 돌려 숲길로 사라졌다.

목줄 쥔 손을 늘어뜨린 채 아파트로 들어서는 승태에게 경비가 다가왔다. 경비는 놀란 눈을 하고 승태 앞을 막아서며 말했다.

"어떻게 된 겁니까."

"모르겠습니다, 저도."

경비는 승태의 손에 들린 목줄을 잠시 내려다보다가 한숨을 내쉬었다.

"한바탕 난리가 나겠군요."

"그렇습니까?"

"가끔 일어납니다. 이걸로 한 달 새 세번째네요."

"어떻게 됩니까?"

"잊습니다. 다 그렇잖아요. 일부러 찾지 않는 사람들도 있습니다."

승태는 별로 위안을 받지 못한 채 엘리베이터에 탔다.

누주는 여전히 음악 감상 중이었다. 누주는 승태가 들어오자 슬쩍 고개를 들었다가 넋이 빠진 채 서서 얼른 거실에 올라서지 못하는 승태를 빤히 보곤 재빨리 고개를 돌렸다. 승태는 곁에 검주가 없는 걸 봤으면서도 누주가 아무것도 묻지 않는 게 이상했다. 어떻게 말을 꺼내야 할지 생각하는 중에 누주가 베란다 밖으로 시선을 고정한 채 입을 열었다.

"기다리지 말라고 하든?"

"네……"

달리 덧붙일 말이 없어서 괴로웠다.

"알았어. 나 냉수 좀."

승태는 얼른 주방에 가서 물 한 대접을 가져다 바쳤다. 물을 할짝이는 누주 옆에 조용히 무릎을 꿇고 앉았다.

"괜찮으세요?"

누주는 물 대접에서 고개를 들고 승태를 봤다. 승태는 그 눈이 뜻밖에 어둡지 않은 데 놀랐고 그 눈에 비친 자기 모습이 일렁이고 있는 데 다시 한 번 놀랐다.

"상관없어. 이제 혼자가 아니거든."

누주가 뒷다리 사이로 고개를 파묻고 음부 주변을 핥아 정돈했다. 그리고 몸을 부르르 떨더니 춥다며 소파의 방석 밑을 파고들었다. 승태는 누주의 몸이 좀 안 좋은가 보다 생각하다가 방금 혼자가 아니라고 한 말이 머릿속에 걸렸다. 그리고 뒤통수를 후려 맞은 듯한 놀라움에 저도 모르게 아, 하고 소리를 질렀다.

"그런데도 그렇게 가버린 거예요? 자식들이 태어날 걸 알면서도요? 와, 진짜 개새끼네."

누주는 승태가 흥분하는 모습을 방석 아래에 엎드린 채 눈만 치뜨고 보다가 말했다.

"몰라. 전혀."

"네?"

"얘길 안 했거든. 알아도 떠날 것 같아서. 그럼 애들이 너무 불쌍해지잖아."

누주는 그대로 졸린다며 잠이 들려 했다. 승태는 안방에서 담요를 찾아와 가만히 덮어주었다. 뭔가 더 해줄 일이 없을까 싶어 아무리 찾아봐도 머릿속이 내내 흐리멍덩하기만 했다.

*

햇님이는 더 많은 친구들과 놀고 싶답니다. 친구를 집에 데려와도 좋아요. 몰티즈 이 친구들은 사람을 아주 좋아합니다. 덥다고 에어컨을 너무 오래 틀어놓지 마세요. 요새 에어컨 바람 때문에 머리가 아프다네요. 잘 때 코를 고는 건 자기도 몰랐다고 합니다. 노력해보겠다는군요.

플러피가 불안해하네요. 요즘 일이 별로 안 들어오나요. 운동 나가는 시간이 많이 줄었죠? 그리고 집에서 게임만 하는군요. 주인이 그렇게 의기소침해 있으면 애네들도 기운을 내지 못합니다. 아, 이름 좀 바꿔달라고 합니다. 불도그에게 플러피라뇨. 모르셨나 본데, 그건 복슬이라는 뜻입니다.

일요일 아침, 산 위에 지어진 어느 아파트의 한 거실에서 황갈색 바센지가 TV에 집중하고 있었다. 바센지는 소파 아래에서 까맣고 노란 강아지 다섯 마리가 서로 뒤엉켜 깨물고 밀치고 올라타며 놀고 있는 모습을 지켜보며 흐뭇하고 충만한 기분을 느끼고 있던 중이었다. 어미 개는 〈TV동물마당〉에 아는 사람이 나오는 걸 보고 깜짝 놀랐다. 재빨리 제 새끼들을 불러 앉혀서는 지금 TV에 나오는 저 사람을 잘 알고 있노라고, 저렇게 유명해지기 전에 잠깐 만난 적이 있다고 자랑했다. 태어난 지 한 달도 안 된 강아지들은 어미의 말을 듣자마자 짧은 다리로 뒤뚱거리며 TV 앞까지 다가갔다. 테니스공만 한 엉덩이 다섯 개가 나란히 TV 아래에 앉았다. 어미는 새끼들에게 눈 나빠지니 뒤로 물러나서 보라고 소리쳤다. 소리를 질러서일까, 출산 뒤에 다시 마시겠다고 벼르고만 있던 와인이 또 간절히 생각났다.

아저씨, 나 제발 와인 한 잔만.

"뭐? 코뮈니케이터? 방송 자막은 늘 저게 문제야. 피디들은 외래어표기법도 안 찾아보나? 커뮤니케이터잖아, 커뮤니케이터. 한 수 가르쳐줘야겠네. 그치 누주야?"

남자는 어미 개 앞에 사골 국물이 담긴 대접을 놓아주고는 소파에 앉으며 주절거렸다. 남자는 개에게 말을 걸고 있는 자신이 어쩐지 한심스러워 머쓱해졌고 그래서 개의 머리만 괜히 한 번 쓰다듬었다.

이런 거 말고, 와인 한 잔만. 제발.

"근데 저 친구, 언제 저런 걸 배웠지? TV에도 자주 나오고 제법 잘나가네."

어미 개는 와인을 포기하고 진하게 우려낸 사골 국물을 조금 핥다가 말았다. 남자가 그 모습을 걱정스럽게 내려다봤다. 강아지들이 국냄새를 맡고 뒤뚱거리며 다가왔다. 서두르다가 서툰 걸음에 발이 미끄러져 엎어지거나 형제에게 밀려 넘어지는 놈이 있었다. TV 앞에서 대접까지의 거리는 고작 3미터도 안 됐지만 강아지들의 걸음으로는 긴 여정이었다.

석 달 전, 남자는 검주가 달아나버린 걸 알고 크게 상심했다. 누주라도 잘 보살피고 싶었는데 기운이 영 없고 먹이도 거르는 때가 많아 병원에 데리고 갔다. 거기서 새끼를 뱄다는 걸 알고 뛸 듯이 기뻤다. 그런데 막상 수태한 개에게 무엇부터 어떻게 해줘야 할지 몰라 난감했다. 수의사의 조언을 충실히 따르고 인터넷에서 필요한 정보를 열심히 수집했다. 아파트 경비원에게서 받아놓고는 읽지 않은 그 책은 생각하지 못했다. 강아지가 태어났을 때 눈도 뜨지 못한 채 엉켜 있는 다섯 마리를 사진 찍어 미국에 있는 가족에게 전송했다. 아이들이 강아지가 보고 싶다며 이번 방학 때는 들어오겠다고 했다. 남자는 어미 개가 볼수록 기특했다. 그러나 출산 후에도 통 먹질 못해서 걱정이 이만저만이 아니었다. 병원에서는 아무런 이상이 없다고 했고 인터넷에도 이런 경우에 대한 정보가 보이지 않았다. 남자는 제 손으로 해고한 옛 직원을 TV 화면에서 보면서, 내키지는 않지만 해볼 수 있을 만한 방법 한 가지가 떠올랐다.

"누주야. 우리도 저 사람한테나 한번 가볼까?"

누주가 몸을 발딱 일으키고 꼬리를 빠르게 흔들었다.

"그래그래, 우선 아줌마부터 구하고."

며칠 전, 그동안 집안일을 봐주러 드나들던 아줌마는 갑자기 개의 말이 들린다며 아무래도 딸 혼사를 치른 뒤부터 건강이 안 좋아지고 있는 것 같으니 그만두겠다고 했다. 그리고 남자가 집에 없을 땐 개가 상전 노릇을 하려 든다고, 조용히 귓속말로 전했다. 남자는 갑자기 그만둬버리는 변명치곤 궁색하기 이를 데 없다고만 생각했을 뿐 크게 신경 쓰지는 않았다.

자망
(刺網)

비가 올 거라고 했다. 날이 풀린 지 얼마 안 되었고 오래 가문 뒤였다. 김은 비가 흠뻑 내려준다면 그물의 형편이 달라질 거라 믿었다. 그러나 기상청이 예보한 날짜에도 비는 오지 않았다. 곳에 따라…… 몇 밀리미터에서 몇 밀리미터 사이로…… 해갈을 기대해볼 만한…… 따져보면 예보는 비가 오든 안 오든 적중한 거나 다름없었다. 하늘은 종일 찌푸리고 있다 슬쩍 흩뿌리기만 반복했고 그러는 사이 보름이 더 흘렀다.

김은 종종 빈손으로 둑에 나가 강물을 바라보며 한숨을 쉬었다. 며칠 전에도 계장이 찾아와서 아랫사람 부리듯 다그쳤다. 그렇게 당할 때마다 예순을 훌쩍 넘긴 나이가 창피해졌다. 계장이 아니라 누구 앞에서건 나이로 유세할 마음은 없었다. 다만 사정을 빤히 알면서 그러는 게 못내 야속했다. 김의 시선 끝에는 메마른 기슭에 내던져진 배가 한 척 있었다. 수위가 많이 내려갔지만 아직 그물을 치고 걷는 데는 문제없었다. 간신히 입에 풀칠할 만큼은 걸려들어 있기도 했다. 그러나 계장이 원하는 것을 얻어내려면 더 큰 유량과 유속이 필요했다. 마음 같아서는 먼 상류에 있는 댐들마다 수문을 활짝 열어버리고 싶었다.

저녁이 되자 바람이 갈피 없이 뒤엉켰다. 곧 담장 밖 보안등 불빛 앞에 빗줄기가 나타났다. 하나 둘 실금을 그으며 떨어지던 빗줄기는 금세 젓가락만큼 굵어졌다. 꾸준히 예보되고 있었는데도 김은 어쩐지 느닷없다고 느꼈다. 그냥 그칠 비가 아니었다. 봄비답지 않게 거칠었고 간간이 숨을 고르면서도 좀처럼 지치지 않았다. 김은 방 안에 앉아 강물과 함께 그득히 채워지는 기분을 만끽하며 비 오는 마당을 오랫동안 내다봤다.

비는 꼬박 하룻밤과 낮을 이어 쏟아붓고도 그치지 않았다. 김은 밤잠을 잊은 채 가끔씩 방문을 열어보며 담배를 연거푸 죽였다. 좀 잦아들면 작업을 나갈 참이었다. 그러나 그만 내리려나 싶어 채비를 하려고만 하면 다시 쏟아졌다. 예보에 따르면 자정을 전후해서 진작 그쳤어야 했다. 김은 묵직한 그물을 떠올리며 참을성 있게 기다리긴 했지만 낙관할 수 없었다. 기세를 봐서는 이대로 아침이 와버릴 것만 같아서였다. 작업할 수 있는 시간을 놓칠까 봐 불안했다. 빈속에 담배를 많이 피워 자주 헛구역질이 났다.

새벽 3시를 넘기자 분위기가 달라졌다. 조금 긴 소강 상태에

들었나 싶었는데 김의 기다림에 화답하듯 완전히 멎었다. 비가 비로소 그친 줄은 짐승들이 먼저 알았다. 이웃집 개가 짖고 장닭이 뜬금없이 우는가 하면 고양이가 담장 위에서 갸르릉거리며 보안등 아래로 지나갔다. 김은 빗소리가 떠난 자리에서 강이 이만큼 가까이 다가와 내달리는 소리를 들었다. 황소 수백 마리가 몰려다니는 것 같았다. 상류나 중류에서는 물끼리 몸을 비비는 소리에 묻히지만 물이 충분히 무거워지고 커지는 하류에서는 그렇게 묵직하게 땅을 구르는 소리가 들렸다. 김은 준비해둔 어구를 트럭에 실었다. 예감이 좋았다.

모처럼 살이 오른 물은 생기를 띠면서도 부드러웠다. 어둠 속에서 유속이 만만찮아 보이긴 했지만 하류에서 평생을 살아온 김은 어지간한 위협에 주눅들지 않았다. 노를 삿대처럼 세워 강기슭에 대고 힘을 주자 배는 빨려들듯 강심을 향해 미끄러졌다. 한참 동안 구름에 가렸던 달이 잠깐씩 얼굴을 내밀었다. 김은 그 틈에 재빨리 익숙한 지형과 물길을 훑어뒀다가 달이 구름에 가리면 손전등 빛에 의지해 길을 잡았다. 다행히 강바람이 거친 결을 만들지 않고 뱃머리를 받아주었다. 겨우내 수면을 횡으로 쓸어내며 무엇이든 내쫓으려 하던 것에 비하면 없는 거나 마찬가지였다. 김은 배를 물가에서 밀어내느라 떼어 놨던 노를 다시 놋좆에 걸고 젓기 시작했다. 발밑으로 묵직하게 흐르는 물결이 느껴졌고 그 서늘한 기운에 온몸이 팽팽해졌다. 좋은 긴장이었다.

무작정 힘만 줘서 되는 게 아니란다. 김은 노를 저을 때마다 아들을 떠올렸다. 늦장가를 들어 어렵게 본 자식이었다. 어렸을 적 아들은 배를 좋아했다. 힘을 충분히 주면서도 봄볕에 홀린 고양이가 흔드는 꼬리처럼 저어야 한단다. 나른한 듯하면서 게으르지 않게, 놀이를 하듯 휘적휘적, 이러다가 힘을 줘서는, 이여차 어여, 이여차 어여, 힘껏 구령도 넣고 말이다. 이여차, 어여, 이여차, 어여…… 뱃전에 앉아 있던 어린 아들은 아비의 뱃소리가 우습다고 깔깔댔다. 밀고 당김을 바꾸는 순간이 진짜 중요하다. 물속에 박아 넣은 노의 끝으로 물의 기분을 잘 살펴야 한다. 서로 궁합을 딱 맞추기 전에 서두르면 물은 귀찮아하며 자꾸 뒤챈다. 배는 배대로 나아가지 못하고 물은 앙칼져지기만 하고 노는 노대로 지치게 되는 거다…… 거기까지는 말해주지 못했다. 아들은 사내들의 말을 알아들을 나이가 되기 전에 제 어미를 따라 떠났다. 생각해보면 아들이 남았더라도 아비로서 자식에게 그런 것밖에 가르쳐줄 것이 없는 것이 부끄러웠을 것 같았다.

갑자기 물이 배를 한 번 들었다 놨다. 보통 사람이라면 지나쳤을 정도로 특별할 것 없는 출렁임이었지만 김은 느꼈다. 그 심상찮음에 잠시 노질을 멈춘 채 물의 기색을 살폈다. 물은 다른 동요 없이 언제 그랬냐는 듯 묵묵히 흐를 뿐이었다. 김은 강바닥의 둔덕을 짐작할 수 있었다. 물밑의 커다란 힘이 갑자기

저항을 만나면 그 충격이 수면까지 전달됐다. 그래, 이쯤에 하나 불뚝 솟아 있지. 다시 노를 저으며 생각했다. 정확히 말하자면 솟았다기보다는 덜 깎였다고 해야 했다. 주변보다 단단해 침식이 더딘, 그래서 훨씬 더 긴 시간 동안 흐름에 맞서야만 했던 지물이었다. 사람들이 그것을 여라고 부르는 건 단순하게 남아 있단 뜻으로 그런 걸지도 몰랐다. 여분의 밧줄, 여벌의 옷. 김은 더 많은 여를 생각해내고 싶었지만 그러지 못했다. 그러던 중 속이 조금 메슥거려 침을 깊게 삼켰다. 멀미는 몸이 낡아가고 있다는 신호 가운데 하나였다. 처음엔 서운했지만 체념할 수 있었다. 역류와 순류의 때를 반복해 읽어온 평생의 버릇이 그럴 수 있게 도왔다. 쓸려가야 할 때가 오면 미련 없이 쓸려갈 준비가 돼 있었다. 여가 되고 싶은 마음은 없었다.

부표가 손전등 불빛의 끝에서 어렴풋이 시야에 들어왔다. 너울에 가렸다가 나타나길 반복해서 섣불리 확신할 수 없는 거리였다. 김은 부표의 위쪽으로 돌아 올라갔다. 한참을 저어간 뒤 잠시 노질을 천천히 유지하면서 위치를 가늠하다 고개를 한 번 끄덕이곤 닻을 배 난간 밖으로 던졌다. 팔을 세 방향으로 내뻗은 쇳덩어리는 쌀 한 포의 무게와 맞먹었다. 무게가 강바닥을 향해 수직으로 돌진하며 닻줄을 매섭게 끌어내렸다. 사려놓았던 닻줄이 솨르륵 풀려나가면서 내는 소리는 매번 김을 긴장하게 했다. 마치 걸리는 대로 데려가고야 말겠다고 살아서 발광하는 짐승 같았다. 마침내 닻이 강바닥에 박히고서야 소동이 그쳤다. 김은 닻이 바닥에 닿는 순간 쿵 하는 소리를 들었다. 강바닥에서 일어난 소리가 물의 두께를 뚫고 올라올 수는 없었다. 젊은 시절의 김은 그렇게 물이 삼켜버리는 소리들을 엿듣기 시작하면서 조금씩 진짜 어부가 되었다.

배 위에 얼마 남지 않은 닻줄이 강의 깊이를 말해주었다. 김은 줄을 당기고 풀어 배를 필요한 위치에 고정시켰다. 닻걸이에 줄을 단단히 묶자 배는 안정적으로 정박되었다. 작업 준비를 마치고 한숨을 돌리는데 노를 젓고 닻을 내리느라 달궈졌던 몸이 금세 식었다. 날이 풀렸다지만 밤공기는 아직 찼다. 추위가 아니라도 늑장을 부릴 수 없었다.

부표에 묶인 줄을 당기자 그물이 묵직하게 맞섰다. 분명히 의미 있는 무게였다. 유자망은 물것들이 물의 흐름에 몸을 맡기고 있는 사이 그물코나 바늘에 걸려들게 하는 어구였다. 그래서 사람이 낚는 게 아니라 물이 내어주는 걸 받는 도구에 가까웠다. 김은 신중하고도 겸손히 그물을 끌어올렸다. 그리고 손끝으로 모든 감각을 모아 그물의 무게 안에 평소와 다른 게 있는지 헤아렸다. 한 자짜리는 물론 한 자 반이나 두 자짜리도 심심찮게 걸려들었다. 언젠가 세 자는 족히 되는 가물치를 건졌을 때 수면 아래에서 올라오는 그 얼룩덜룩한 점박이 무늬며 엄청난 크기에 온몸의 털이 곤두선 적도 있었다. 강기슭의 습지에서 자리를 틀고 사는 놈이라 강심의 그물에 걸리는 경우가 드물어 더욱 놀랐다. 그것은 물고기라기보다는 짐승이라고 부르는 게 맞았다. 포악한 습성 탓에 영역에 침범한 무언가와 싸우다가 강심까지 쫓아 들어왔을 거란 설명이 가능하긴 했다. 그러나 오늘 김이 기다리는 건 가물치 따위가 아니었다. 김은 강에게 부탁했다.

부디, 오늘은 모시게 해주십시오.

그물을 반 넘게 걷어 올렸는데도 허탕의 기운만 짙어졌다. 떡붕어와 잉어, 메기, 장어 따위만 건져낸 그물과 함께 배 바닥에 수두룩이 부려진 채 퍼덕거리고 있었다. 이미 지느러미를 떨어보다가 아무래도 몸에 닿는 자리가 낯설어 가만히 뻐끔거리기만 하는 놈도 있었다. 모두 물을 가르며 자태를 뽐내거나 아가리의 크기를 으스댔을 놈들이었다. 쫓고 쫓기고 은신하는 솜씨가 제각각 달랐다. 그러나 이렇게 작은 배의 물기 없는 바닥에서 숨을 헐떡이는 동안은 모두 똑같이 죽어가는 것들일 뿐이었다. 수조가 있었더라면 좀더 살려둘 수 있었을 테지만 오늘은 준비하지 않았다. 그래서 얇은 바닥 하나, 그 아무것도 아닌 두께가 생과 사를 가르고 있었다. 문득 스치는 이상한 낌새에 주위를 살폈다. 닻줄이 배의 난간을 물고 끌어당기는 통에 언제부턴가 배가 비스듬히 기울어져 있었다. 수면이 그만큼 올라와 있다는 뜻이었다. 김은 닻줄을 풀어 균형을 고치고 아직도 비가 쏟아지고 있는 게 분명한 상류 쪽으로 얼굴을 들었다. 비 그친 여기와 비 오는 저기의 구분이 흐려졌다.

다시 작업을 시작하는데 그물 끝자락에서 손끝으로 전달된 어떤 무게감에 김은 숨을 멈췄다. 김은 조심스레 그물을 튕기 듯 당겨봤다. 관성에 걸리는 반작용과 그 뒤를 따르는 헛헛한 여백이 느껴졌다. 의심의 여지가 없었다. 물속 깊은 곳에서 필요한 만큼 충분한 시간을 제 안에 쌓으면서 중력과 부력의 비중을 조금씩 바꾸는 중이었다. 김은 서두르지 않도록 조심했다. 서두르다가는 물이 되가져 가버릴 수 있었다. 천천히 그물을 당기는 동안 수면 아래의 무게감이 가까이 다가왔고 무게감은 곧 형태로 바뀌면서 그 전체를 드러냈다. 그리고 김은 두 눈으로 똑똑히 확인했다. 손님이었다.

*

흙과 모래가 쌓여 더미가 되었고 더미가 모여 능원처럼 군락을 이루었다. 융성했던 왕조의 무덤만큼 모두 높고 웅장했으나 저마다 낡은 방진포를 덮은 채 거짓 위엄조차 잃어가고 있었다. 방진포가 삭아 해지고 찢긴 틈에선 먼지가 흩날리고 모래와 흙이 흘러내렸다. 상처 난 곳마다 쓸모없이 독하기만 한 풀들이 함부로 자랐다. 모래와 흙이 빠져나간 빈 공간을 바람이 파고들자 다른 세계에서 이쪽을 향해 내지르는 신음인 듯 음산한 소리가 났다. 김은 저주스런 예언을 들은 것처럼 흠칫 몸을 떨었다. 처음에는 야적장이라고 불리다가 언젠가부터 거기, 저쪽 하는 식으로만 불렸다. 주민들에게는 익숙지 않은 이름이기 때문이기도 했고 저마다 입에 올리길 꺼려서기도 했다.

몇 해 전이었다. 씨를 뿌리기엔 조금 이른 때 외지인들이 나타났다. 모두 노란 작업용 점퍼를 입고 있었는데 얼룩 하나 없이 깨끗했고 잘 다려져 있었다. 그들은 주민들을 모아놓고 잠시 땅을 빌려달라고 했다. 흙과 모래를 쌓아둘 공간이 필요한데 오래지 않아 모두 팔려나갈 테니 농사를 쉬는 동안 임대료를 받게 해주겠다고 설득했다. 이게 다 나랏일이니 잘 부탁한다고 덧붙였다. 부탁이었지만 명령처럼 들렸다. 주민들은 누가 모래와 흙 따위를 사느냐고 물었다. 외지인들은 날이 풀리면 도시 이곳저곳에서 아파트 단지가 올라가기로 돼 있는데 그땐 서로 못 사서 난리가 날 거라고 장담했다. 주민들은 찬성과 반대 두 쪽으로 갈려 팽팽히 맞섰다. 어느 쪽으로도 기울어질 기미가 보이지 않자 투표를 하기로 했고 투표함을 열어보니 찬성이 크게 우세해 외지인들의 제안이 받아들여졌다. 김을 비롯해 원래는 반대하던 사람들이 은밀히 매수돼 벌어진 결과였지만 변절자는 단 한 명도 드러나지 않았다. 김은 그렇게 될 줄 알고 있었다. 살면서 나랏일을 거슬러 득 보는 사람을 보지 못했고 거스르려 한다고 거슬러지는 것도 못 봤다. 처음에 반대를 했던 건 그나마 세상이 많이 달라졌다는 소리가 들리니 다 늙어서라도 한 번쯤은 결기를 내비쳐보고 싶었을 뿐이었다. 그러나 계장을 통해 외지인들의 뜻이 전달되자 달라진 게 아무것도 없다는 걸 깨달았고 갑자기 두려워졌다. 계장은 회유와 협박을 동시에 했다. 계장의 말을 듣지 않으면 어업권을 내놔야 할지도 몰랐다.

집채만 한 트럭들이 몰려들어 어디서 온 흙과 모래인지 모를 것들을 부려놓고 갈 때만 해도 저게 다 돈이라니 오래 살아 희한한 걸 다 본다는 듯 웃는 사람들이 많았다. 그러나 날이 풀려도 흙과 모래는 거의 팔려나가지 않았고 주민들은 할 말이 많은데도 서로의 눈치만 보았으며 외지인들은 종종 연락이 닿지 않았다. 그나마 흙과 모래를 치운 땅도 거대한 무게에 짓눌려 있던 탓인 듯 지력이 뒤틀려 아무것도 길러내지 못했다. 보상책을 중재하기 위해 관에서 사람들이 나왔지만 협상은 지지부진했고 주민 대표가 아무리 목소리를 높여도 외지인들이 유리한 쪽으로만 유도됐다. 그러는 사이 몇몇이 가진 것을 버리고 떠났다. 집을 버렸고 땅을 버렸고 목숨을 버렸다. 그렇게 야산에서 목을 매달거나 창고에서 약을 먹거나 갑자기 보이지 않는 이웃이 생긴 뒤로는 내놓고 야적장을 들먹이는 사람이 크게 줄었다.

김은 트럭에 올랐다 내렸다 하며 휴대폰 폴더를 열어 자주 시간을 확인했다. 계장이 약속한 시간이 되려면 인적 없는 어둠 속에서 좀더 기다려야 했다. 계장은 아무에게도 알리지 말고 집을 포함해 어디도 들르지 말라고 했다. 진짜 건졌느냐고 연거푸 묻는 계장의 목소리에는 의심과 탐욕이 번갈아 드러났다. 계장은 이제 갓 오십을 넘겼으므로 김에 비하면 청년이었다. 문득 자신은 그런 계장의 눈에 밥이나 축내는 늙은이로 보이지 않을까 싶어 주눅이 들었다. 방수포로 덮어놓은 트럭의 짐칸으로 눈길이 갔다. 방수포 아래를 투시하듯 노려보는 김의 눈빛이 흔들렸다. 투표 이후 계장은 드러나지 않게 김을 다른 사람들보다 조금 더 가까이 대했다. 오래 외로운 사람은 온기의 작은 차이에 민감했다. 짐작했던 대로 계장은 은밀히 김을 한번 찾아왔다. 계장이 용돈이나 벌어보지 않겠느냐며 일을 제안했을 때 김은 뭐든 해볼 수 있을 거란 희망이 생겼다. 계장이 용돈이나 하라던 돈은 막상 받아보니 모처럼 트럭을 고치고 배를 손볼 수 있을 정도의 거금이었다.

멀리서 차 엔진 소리가 들렸다. 시간은 정확했다. 소리가 가까워지면서 두 대의 다른 소리가 섞여 있는 게 구분됐다. 먼저 도착한 건 계장의 차였고 멀찌감치 따라오던 승합차는 거리를 두고 시동을 끄지 않은 채 멈췄다. 계장은 차에서 내리자마자 김에게 다가가 손을 덥석 잡고는 나직이 속삭였다.

"아이고 형님, 고생하셨어요. 진짜 잘하셨습니다."

"운이 좋았지 뭘……"

"자세한 이야기는 이따 하시고, 저분들 일하시게 우리는 저쪽으로 가 있죠."

김은 계장의 고갯짓을 따라 멀찍이서 헤드라이트를 이쪽으로 쏘며 서 있는 승합차를 봤다. 어둠 속에서 헤드라이트 광원 주위로 승합차의 형체만 어렴풋이 보일 뿐 그 안에 타고 있는 사람들은 알아볼 수 없었다. 시선을 떼지 못하고 있는 김을 계장이 팔꿈치를 지그시 붙들어 돌려세웠다. 짙은 어둠을 향해 계장이 앞장섰고 김은 뒤를 따랐다. 승합차의 문이 여닫히는 소리가 나서 고개를 돌리고 싶었지만 형체 없는 힘이 강하게 제지했다. 그것은 두려움이었고 자기 보호의 본능이었다. 고개를 돌려 그들을 보는 순간 수만 개의 바늘이 달린 그물이 덮쳐올 것만 같았다. 처음부터 그랬던 건 아니었다. 아닌 척하지만 매번 극도로 주의를 기울이는 계장 때문이었다. 계장은 한참이나 걸어가서야 멈췄다. 돌아봐도 상관없다는 신호였다. 김은 차가 있는 쪽으로 시선을 모았다. 어렴풋이 보이는 두 개의 그림자가 김의 트럭 짐칸을 살피고 있었다. 계장이 김에게 담배를 내밀었다. 김이 담배를 받아들고 주머니에서 라이터를 찾자 계장이 경쾌한 금속 소리와 함께 라이터를 열어 불도 내주었다. 시골 사람의 소지품이라기엔 어딘가 어색한 물건이었다.

"얼마나 채근을 해대던지, 아닌 말로 형님 아니었으면 만들어서라도 내놔야 할 형편이었다니까요."

계장은 엄살을 떨며 자기 담배에 불을 붙였다. 라이터 불이 잠깐 계장의 얼굴을 벌겋게 비췄다. 김에게는 만들어서라도 내놓는다는 말이 그냥 뱉어보는 소리로 들리지만은 않았다. 그러자 계장의 얼굴이 가물치를 닮았다는 생각이 들었다. 대가리와 몸통만으로는 영락없이 짤막하게 생긴 구렁이인데 지느러미가 있어 하는 수 없이 물고기인 가물치는 옛사람들의 말에 따르면

산으로 기어올라가 뱀과 교접하고 와서 알을 낳는다고 했다.

"벌써 끝났나?"

계장이 몇 모금 피우지 못한 담배를 내동댕이치고 발로 밟아 짓이겼다. 김도 덩달아 서두르며 계장이 한 것처럼 담배를 껐다. 차가 있는 곳에서는 손전등 불빛이 커다란 원을 그리며 이쪽으로 신호를 보내고 있었다.

"신났구만."

김의 눈에도 손전등을 휘두르는 폼이 유난히 호쾌했다.

"형님이 이번에 제대로 한 건 했나 봅니다."

계장이 또 아랫사람에게 하듯 김의 어깨를 툭 쳤다. 김은 어깨에 닿은 계장의 손길이 거북했다. 내색할 기회가 없었던 건 아니었지만 번번이 놓쳤다.

"상태가 좋단 소린가? 아무래도 공부가 되려면 그런 게 좋겠지?"

김은 분위기에 휩쓸려 저도 모르게 꺼내놓고는 얼마 가지 않아 필요 없는 말이었다고 후회했다.

"공부요?"

계장이 처음 듣는다는 듯 되물었다. 김은 오히려 계장의 반응이 뜻밖이라 당황해버렸다. 잠시 사이가 뜬 뒤 계장이 목소리에 어색한 기색을 고스란히 드러내며 말을 꺼냈다.

"아, 공부. 그렇지, 공부. 네, 의사들 공부에 큰 도움을 주셨어요. 형님이."

계장은 그렇게 말하고는 입을 꾹 다물었다. 얼굴이 붉어졌지만 어둠이 김의 눈을 가려 그 표정을 감춰줬다.

흙더미 너머로 어렴풋이 하늘의 높이가 드러났다. 금방이라도 동이 틀 분위기였다. 비구름의 흔적이 마치 몰려들었다 흩어진 구경꾼들처럼 남아 있을 뿐 맑은 하늘이었다. 계장은 김을 남겨두고 혼자서 승합차에 다녀왔다. 파르스름히 밝아오는 풍경 속에서 승합차는 계장과 몇 마디 나누곤 서둘러 사라졌고 그때 김은 승합차의 색이 새카맣다는 걸 처음으로 눈여겨봤다. 병원에서 왔다면서 흰색이 아닌 것에 대해 생각해본 적이 없었다. 해가 길어졌군. 김은 더 생각해볼 기력이 없어 흙더미를 돌아 사라지는 승합차에서 하늘로 눈길을 옮기며 중얼거렸다. 그새 돌아온 계장이 가물치 같은 얼굴에 미소를 가득 머금고 말했다.

"가시죠, 형님. 저희 집에 가서 아침이나 들죠."

김은 자기의 몫만 받고 그만 헤어졌으면 싶어서 즉답을 않고 미적거렸다.

"아이고 우리 사이에 지금 체면 차립니까. 댁에 가봐야 누가 있는 것도 아니고."

계장이 정색을 하고 호통 치듯 말하는 바람에 김은 거절할 수가 없었다. 김이 뒷목에 손을 얹고 마지못해 고개를 끄덕이자 계장은 다시 환하게 웃어 보이곤 자기 차로 가서 시동을 걸었다.

*

　김이 계장의 집에 도착했을 때 계장은 이미 깨끗하고 편안한 옷으로 갈아입고 있었다. 고물 트럭으로는 계장과 속도를 맞출 수 없었다. 김은 계장이 계급 놀이를 하고 있다는 느낌을 받았다. 김은 낡고 젖은 워커에서 발을 꺼내기가 두려워 현관에서 머뭇거렸다. 계장이 재촉하는 사이 계장의 아내가 앞치마에 손을 닦으며 주방에서 종종걸음으로 나왔다.

　"갑자기 이렇게 모셔서 어떡해, 큰일 났네. 그간 안녕하셨어요?"

　김은 자주 보는 사이가 아니라 허리를 굽신거렸다.

　"오란다고 불쑥 찾아왔습니다. 죄송합니다."

　"아유, 그런 말씀 마시고 어서 올라오세요."

　김은 안주인의 환대에 마음이 조금 놓였다. 그녀는 곧 상을 내오겠다면서 다시 주방으로 들어갔고 김은 조용히 신발을 벗고 거실에 올라섰다. 매끈하게 청소된 나무 바닥에 습기가 닿자 발자국이 선명하게 찍혔다. 계장은 어느새 TV 앞에 앉아 리모컨을 쥐고 채널을 하나씩 옮기는 중이었다. 김이 어색해하며 곁에 앉는데도 계장은 찾는 것이 있는 것처럼 이리저리 뒤바뀌는 화면에만 집중했다.

　"이 새끼들이 또 지들 맘대로 채널을 바꿨나? 어이, 유선 방송 전화번호 어딨지?"

주방에서 TV 선반 위에 유선 방송에서 날아온 뭐가 있다는 대답이 돌아왔다. 채널 편성표였다. 계장은 김을 의식하지 않고 거친 단어를 섞어 구시렁대며 리모컨과 안내장을 번갈아 보다가 무기를 겨누듯 TV를 향해 팔을 내뻗고는 버튼을 꾹꾹 눌렀다. 계장이 찾은 채널에서는 취미로 고기를 낚는 사람들이 나왔다.

"형님, 우리도 얼른 돈 벌어서 저렇게 삽시다. 얼마나 좋아요. 세월아 네월아 하면서 말이에요."

김은 뭐라 대꾸할 말을 찾지 못해 가만히 화면에 대고 고개만 끄덕였다. 그러고는 둘 다 아무 말이 없었다. 슬쩍 곁눈질로 본 계장은 어딘가 불편한 얼굴을 하고 있었다. 김은 문득 야적 장에서 계장과 나눈 대화가 생각났다. 표정을 살피지 못했지만 목소리는 요동쳤다. 검은 쇳덩이 같던 승합차도 다시 떠올랐다. 그럼…… 병원으로 보내는 게 아니었나? 김은 깊게 생각해보지 않았던 이상한 점들을 하나씩 그러모아봤다.

"있던 걸로 그냥 급하게 해봤는데 어떨지 모르겠어요."

계장의 아내가 앓는 소릴 하며 끓고 있는 냄비를 소반에 받쳐 가져오는 바람에 김의 머릿속이 흐트러졌다. 김은 주방에서 내내 새나오던 냄새만으로 매운탕이라는 건 짐작하고 있다가 뚜껑이 열리는 걸 보곤 저도 모르게 낮게 탄식했다. 언뜻 메기처럼 보였지만 누런 금빛 몸에 주둥이가 넓적하지 않고 둥그런 게 그렁치가 분명했다. 흔치 않은 대물이었다. 매운탕거리로 최상급에 두기 때문에 잡히는 대로 내다 팔기 바쁜 물건을, 그것도 대물을 그냥 집에 두고 있었다는 게 믿기지 않았다. 누군가 어업권 때문에 바친 공물일 게 빤했다.

"보자, 뉴스 할 시간이네."

계장은 채널을 뉴스에 맞춘 뒤 아직도 냄비를 들여다보고만 있는 김에게 소주를 내밀었다.

"애쓰셨는데 한잔하시죠."

김은 그렇치 매운탕이라면 두어 병으로는 한참 아쉬울 주량인데도 계장이 주는 술이 별로 반갑지 않았다. 꼭 계장이라서가 아니라 잦은 과음에 지쳐 있는 탓이 컸다.

"그러지 말고 탁 털고 좀 푹푹 떠서 드세요. 못 본 새 살이 많이 빠지셨네. 그 연세에는 너무 그렇게 말라도 건강에 안 좋답니다. 나처럼 내장 지방도 있고 그래야 인덕도 좀 있어 보이지요."

김은 자기 배를 툭툭 두드려 보이는 계장에게 웃음을 지어 보이며 대꾸할 말을 찾았다. 그런데 계장이 못 들을 소릴 들은 것처럼 인상을 쓰더니 TV로 고개를 돌렸다. 김도 그 서슬에 놀라 같이 쳐다봤다.

"새끼들, 어지간히도 처먹었네."

한 중견 사업가에게 뒷돈을 받았다는 의혹이 불거진 고위 공직자들이 차례로 화면에 잡히고 있는 중이었다. 뉴스 앵커는 초유의 사태, 막장 비리 등의 말을 쏟아냈다. 공직자들 동선을 따라 진을 치고 있던 기자들이 관용차가 나타나자마자 새카맣게 몰려들어 카메라와 녹음기를 들이댔다. 그러나 그들은 정치 공작, 구태 운운하며 한사코 혐의를 부인했다. 모두 이미 보도되었던 영상인 듯 같은 화면과 말만 반복됐다. 앵커가 로비된 총액의 추정치를 말했다. 김으로서는 그 엄청난 돈으로 무엇을 어디까지 할 수 있는지 잘 상상되지 않았다. 상상되지 않는 세계를 상상해보는 중에 자신도 모르게 소주잔을 들었다. 술이 식도를 타고 내려가 위벽을 적시는 짜르르한 느낌에 머릿속은 현실로 돌아왔고 얼굴은 잔뜩 구겨졌다. 그러나 매운탕 국물 한 숟가락에 몸과 마음이 조용히 평온해졌다. 빼어나게 잘 만든 요리였다. 김에게도 이런 매운탕을 끓일 줄 아는 아내가 있었다. 섬에서 나고 자란 사람이라 물과 뭍에서 난 것들을 잘 알았다. 그래서 다들 둘을 두고 천생연분이라 했다.

"우리 같은 사람이 한 달 좆 빠지게 벌어봐야 저놈들 하룻밤 술값도 안 되잖아. 안 그래요 형님?"

계장이 입속을 가시듯 소주잔을 비우곤 숟가락을 거칠게 매운탕에 쑤셔넣었다. 애먼 그렁치가 동강 났다. 김은 대답 없이 다시 TV로 눈길을 돌렸다. 앵커의 어깨 위에 걸린 사업가의 얼굴이 김에겐 어딘가 낯이 익었다. 김이 그렇게 말하자 계장은 맨날 TV에 사진이 도배되던 얼굴이라 그럴 거라고, 젓가락으로 그렁치의 눈깔을 파내며 말했다. 애꾸가 된 그렁치의 대가리 위로 두 눈이 파먹히고 없던 어느 익사체의 얼굴이 겹쳤다.

희멀겋고 흐물흐물한 얼굴은 퉁퉁 불어 축구공보다 커져 있었다. 아주 오래전의 일인데도 그 얼굴에 나 있던 빠끔한 두 구멍이 도무지 잊히지 않았다. 또 어떤 시체는 손이 없었다. 오래 봐온 사람들끼리는 장갑을 벗었다고 했다. 무거운 것을 손목에 묶어 달고 가라앉아 있다가 피부와 살이 약해지면 매듭 사이로 장갑을 벗듯 손을 벗고 떠올랐다. 김은 계장이 야적장에서 방수포를 들춰보지 않았다는 걸 떠올렸다. 계장에게도 김과 비슷한 경험이 있기 때문이라는 걸 말해주지 않아도 알았다. 마을 사람들이라면 누구나 그랬다. 그러나 오늘은 부패해서 떠오른 게 아니라 바닥에서 물살에 떠밀리다 걸린 것이라 상태가 아직 양호한 편이었다. 김은 TV 모니터 속 사업가를 어디서 봤는지 생각해보다가 그 이목구비가 방수포 아래에 누워 있던 시체와 비슷하단 걸 깨달았다. 그렇게 보니 나이대도 얼추 맞는 것 같았다.

"다들 지지고 볶고 사는구만."

계장이 술을 한 잔 더 들이켠 뒤 말을 이었다. 어느새 술병이 바닥을 보이고 있었다.

"형님, 저는요, 세상이 아무리 지랄 같아도 일단 살아봐야 된다고 봅니다. 다 자기 팔자대로 사는 거지 누굴 원망하겠습니까. 원망해봐야 저만 속 타지, 안 그래요? 그래서 형님이 이렇게 다시 일을 하시는 게 좋아 보여요. 맨날 술만 퍼마시면서 폐인처럼 지낼 땐 얼마나 걱정했다고요. 저도 저지만 저 사람이

참 안쓰러워합디다. 이 마을에서 고기 제일 잘 잡고 제일 훤칠하고 제일 잘생긴 남자가 누구냐 그러면 두 번 생각 안 하고 형님을 꼽는 사람 아닙니까. 요새 형님 재취 자리 알아보고 있는 눈치예요. 그러니 형님, 딴생각 말고 열심히 살아보십시다."

김은 계장이 취하고 있다고 생각했다. 계장의 아내가 사과를 깎아 내오며 남편을 말렸다. 계장은 제 아내에게 고분고분했다. 김은 너무 오래 앉아 있었다 싶어 몸을 일으켰다. 계장이 더 있으라고 붙들었지만 어디까지나 형식적이었다. 김이 손사래를 치자 계장이 주머니에서 흰 봉투를 꺼냈다. 남이 보는 앞이라 민망했는데 그 순간 계장의 아내는 할 일이 생각났다는 듯 몸을 돌려 주방으로 피해줬다. 김은 난폭하게 해체되어 뼈와 살 부스러기가 뒤엉킨 그릇치를 한 번 내려다보곤 계장의 집에서 나왔다.

*

의사는 부탁해놓은 동의서를 준비해두고 있었다. 어쩐지 미안해하는 것 같아서 김은 편안히 웃어 보여 의사를 위로했다. 동의서에 이름을 써넣고 나자 지금이라도 당장 수술용 칼들이 달려들어 오장육부를 하나하나 떼어 가버릴 것만 같았다.

한 달 전쯤, 전에 없이 구역질이 나는가 싶더니 소화가 잘 되지 않고 헛배만 자꾸 불러 병원을 찾았다. 그리고 간에 암이 퍼져 있다는 진단을 받았다. 흐린 날씨에 듣는 비 예보처럼 그다지 충격적이지는 않았다. 의사는 치료 가능성과 방법에 대해 설명했지만 김은 모두 소용없는 짓이란 걸 알아챘다. 그저 힘들지 않게 죽을 수 있는 방법만 알려달라고 한 뒤 아껴본 적 없는 몸이라도 필요하다면 기증하겠다고 했다. 의사는 머뭇거리다가 귀하게 쓰겠다며 고개를 숙였다.

진단을 받은 뒤부터 병을 진짜로 앓기 시작했다. 자주 메스꺼웠고 음식을 삼킬 때마다 불쾌해 살이 급격히 빠졌다. 의사는 이제부터 통증이 참기 힘들어질 거라며 진통제를 처방해줬다. 그리고 마지막을 준비할 수 있게 병실을 마련해놓겠다고도 했다. 밖에서 몸이 훼손될까 걱정하는 소린 줄 모르지 않았지만 김은 의사의 배려에 감사하며 진료실을 나왔다.

계장의 집에서 돌아와서는 곧바로 아침잠을 한숨 자고 일어나 점심을 대강 때우고 종합병원까지 나와서는 이런저런 검사를 마치니 하루가 훌쩍 흘렀다. 김은 저녁 시간이 다 돼서 집에 돌아와서는 옷도 갈아입지 않은 채 적막한 방 안에서 천장만 쳐다봤다. 천장의 불분명한 얼룩들 위로 아내와 아들의 얼굴이 떠올랐다. 김은 아직도 자기가 왜 지금 혼자가 되어 있는지 몰랐다. 김은 저도 모르게 흘러버린 눈물을 닦으며 TV를 켰다. 집을 장악하고 있는 적막을 견디려면 사람 소리가 필요했다.

네 개의 채널이 있었지만 언제나 화면이 가장 멀쩡한 한 곳에 고정되어 있었다. 국내의 어느 고장과 그곳의 특산물 따위

를 소개하는 프로그램이 방영되는 중이었고 젊은 여자 리포터
가 마을 회관으로 보이는 곳에서 호들갑을 떨며 늙은이들과 대
화를 주고받고 있었다. 리포터가 소개하고 있는 특산물은 얼핏
오디처럼 생긴 열매였는데, 오디는 아니었고 종자를 외국에서
들여온 무엇이라고 했다. 방송에서 귀가 아프게 반복해 소개
되는 열매의 이름을 김이 몇 번 따라해봤지만 도무지 입에 붙
지 않았다. 마을 사람들이 열매를 여러 방법으로 응용해서 만
든 음식들을 리포터가 하나씩 맛봤다. 전도 있고 무침도 있고
삼계탕도 있었다. 응용이라기보다는 그냥 평범한 음식에 열매
나 열매 가루를 첨가한 것에 지나지 않아 보였다. 열매에는 암
을 예방하는 효능도 있다고 해서 조금 아쉬운 기분이 스쳤다.
병이라곤 앓아본 적 없는 것처럼 생기발랄한 리포터는 음식 하
나하나를 맛볼 때마다 몸이 새로 태어나는 것만 같다며 극찬
을 아끼지 않았고 그 곁에서 마을 이장이라는 자가 득의만만한
얼굴을 하고 서 있었다. 리포터가 젓가락을 놓고 마이크를 들
이대자 이장은 마을 사람들이 장수하고 있는 비결이 모두 열매
덕분이라는 자랑을 늘어놓았다. 할 얘기가 끝나고 마무리를 지
으려는 듯 마을 사람들이 리포터를 중심에 두고 한자리에 모였
다. 모두 까맣게 그을리고 주름진 얼굴이었으나 천년만년 살
것처럼 벙글벙글 웃고 있었다. 그들 사이에서 가져다 놓은 듯
도드라지는 리포터가 목청을 올려 마무리를 하는 중에 갑자기
화면 아래쪽에 굵은 글씨가 튀어나왔다. 화면과는 전혀 어울리

지 않는 서체였고 큼지막했다.

[속보] NW건설 조장곤 대표 야산서 목맨 채 발견

김은 자막을 한 글자씩 짚어가며 읽었다. 계장의 집에서 뉴스를 통해 봤던 사업가의 이름이었다. 아침에 살아 있던 사람이 저녁에 죽었다고 하니 새벽에 외지인들에게 넘긴 주검이 생각났다. 새벽의 그 손님뿐 아니라 그간 봐온 모든 죽음들이 덩달아 눈에 선하게 떠올랐다.

겨우내 물속에서 얼어 있던 몸들은 날이 풀리면서 커지고 가벼워져서 떠올랐다. 그런 익사체들을 직접 보거나 소문으로 듣는 게 못해도 한 달에 서너 구는 됐다. 누구나 어릴 때부터 겪는 일이라 마을 사람들은 모두 무덤덤해져 있었다. 어느 해는 유난히 많고 어느 해는 비교적 적었다. 계절이 바뀌는 것처럼, 만조와 간조에 맞춰 수면이 숨 쉬듯 오르내리는 것처럼 그렇게 평범한 일이었다. 대개의 주민들은 시체를 그냥 흘려보냈다. 오래된 관행이었다. 마을에 경찰차가 돌아다니고 기자들이 나타나 시끄러워지면 누구 하나 좋을 게 없어서였고 윗물 사람들에게서부터 버려진 것일 수 있기 때문이기도 했다. 외지인이 낚시를 하러 왔다가 발견하고 신고하는 경우는 있었다. 김은 마을의 관행이 마음에 들지 않았다. 그렇다고 번번이 신고해서 눈길을 사고 싶지도 않았다. 생각 끝에 보이는 대로 건져 낚시꾼들이 포인트라고 여길 만한 곳 근처에 가져다 두었다. 그러면 여지없이 며칠 만에 신고가 들어갔고 경찰과 기자들이 몰렸다.

계장이 어느 날 찾아와서는 김에게 시체가 그물에 걸리면 조용히 가져올 수 있겠느냐고 물었다. 지금껏 김이 해온 일을 알고 있는 눈치였다. 그러나 계장은 그 얘기는 꺼내지 않고 병원들이 상태가 괜찮은 것을 서로 차지하려고 돈을 풀고 있다고만 했다. 학생 의사들이 해부 실습을 하는 데 쓸 시체가 없어 벌어지는 소동이란 얘기였다. 김은 의사들이 실습한 시체들에게 제사를 지내준다는 얘기에 마음이 움직였다. 연고를 찾아주는 게 우선이 아닐까 싶었지만 경찰이라고 해서 다 믿을 수 있는 것도 아니고 김이 모르는 사이에 그냥 떠내려가버리거나 고기밥이 되어 영원히 없어질지도 모를 몸들에 생각이 미치자 마음을 굳힐 수 있었다.

TV는 리포터가 마무리를 하자마자 곧장 뉴스로 넘어갔다. 김은 목을 매 죽었다는 사업가의 모습이 화면에 나오지나 않을까 싶어 집중했다. 그러나 예고 없이 끼어든 속보는 경찰과 기자들이 몰려 어수선한 화면만 잠깐 내보내며 최소한의 소식만 전하고 물러났다. 계장의 집에서 아귀를 맞춰보다 그만둔 의심이 되살아났다. 이번 일에서 계장은 나이와 성별, 키와 몸무게 따위를 구체적으로 주문했다. 특별히 큰돈이 걸려 있다는 얘기까지 들었을 때 김은 시체를 병원으로 보내는 게 아닐지도 모른다는 느낌을 처음으로 받았다. 의심은 상상을 부추겼다. 김은 죽어서 다른 이로 다시 죽어야 하는 몸들과 살아남아서 죽은 이의 자리를 꿰차는 목숨들에 대해 생각했다.

갑자기 속이 메슥거리고 명치 아래가 뭉근히 아파왔다. 그냥 지나가려나 했는데 식은땀이 날 만큼 통증이 날카로워졌다. 겪어보지 못한 것이었다. 의사가 처방해준 약을 찾았다. 아프면 절대 참지 말고 바로 복용하라고 했다. 기어가듯 싱크대로 가 물을 튼 다음 약봉지를 입안에 털어넣었다. 물에서 맡아보지 못한 비린내가 났다. 식수에 썩어가는 것들의 부스러기가 섞여 있는 것만 같았다. 잠시 뒤 바늘을 삼킨 듯하던 통증이 느리게 가라앉았다. 그러나 통증의 흔적은 고스란히 남아 몸을 꾸준히 위협했다. 초저녁인데도 약 기운이 잠을 불렀다. 이대로 눈을 감았다 뜨지 못한다면 그 이상의 행운도 없겠다 싶었다. 김은 오랫동안 걷어보지 않은 이부자리 위로 기어가 누웠다. 몸이 깊이 가라앉는 기분과 함께 천천히 의식이 흐려졌다.

*

야적장은 어둠과 빗소리로 외부와 완벽하게 차단돼 있었다. 깊은 물속처럼 불빛 한 점 없었고 주위는 방진포 위로 떨어지는 비 때문에 마치 폭죽이 산발하고 있는 듯했다. 불과 닷새 만에 다시 왔다. 지금까지의 기록은 7일이지만 보통은 한 달에 한 번이었고 두 번도 운이 너무 별난 거라 여겼다. 저녁부터 시작된 비는 밤이 깊어질수록 바람과 더불어 더 거세졌다. 김은 시동을 끈 트럭 안에서 시계와 룸미러를 번갈아 봤다.

계장의 집에 들렀던 이튿날 아침, 계장은 훼손되지 않은 사십대 여자가 필요하다며 전화를 했다. 김이 기다리던 전화였다. 마음 같아서는 그날 밤에 곧장 야적장으로 불러내고 싶었으나 눈치를 채고 경계할까 싶어 며칠만 참기로 했다. 한 시간 전에 김이 전화를 했을 때 계장은 잠이 덜 깬 목소리였지만 분명히 반겼고 곧 나서겠다고 대답했다. 의심하는 기색은 없었다. 김은 다시 룸미러와 시계를 봤다. 약속한 시간이 거의 다가와 있었다.

헤드라이트 빛과 함께 차 두 대가 산 같은 흙더미를 돌아 나타났다. 김이 우비도 입지 않은 채 트럭에서 내려 그들을 맞았다. 이번에도 계장이 먼저 다가와 방수포를 흘끗 보며 김의 노고를 치하했다.

"아니, 이렇게 비가 오는데도 작업을 나갔어요?"

계장이 빗소리를 뚫기 위해 목소리를 높였다. 김은 계장의 우산에서 물이 쉴 새 없이 흘러내리는 것만 보다가 대꾸하지 않고 돌아섰다. 뒤에 온 그들이 차 밖으로 나오도록 트럭에서 떨어져주기 위해서였다. 그들은 두 사람이 보이지 않을 만한 데까지 거리를 두지 않으면 절대 차에서 내리지 않았다. 계장은 그런 김을 보며 어리둥절해 서 있다가 서둘러 뒤를 따랐다.

김은 걸으며 한 번씩 뒤를 돌아봤다. 충분히 멀어질 때까지 기다리는 듯 승합차에서는 인기척이 보이지 않았다. 한참 뒤 요전만큼 멀리 나와서 계장이 손전등 빛으로 신호를 보내고서야 승합차에서 두 개의 빛이 내렸다. 김은 조금 전에 트럭과 승합차의 거리를 눈여겨봐뒀다. 어림잡아 오십 걸음쯤 되는 듯했다. 김은 속으로 마흔을 셌다. 하나, 둘, 셋, 넷, 다섯…… 마흔까지만 세는 이유는 그들이 방수포 아래의 것을 보고 달아나버릴지도 모르기 때문이었다. 남은 열 걸음 동안 조용하고 빠르게 다가가야 했다. 마흔.

김은 곁에 서 있던 계장을 힘껏 밀쳤다. 계장은 불의의 습격에 비명도 지르지 못하고 우산과 함께 나동그라졌다. 김은 자세를 낮추고 달리기 시작했다. 등 뒤에서 김을 부르는 소리가 들렸지만 빗소리가 재빨리 지워주었다. 계산은 맞아떨어졌다. 남자들은 김이 다가오는 소리를 듣지 못한 채 이제 막 방수포를 들추려 하고 있었다. 김은 힘껏 달려들어 가까운 쪽 남자의 팔목을 움켜쥐었다.

"하나만 물읍시다. 어디서 오신 분들이오?"

김에게 팔을 잡힌 남자는 조금도 당황하지 않고 김을 쳐다봤다. 김은 손전등을 켜서 비로소 그들을 가까이에서 볼 수 있었는데 우비 모자 안에 담긴 얼굴은 작고 창백했으며 표정이 없었다. 산 사람 같지가 않아 소름 끼쳤다. 달려오느라 숨이 가빴는데도 숨통이 막힌 것만 같았다. 남자는 김을 쳐다보다가 김의 손을 단숨에 뿌리쳤다. 한때 마을에서 손꼽히는 장골이었지만 병들어 야위고 늙은 완력은 보잘것없었다. 김은 허둥지둥 남자의 우비 자락을 붙들었다. 그때 우산을 내던지고 달려온 계장이 소리 질렀다.

"이 영감이 또 도졌나, 왜 이래 대체?"

김은 아랑곳하지 않고 물었던 걸 다시 물었다.

"대답해요. 사람들을 어디로 가져가는 거요?"

계장이 달려들어 김의 손을 뜯어내려 했다. 승합차에서 내렸던 다른 남자도 가세했다. 계장 혼자만 김에게 어서 손을 떼라고 고함치느라 시끄러웠고 두 남자와 김은 사투를 벌이면서도 숨만 거칠게 쉴 뿐이었다. 김은 기력이 모자라 말을 할 수 없었고 남자들은 아예 소리를 안 내기로 작정한 듯했다. 김 혼자서 셋을 당할 순 없었다. 패색이 짙어지자 김이 온 힘을 다해 악을 썼다.

"늬들은 저번에도 그랬어! 저번에도 말이야! 왜 아무 말도 안 해주는 거야. 왜 그렇게 다들 입을 꾹 닫고만 있는 거냐고!"

김은 아예 바닥에 누워버렸다. 그러면서도 필사적으로 우비 자락을 놓지 않았다. 결국 남자의 우비가 찢어지고 말았다. 남자는 그 틈을 노려 몸을 빼냈고 두 사람은 뒤도 돌아보지 않고 내달려 승합차로 돌아가서는 차를 거칠게 몰아 야적장을 떠났다. 남자들이 떠난 자리엔 소란스런 빗소리만 남아 있었다.

김은 물웅덩이에 주저앉아 숨을 골랐다.

"미쳤어요? 왜 그래요 대체?"

계장이 별안간 소리를 질렀다. 목청을 한껏 높인 건 꼭 빗소리 때문만은 아니었다. 김은 고개를 꺾고 우는 중이었다. 울면서 중얼거렸다.

"저 새끼들이 말을 안 해주잖아. 아무것도 안 가르쳐주잖아."

계장은 빗소리 때문에 김의 말을 잘 알아듣지 못했다. 그러나 김이 무슨 말을 하려는지 다 알고 있는 듯 말했다.

"형님이 그런다고 애 엄마랑 애가 살아돌아온답니까? 그때 그건 그냥 사고였다니까요? 받아들인 거 아니었어요? 벌써 몇년째야? 지긋지긋하네 진짜."

계장의 말이 김의 머릿속에 무의식으로 꼭꼭 덮여 있던 기억을 건드렸다. 무의식의 촘촘한 망 한쪽이 찢어지며 그 틈으로 기억의 조각이 풀풀 날렸다. 마치 새로 알게 된 것처럼 김은 그날의 기억을 되살리며 놀라고 있었다. 그때 아내는 아들을 데리고 친정에 가는 길이었다. 장모가 일을 하다 허리를 좀 다친 모양이었는데 겸사겸사해서 둘만 얼른 다녀오기로 한 것이었다. 여객선 터미널의 공중전화로 걸려온 전화가 아내와의 마지막 통화였다. 곧 배를 탄다고 했고 도착해서 다시 연락하겠다는 말이 유언이 돼버렸다. 그 흔한 휴대폰 하나 마련해주지 않았던 것이 두고두고 폐부를 난도질했다.

"니미럴, 이것도 다 공갈 아니야?"

계장이 트럭 짐칸으로 가서 방수포를 들춰보곤 기겁했다. 나무토막처럼 시커멓고 커다란 것이 손전등 빛에 놀라 몸을 뒤틀어대고 있었다. 방수포 아래에 있던 것은 어른 다리만 한 가물치였다. 김으로서는 사람들을 꾀어내는 게 목적이었기 때문에 강에서 건져낸 게 무엇이든 상관없었다. 계장이 말한 것처럼 그냥 빈 트럭을 세워둘 작정을 했다가 그물을 걷어봤는데 가물치가 걸려준 건 순전히 운이었다. 계장은 처음 본 크기인 듯 놀라 몸을 움직이지도 못했다. 가물치가 꿈틀대기를 멈추고 대가리를 들어 계장을 노려보았다. 계장이 방수포를 걷은 덕분에 비를 맞을 수 있어 즐기는 것 같기도 했다. 그러다 갑자기 몸을 틩겨 반대편 난간을 뛰어넘었다. 바닥에 미끈하고 커다란 것이 떨어지는 소리가 들렸다. 그제야 계장은 정신을 차렸다.

"뭐야 씨발, 사람 놀라게."

계장이 조심스럽게 짐칸의 반대쪽으로 가서 손전등으로 바닥을 훑었다. 트럭 아래까지 샅샅이 살폈지만 있어야 할 것은 보이지 않았다. 계장은 헛것을 본 듯 비를 고스란히 맞으며 한동안 서 있었다. 그런 그의 앞을 김이 유령처럼 지나갔다. 김은 트럭에 올라탄 뒤에도 문을 닫지 않은 채 앉아만 있었다. 계장은 다시 짜증이 일었다.

"가지가지 한다. 일진 참 더럽네."

계장이 바닥에 침을 한 번 뱉고는 자기 차로 갔다. 시동을 걸고 출발하는데 한쪽 앞바퀴 밑에서 무언가 흙바닥이 아닌 것이 밟혔다. 바퀴에서 운전석으로 전해진 질감은 단단하면서도 부드럽고 미끈거렸다. 조금 전 트럭에서 뛰어내린 가물치가 바닥의 물웅덩이를 기어 계장의 차 밑으로 숨어든 것이었다. 하나의 영물이 허무하게 짓이겨졌지만 계장에게는 잠깐 스친 이물감일 뿐이었다. 계장의 차는 시위하듯 물웅덩이를 하나하나 밟아 터뜨리며 야적장을 빠져나갔고 그 뒤로도 한참 동안 김의 트럭은 시동조차 걸리지 않은 채 빗속에 서 있었다.

*

한 어부가 동이 트자마자 나와 그물을 걷고 있었다. 물에서 올라오는 그물은 느슨하고 가벼웠다. 그는 근심 가득한 표정으로 그칠 듯 그치지 않는 비를 쳐다보다가 다시 그물을 잡았다. 그 순간 어디선가 쿵, 하는 소리가 났다. 어부라면 누구나 그 소리가 무엇인지 알고 있었다. 닻이 강바닥에 닿는 소리였다. 그러나 어부의 배는 이미 정박해 있었다. 어부는 실망감과 피곤이 겹쳐 환청이 들린 거라고 생각했다. 원래가 귀로 듣는 소리가 아니니 그럴 수 있었다.

빈 그물이었지만 다 걷는 데는 한참이 걸렸다. 가벼운 그물이 어부를 더 지치게 했다. 그물을 다 걷었으나 돈이 될 만한 것은 하나도 없었다. 어부는 괜히 마누라의 성화 때문에 아침부터 헛수고를 했다고 투덜댔다. 고개가 무거워 잠시 먼 곳을 본 어부의 눈에 무언가가 들어왔다. 그것은 수면 위에서 가볍게 출렁이며 떠내려오고 있었다. 가만히 있어도 어부 쪽으로 올 것 같았다. 어부는 눈살을 찌푸리고 떠내려오는 것의 정체를 알기 위해 집중했다. 얼마 되지 않아 빈 배라는 걸 알 수 있었다. 어부는 갈고리를 이용해 가까이 온 배를 잡아끌었다. 흔하고 낡은 배였다. 그러나 아직 버릴 물건은 아니었다. 어부끼리는 알아볼 수 있었다. 매우 노련한 사람이 오랫동안 아껴 관리한 흔적이 곳곳에 보였다. 그리고 배 안에 있어야 할 닻은 물론 닻줄걸이에 닻줄이 없는 것도 알아봤다. 어부는 배를 흘러가던 길 위에 그대로 놓아주었다.

얼

여자의 몸은 살이 적고 마디마디가 길쭉하다. 음지에서 홀로 훌쩍 길어져버린 식물이 연상된다. 보고 있으면 갈증이 나는 몸이다. 내 손이 몸에 닿자 여자는 눈을 감아버린다. 비셋넝어리들에 비하면 여자의 몸은 혈을 잡기 쉬울뿐더러 침감도 잘 받는 체형이다. 이런 몸은 맥을 짚어볼 필요도 없다. 심폐의 기능이 약한 여자의 경우는 족양명위경의 경락을 다스려주면 된다.

가운을 젖히자 여자의 하얗고 긴 다리가 고스란히 드러난다. 뼈는 가볍게 만져지고 근육은 부실하다. 잘 관리된 몸이라기보다는 선천적으로 살이 찌지 않는 체질이다. 예상대로 족삼리혈이 크게 열려 있다. 혈을 보해주면 여자의 증상은 완화될 것이다. 침구통을 여는 소리에 여자가 움찔, 놀라며 눈을 뜬다. 침낭에 가지런히 정돈된 침들이 형광등의 빛을 차갑게 튕겨내고 있다. 여자의 눈이 침들 사이를 오가며 가만히 떨린다. 납작한 참침은 화농을 찢어 고름을 짜낼 때나 쓰는 것으로 여자의 눈엔 수술용 메스처럼 보일지도 모른다. 환자를 앞에 두고 겁을 준 꼴이 되고 만다.

환자가 긴장하면 자침이 어렵다. 근육이 혈을 삼키거나 눌러 침자리가 어긋날 수도 있다. 내가 들어 보인 침은 털처럼 가늘다고 해서 호침이라고 불리는 것이지만 여자의 눈에는 여전히 넓적하고 커다란 참침이 아른거리는 모양이다.

"힘 빼세요."

여자가 갑자기 가운을 여미고 일어나 앉는다.

"추워요."

여자는 비를 맞고 왔다. 진찰실로 들어오는 여자를 보고서야 나는 창밖에서 바람이 물방울을 몰고 다니는 것을 봤다. 구름 한 점 없이 맑던 낮과는 전혀 딴판이었다. 곧 겨울로 모습을 바꿀 계절은 그런 식으로 몸살을 앓고 있었다. 시술실의 온도계는 28도를 가리키고 있다. 건강한 사람이라면 약간 덥게 느껴질 수도 있을 것이다. 비를 맞았고 지금은 속옷 바람에 가운 한 장만 걸치고 있다지만 나는 여자가 추워하고 있는 게 아니란 걸 안다. 침을 맞는 것이 처음이라면 살을 파고들 쇳조각이 뿜어내는 서늘함을 쉽게 받아들이기 힘들 것이다. 그러나 받아들이지 않으면 침도 사람의 몸도 서로를 공격할 뿐이다. 찌를 때는 너무 깊거나 얕아져버리고 꽂혀 있을 때는 침이 울지 않으며 뽑을 때는 경우에 따라서 침이 살을 묻혀 나오거나 아예 나오지 않는 수도 있다. 자침, 유침, 발침의 전 과정에서 침이 혈과 기를 원활히 나누기 위해서는 환자의 마음이 무엇보다 중요한 것이다. 나는 여자에게 일일이 설명하지 않는다. 무엇보다 몸을 여는 것은 환자 스스로의 몫이다. 나는 침상 곁에 선 채 아무 말 없이 기다린다. 한참 뒤에야 여자가 체념한 듯 다시 눕는다.

"하세요."

여자의 다리는 조금 더 창백해져 있다. 무릎에서 세 치 정도 내려가 정강이뼈 바깥쪽, 큰힘줄 안쪽 우묵한 곳에 손을 대본다. 족삼리혈. 별명은 경건한 평온이다. 족양명위경의 혈들 가운데 정영유경합의 5행이 끝나는 합혈이며 신경쇠약과 우울증, 대인공포증, 망상 등에 효과가 있다. 침은 한 치 놓고 뜸은 일곱 장을 뜬다. 진통에 중요한 혈이며 모든 복부 질환에 두루 작용한다.

"잠깐만요……"

"……"

"말을 안 한 게 있는데…… 남편이랑…… 그것도 어려워요."

양경의 허증을 앓고 있는 사람들이 자주 보이는 증상 가운데 하나가 비뇨기 질환이다. 환자가 말을 하지 않았다고 해서 간과할 부분이 아니다. 여자는 무슨 큰 치부를 드러낸 사람처럼 부끄러워하고 있다. 여자가 활기를 찾는다면 제법 귀여울 것도 같다.

엄지손톱 끝으로 혈을 눌러 혈이 침을 받을 준비를 하도록 돕다가 빠르고 정확하게 침을 꽂는다. 보하기 위한 자침은 혈의 기운이 빠져나갈 틈을 주어서는 안 된다. 자침의 순간에 여자의 짧고 낮은 비명을 듣는다. 환자가 침감을 받으면 나는 잠시 동안 침의 울음을 듣는다. 침이 여자의 혈에서 떠받는 기운과 충돌하며 아스라이 울기 시작한다. 침의 울음은 단순한 떨림이 아니라 비뚤어진 몸과의 협상이다. 숙련된 의사가 아니면 들을 수도 볼 수도 없다. 혈은 침을 울리면서, 침은 혈의 기운에 응답을 함으로써 자신의 다음 임무를 스스로 찾는다.

침이 극히 짧게 울다가 그치고 만다. 여자의 몸에서 흐르는 기운이 침을 울릴 만큼 강하지 못한 것이다. 여자에게는 아직 국소치료가 우선되어야 한다는 뜻이기도 하다. 단자법으로 재빨리 발침한다. 다시 한 번 여자의 짧고 낮은 신음을 듣는다.

나는 여자를 엎드리게 한 다음 등의 궐음수혈과 심수혈을 오랫동안 보해주고 침을 뽑는다. 그런 뒤에 여자를 돌아눕혀 손목 위의 내관혈과 가슴의 전중혈을 다스린다. 내 손가락이 살갗에 닿고 침이 그 살갗을 파고들 때마다 여자의 빈약한 가슴에서도 유두는 파르르 긴장을 한다. 애처롭게 보이지만 어쩌면 이것은 여자의 유일한 성적 반응일지도 모른다. 무엇이 여자에게서 뜨거움을 모조리 앗아가버렸을까. 여자는 화르르 산화된 성냥개비처럼 메마르고 식은 육신의 가벼움이 괴로웠을 것이다.

바람이 부는구나. 저대로 날아가버린다면……

낮에 병원까지 찾아온 어머니는 한참 만에 또 모호한 말을 꺼냈다. 아버지의 죽음 이후 어머니는 버릇처럼 이승과의 결별을 다짐하거나 소망해오고 있었다. 그것이 액면 그대로의 의미이건 불손한 자식에게 가하는 질책이건 큰 상관은 없으나 어느 쪽이든 아들에게 듣기 좋으라고 하는 말은 아닌 것이 분명했다. 점심시간을 이용해 내원하는 환자가 많아 어머니가 밖에서 한 시간이나 나를 기다린 참이라 그저 그런 투정이겠거니 했지만 창밖으로 보이는 무료한 날씨를 두고 바람이 분다고 하는 것을 이해하기는 힘들었다. 어머니는 눈을 돌려 책상 위에 세워둔 인체 모형을 보고 있었다. 365개의 침혈을 따라 모든 경맥의 흐름이 빼곡하게 표시된 나신의 모형은 곰보의 몸처럼 흉했다. 마침 정 선생이 결명자차 두 잔을 들고 들어와서 서먹하게 정체되어 있던 분위기가 흐트러졌다.

이게 뭐냐. 난 커피나 한 잔 다오. 대체 이런 니 맛도 내 맛도 없는 걸 왜 자꾸 먹으라는 게냐. 살아봤자 얼마나 더 산다고.

간이 좋지 않아 눈이 침침하다고 하면서도 어머니는 한의사 아들의 처방을 달가워하지 않았다. 어머니는 간호사인 정 선생을 위아래로 훑어보았다. 어머니에게 젊고 탄력 있는 여자들은 모두 시앗처럼 여겨질 것이다. 나는 어머니가 그런 모습을 보일 때마다 어쩔 수 없이 아버지를 떠올렸다. 아직도 이해할 수 없는, 그래서 남자의 저열한 본능이라고밖에 설명할 수 없는, 그러나 그렇게 보기엔 너무나 비극적인 일이었다. 그맘때, 어머니는 아직 아름다웠으며 아버지에게 충실했다.

당황한 표정으로 서 있는 정 선생에게 나는 눈짓으로 그렇게 하라고 일렀다. 정 선생이 나가자 어머니는 들고 온 보자기를 풀어냈다. 홍삼이었다.

니 외숙부한테 좀 보내라고 했다.

어머니는 늘 당신이 시킨 것처럼 말했지만 인삼밭을 일구고 있는 외숙부가 한의사인 내게 때마다 삼을 챙겨 보내고 있다는 것을 모르지 않았다. 나는 그것이 순수하게 받아들여지지만은 않았다. 품질을 개선하지 않으면 내가 외숙부의 삼을 쓰는 일은 없을 것이다. 그런 탓인지 삼 하나하나를 가지런히 정렬해 정성스럽게 포장한 물건을 앞에 두고도 말은 삐딱하게 나왔다.

솔이 엄마를 보내시지 뭐하러 이 먼 데까지 직접 나오세요.

너는 말하는 게 어쩌면 네 아버지 생전 때랑 그렇게 닮았니. 어린것이 어디 할미랑 있으려고 하디?

누가 들으면 아이가 교육을 잘못 받은 줄 알겠지만 둘의 사이가 좋지 않은 데는 전적으로 어머니의 책임이 크다. 어머니는 아버지가 돌아가신 뒤부터 쉽게 신경질을 냈고 집안에서 사소한 트집을 잘 잡았다. 자연히 아이는 제 할머니를 무서워하며 자랐고 그럴수록 어머니는 아이의 엄마만 괘씸하다고 여길 뿐, 그에 대해 아무런 반성을 하지 않았다. 침으로 성격을 바꿀 수는 없는 건가요? 아내는 딱 한 번 내게 조심스럽게 물었다. 나는 아내에게 아무 설명도 할 수 없었다.

이거 솔이 에미 좀 먹여라. 여자가 애 낳고 기르다 보면 몸이 차가워질 때가 있느니라. 한 이불 속에 있는 여자가 송장 같으면 남자는 밖으로 돌게 된다.

나는 어머니가 하려는 말이 무엇이건 간에 더 이상 듣기 싫었다. 모자지간에 부부관계에 대해 이야기하기도 껄끄럽거니와 정 선생을 쏘아보던 눈길이 이번엔 나를 향하고 있는 것 같아서였다. 아내는 어머니의 염려처럼 냉증을 앓고 있지도 않았고 그럴 조짐도 없었다. 어머니는 당신의 경험으로 우리 내외의 관계를 짐작하고 있었고 내게서 아버지의 모습을 보았는지 그런 식으로 일종의 경고를 하고 있었다.

여자는 젊었을 적의 어머니를 닮았다. 어머니는 여자처럼 겁이 많고 수줍음을 잘 탔으며 언제나 말을 아꼈다. 여자도 눈물이 많을까. 눈물이 많다면 아마도 어머니가 그랬던 것처럼 숨어서 소리 죽여 울 것이다. 어느새 여자는 침에 대한 두려움으로부터 벗어나 있다. 여자의 얼굴에 화색이 돌며 호흡도 고르고 길어진다.

"좀 어때요? 이젠 안 춥죠?"

"잘 모르겠어요. 좋아지는 것 같기도 하고 아닌 것 같기도 하고……"

"침 한 번에 효과를 볼 병이 아닙니다. 꾸준히 치료를 받으면 좋은 결과를 얻을 수 있을 거예요."

"그런데요 선생님…… 가슴이 두근거리는데 다리에는 침을
왜 놓은 거죠?"

치료 전에 진맥을 봤을 때 여자의 맥은 몹시 연하면서 약했
다. 꾹 누르면 끊어지려고 하면서 힘이 없는 것이 약맥이었다.
여자의 손목을 다시 잡아본다. 촌구에 전해지는 맥의 뜀이 처
음보다 확실히 크고 높아졌고 목의 인영맥과도 어느 정도 균형
을 이루고 있다. 당분간의 효과에 그치겠지만 여자의 몸이 침
에 반응을 하고 있다는 것은 확실하다. 나는 여자에게 귀를 좀
빌려달라고 한다. 침봉을 이용해 여자의 이문혈 안쪽 깊은 곳
을 자극하자 어렵지 않게 기침이 나온다.

"귀를 건드렸는데 기침이 나죠? 사람 몸이란 게 다 그렇게
이어져 있는 겁니다. 맥을 짚어보니까 기운을 받기 시작했어
요. 시간을 두고 치료를 해봅시다. 내일도 이 시간에 나오시겠
어요?"

어머니가 나간 뒤로 발목을 삔 중학생 농구선수 한 명과, 전
날 잠을 잘못 자서 하루 종일 고개를 돌리지도 못했다는 직장
여성이 두 시간 간격을 두고 차례로 찾아왔다. 그들을 치료해
준 뒤 늦게까지 퇴근을 미루고 있던 차에 정 선생이 여자의 내
원을 알려왔다. 나는 비에 젖은 여자를 봤을 때 진료 시간이 끝
났다는 말을 할 수가 없었다.

"너무 늦지 않나요?"

"아닙니다. 내일도 이 시간에 나오세요."

나는 나도 모르게 서둘러 말하고 시술실을 빠져나왔다. 잠시 뒤, 옷을 갈아입고 커튼을 젖히며 나온 여자는 가벼운 목례만 남기고 진료실을 떠났다.

손을 내밀어 빗발을 느껴본다. 빗줄기 하나하나가 지압봉이 되어 손바닥을 찌르는 것만 같다. 정 선생이 권할 때 그냥 우산을 얻어 쓸걸 그랬나 싶다. 그랬다면 오늘도 정 선생과 함께 밤을 보낼 수 있었을지도 모른다. 먼저 퇴근하라고 했을 때 정 선생은 우산이 있느냐고 물어왔다. 술이나 한잔하고 들어가겠다고 하자 정 선생은 술친구가 되어주겠노라고, 밤을 함께 보낸 사이를 강조하듯 은근한 목소리로 말했다. 정 선생이 평소의 태도를 잊고 공적인 거리를 지우려 하던 그 순간, 내 머릿속에서는 간호사를 또 바꿔야 될지도 모른다는 생각이 빠르게 스쳤다. 겨우 이런 것이었던가. 의식적으로, 그리고 무의식적으로도 나는 아버지를 닮아가고 있다. 내가 기억하는 모든 것을 흉내내보리라. 물어볼 수도 없으니 아버지를 이해해볼 방법은 그것뿐이다.

코트의 물기를 털어내며 들어서는 나를 바텐더가 반긴다. 말을 하지 않았는데도 보관해놓은 술을 꺼내 얼음이 든 잔에 따라준다.

"너무 오랜만이세요. 선생님 오시기만 얼마나 기다렸다구요.

그러니까…… 요기가 관상이고 이쪽이 촌구, 여기 위가 척중이란 건 알겠는데요, 심맥이랑 표맥은 암만 잡아 봐도 모르겠어요."

바텐더가 제 손목을 짚어가며 이것저것 한꺼번에 묻는다. 비교적 초보적인 단계에서 익히는 혈자리지만 자신의 감각을 구분할 줄 모르는 이에게는 난해할 수도 있다.

바텐더에게 진맥하는 법을 가르쳐준 건 순전히 재미 삼아였다. 아주 늦은 시간이었는데 손님이 없어서였는지 바텐더는 내게 마술을 몇 가지 보여주었다. 가게를 처음 찾은 손님에게 으레 해온 것인 듯 쇼맨십도 뛰어났다. 나는 답례로 바텐더의 진맥을 보아줬다. 간은 실하고 장은 허했다. 아침에 설사를 하지 않았느냐고 물으니 화들짝 놀랐다. 굳이 진맥을 보지 않아도 술을 자주 마시는 남자들에게서 보이는 흔한 증상이었다. 그러나 바텐더는 새로운 마술을 만난 듯 집요하게 비법을 물어왔다. 나는 값나가는 양주를 얻었고 술 생각이 날 때면 자연스럽게 이곳으로 오게 되었다.

"저번에 말해줬잖아요. 표맥은 겉에서 뛰는 거고 심맥은 속에서 뛰는 맥이라고. 꾹 눌러서 잡히는 맥이 심맥이고 살짝 잡아서 보는 맥이 표맥이라고. 전혀 다른 건데 그게 구분이 안 되나?"

나는 슬쩍 바텐더의 자존심을 건드리며 농을 던진다. 앳된 얼굴의 바텐더는 쑥스러운 듯 머리를 긁적이며 아, 그런 거군요, 하고 말꼬리를 흘린다. 놀라운 손기술로 카드마술을 감쪽같이 해내는 이가 맥을 보는 감각이 무디다는 건 아마도 진맥을 지나치게 피상적으로 생각하기 때문일 것이다. 수련의 시절에는 나도 그랬다. 쉽게 생각하되 정확히 접근하는 것, 모든 일이 마찬가지겠지만 내가 바텐더의 마술을 흉내 내려 하더라도 비슷한 난관을 넘어야 할 것이다.

비 때문일까. 시간이 많이 흘렀으나 바에 앉아 술을 마시는 손님은 나를 빼곤 여자 둘이 전부다. 여자들은 한참 전부터 맥주를 한 병씩 앞에 두고 게으른 표정으로 담배를 피우고 있다. 나는 어느새 술기운이 말초까지 퍼진 통에 맥박이 소금 맞은 개구리처럼 제멋대로 뛰고 있다. 갑자기 여자의 부드러운 속살이 그리워지기 시작한다. 정 선생을 그냥 보낸 것이 못내 아쉽다.

"비가 언제 그친대요?"

나는 유리잔을 정성껏 닦고 있는 바텐더에게 말을 거는 척하며 곁눈질을 한다. 여자들도 내 눈길을 느꼈는지 서로 귀에다 대고 뭐라고 속삭인다.

"글쎄요. 일기예보 같은 걸 잘 보지 않아서요."

바텐더가 닦던 잔을 머리 위의 행어에 매달며 대답한다. 그러고는 여자들 쪽을 향해 내가 했던 질문을 그대로 반복한다.

"혹시 비가 언제 그치는지 아세요?"

"늦게까지 내린다던데요? 일찍 들어가긴 글렀어요. 여기 맥주나 한 병 더 주세요."

나는 여자의 말투에서 혼자 앉아 있는 남자에게 보내는 모종의 신호를 감지한다.

"실례가 안 된다면 제가 한잔 사도 될까요?"

여자들은 키득거리며 또다시 저희끼리 몇 마디를 주고받다가 이편에 앉은 여자가 내 말을 받는다.

"이왕이면 아저씨 마시는 걸로 사주실래요? 맥주는 배가 불러서 싫은데."

나는 바텐더에게 술을 가져오라고 이르고 바에서 내려가 홀에 자리를 잡는다. 가까이에서 마주한 여자들은 생각했던 것보다 훨씬 어려 보인다. 이십대 초반의 서툰 맵시는 오십대의 주름만큼이나 화장만으로는 가려지지 않는다. 눈을 깜빡거리며 나를 쳐다보는 여자와 고개를 한쪽으로 틀고 나를 볼 생각이 없는 척하고 있는 여자는 누가 한쪽만을 납치라도 해갈까 봐 바투 붙어 앉아 있다. 열세에 처한 줄 알면서도 당돌함으로 불안을 감추려 하는 나이. 이들은 그것을 모험심이라고 부를 것이다.

"이분은 한의사 선생님이세요. 손목만 잡아보셔도 오늘 아침에 싼 똥의 색깔까지 맞히신다니까요."

바텐더가 술과 잔을 들고 와서는 나를 여자들에게 소개한다. 깐에는 일을 돕겠다는 것이겠지만 나는 이미 어린 여자들에게 흥미를 잃고 있다. 여자들이 깔깔거리며 호들갑스러워진다. 자기들끼리 우리 엄마는 침을 맞더니 허리디스크가 낫더라, 누구누구 아빠가 수지침을 잘한다더라 등의 수다가 흘러나왔다. 나는 지루한 소란을 견디기 위해 술을 좀더 마신다. 그러던 중에 눈이 말똥말똥한 여자가 내게 묻는다.

"마음만 먹으면 정말 침으로 사람을 죽일 수도 있어요?"

실수라면 몰라도 한의사가 침을 이용해 고의로 사람을 해하는 경우는 없다. 깊이 잠들어 있던 죄책감이 눈을 뜬다. 숨을 몰아쉬며 뭔가 이상하지 않느냐고 묻는 듯했던 퀭한 눈빛, 나는 그 호소하는 듯한 눈빛이 무서웠다. 그러나 혈을 뿌리치지도 못하고 흔들리던 침의 몸부림을 빤히 보면서도 나는 그 침을 거두지 않았다. 걷잡을 수 없는 자괴감이 정신을 휘감는다. 침은 절대 사람을 해치지 않아. 내가 여자들에게 말을 한 것인지 여자들 중 누군가가 내게 말한 것인지 모르겠다.

오늘로서 여자의 치료는 끝난다. 보름간의 지난한 치료를 잘 견딘 덕분에 여자는 처음보다 훨씬 좋아졌다. 지금까지 정리해온 기맥을 흩뜨리지 않으려 자침에 깊이 공을 들인다. 여자의 팔을 따라 극문과 소해를 차례로 찌른다. 침 하나에 일곱에서 여덟 번, 혹은 셋에서 네 번 호흡하기를 기다려 발침하고 이번엔 다리를 따라 양릉천, 외구, 태충에 침을 꽂는다. 침의 울음은 조용하고 은근하다. 침자리가 정리된 뒤 여자를 엎드리게 해 다시 혈을 잡는다. 여자의 등은 좁고 길다. 그 등 한가운데로 생선의 것을 떠오르게 하는 척추가 뾰족이 드러나 있다. 척추를 따라 신주, 심수, 간수, 비수에 침을 놓아준다. 혈을 보하기 위해 침을 비빈다. 여자가 침감을 받으며 내는 소리는 수줍은 교성에 가깝다. 혈에 잠긴 침들이 서서히 안정을 찾는다. 이제 기의 흐름은 침을 밀어내기에 족해 보인다. 침이 꽂힌 자리 주변이 짙은 선홍빛으로 충혈되어 있다. 여자의 맥을 잡고 호흡을 센다. 하나, 둘, 셋, 넷, 다섯…… 내가 꽂은 침이 하나의 몸을 바루고 있다. 여자의 몸에서 흐르는 기운이 침을 통해 내게 그렇게 응답한다. 침과 혈의 교신을 알아볼 수 있기까지 얼마나 많은 시간을 쏟아부었던가. 할 수 있다면 아버지를 지하에서 끌어내 지금의 내 모습을 보이고 싶다.

병원 개원을 몇 달 앞두고 아버지는 갑자기 쓰러졌다. 아버지는 바위였다. 그러나 쓰러질 때의 아버지는 오랫동안 풍화되어 퍼석퍼석해진 바위였다. 아내에게, 자식에게 늘 숨 막히는 무게로 각인되려고 하던 아버지는 바람 한 점 일렁이지 않는 새벽 약수터에서 사람들에게 둘러싸인 채 누워 있었다. 반칙이었다. 쓰러지려면 어머니가 먼저 쓰러졌어야 옳았다. 누를수록 튕겨나가려고만 하는 나를 대신해 아버지의 무게를 지탱해준 사람은 어머니였다. 성적이 떨어진 것을 나무라며 아버지가 매를 들었던 날 처음이자 마지막 반항으로 가출을 한 적이 있었다. 나는 아버지가 줄기차게 감추려 했지만 언제나 빤히 드러났던 졸부 특유의 열등감을 경멸하며 낯선 곳으로 질주했다.

법관이 되거라. 사내라면 야망을 가져야 한다. 나는 아버지가 만들어놓은 나의 장래희망으로부터 도망치고 있었다.

나의 탈주는 오래가지 못했다. 골프채를 손에 쥔 채 눈을 부릅뜨고 있던 아버지 앞에서 어머니는 나만큼이나 바들바들 떨며 '돌아온 탕아'를 감쌌다. 나는 무릎을 꿇은 채, 나를 안고 웅크린 어머니의 어깨 너머로 아버지를 봤다. 어쩌면 나의 잘못으로 인해 아버지의 골프채가 어머니에게 떨어질 수도 있겠다 싶었다. 그날 나는 어머니를 위해 아버지에게 복종하기로 결심했다. 그러나 그 결심을 무너뜨리도록 만든 것은 아버지 자신이었다. 아버지의 다른 여자에 대해 안 것은 내가 한의사 시험에 합격하기 몇 해 전의 일이다. 느닷없이 아파트 한 채가 그 여자와 그 여자가 낳은 자식에게로 넘어간 것이었다. 어머니는 거의 실신을 할 뻔했다. 그러나 아버지는 끄떡도 하지 않았다. 아버지의 여자를 본 적도 없고 아버지에게 얘기를 들은 바도 없었지만 나는 모든 것을 눈앞에서 본 듯 훤히 알 수 있었다. 집에서는 1년이 넘도록 지루한 침묵이 이어졌고 나는 그 침묵을 견딜 수 없어 공부에 매달렸다. 어머니 역시 철저히 내색하지 않고 있었다. 한의사 시험에 합격하자 아버지는 언제쯤 병원을 내주면 되겠느냐고 했다. 침쟁이가 되려 하느냐는 말을 기억하고 있던 나로서는 그 말이 일종의 사과일지도 모른다는 생각이 들었다. 그러나 내가 받고 싶은 사과는 그런 것이 아니었다. 아버지가 끝내 입을 다물고 있으려 한다는 사실을 알면서도 나는 언젠가 응어리가 풀릴지도 모른다는 희망을 갖고 있었다. 아버지가 풍을 맞고 쓰러져 뒷일마저 누군가의 도움 없이는 해결해내지 못할 때 나는 어떤 쾌감 같은 것을 느꼈다. 아버지의 수치스러운 종말을 목격하면서 아들로서의 슬픔은 잠시 잊어버리고 말았다.

여자의 가슴과 배에서 침을 뺀다. 두 젖꼭지 사이에 있는 단중혈은 신중하게 다뤄야 한다. 『입문』에서는 뜸만 뜨고 침은 놓아서는 안 된다고까지 했다. 반드시 곧게 누운 상태에서 침혈을 잡고 대해야 한다. 단중의 아래쪽 명치와 배꼽의 중앙에 있는 중완혈은 비교적 만만하다. 차갑게 식은 여자의 배에 손을 얹고 있자 곧 따스한 기운이 올라온다. 문득 남편과 섹스가 잘 되지 않는다던 여자의 말이 떠오른다. 양경의 허증을 달래면서 자연적으로 치유가 되는 것이 정상이긴 하나 사람에 따라 차이가 있을 수 있다. 여자는 아직 그것에 대해서는 아무 말이 없다.

"가슴 두근거리는 거 많이 좋아졌죠? 이젠 잠도 잘 올 텐데요."

침을 뽑자 그 자리에 깨알만 한 핏방울이 맺힌다. 약솜으로 닦아주니 금세 멈춘다. 그러나 붉게 충혈된 흔적은 연인끼리의 은밀한 정표처럼 당분간 남을 것이다.

"사실, 남편 몰래 여기 오는 거예요."

"네?"

"......"

무슨 뜻일까. 당혹스러움과 반가움의 중간쯤 어딘가에 해당하는 기분이 든다. 보름 동안 나는 여자의 남편에 대한 얘기를 자주 들었다. 반영적 경청법. 내가 침과 약탕과 더불어 굉장히 중요하게 여기는 치료법이다. 환자의 화를 식히기 위해서는 환자 자신이 적극적으로 화의 원인을 끄집어내야만 한다. 의사의 진단과 환자의 상태 간의 괴리를 좁히는 데는 대화만큼 효과적인 것이 없다. 여자는 침을 모두 뺐는데도 일어날 생각을 하지 않는다. 생각해보니 여자의 알몸을 다룬 지도 제법 오래되었다.

"남편은 절 의심해요. 그런데 내가 그걸 모르고 있는 줄 알아요…… 내가 늦게 들어가도 어딜 다녀왔는지 물어보질 않아요. 두려워요. 그래서 남편이랑은 그게 안 되었던 거예요…… 침을 맞는 건 참 좋네요. 아슬아슬하고 가끔은 아프고…… 위험한 걸 해보고 싶었어요."

여자는 사이사이 얕은 한숨을 쉬며 허방을 짚듯 위태롭게 말한다. 진료실의 문을 열고 정 선생이 들어올 것만 같다. 시술실을 두르고 있는 커튼은 무언가를 가리기엔 너무 얇다.

"여자 알몸을 보고 있으면 기분이 어떠세요?"

"의사가 그런 걸 신경 쓸 이유가 없죠."

나는 뭔가 들켜버렸다는 기분을 이기지 못하고 서둘러 침을 갈무리해 일어난다.

아이가 쪼르르 달려나와 다리에 매달린다. 퇴근길에 사 온 아이스크림을 내밀자 꼭 껴안고 제 엄마에게 가서 그릇에 담아달라고 조른다. 어머니는 일찍부터 자리를 깔고 누워 있다고, 아내가 귀띔해준다.

"오늘은 무슨 바람이 불어서 이렇게나 일찍 들어왔대냐."

일어나 앉으며 바닥을 짚은 채 나를 올려다보는 어머니는 곧장 재로 변해버릴 만큼 말라 있다. 오래 묵은 찻상 하나처럼 어머니는 그렇게 방에 덩그러니 놓여 있다.

"어디 편찮은 데 있으세요?"

"늙은이가 초저녁잠만 많아져서 이런다. 신경 쓸 거 없다."

"씻고 올게요."

"뭘 또 온다고. 일하고 들어왔으면 그만 쉬거라."

샤워를 하고 나오자 아내가 주스를 건넨다. 나는 아이스크림을 떠먹고 있는 아이를 마주보고 앉는다. 어린것이 어디 할미랑 있으려고 하디? 어머니의 말이 떠올라 아이를 달래볼 참이다.

"솔아, 할머니하고 집에 있으면 할머니 안마도 해드리고 말친구도 해드리고 그래. 그래야 할머니가 우리 솔이 착하다, 하시지."

아이는 내가 뭐라고 하든 관심 없다는 식으로 아이스크림에만 집중한다. 나는 왠지 아이의 무관심 앞에서 초조해진다.

"엄마가 가끔 바쁠 때 있잖아. 근데 솔이 때문에 엄마가 못 나가고 할머니가 엄마 대신해서 밖에 다니시면 나이 많으신 분이 얼마나 불편하시겠니. 안 그래?"

"할머니한테 냄새 나는데⋯⋯"

아이가 표정을 일그러뜨리며 말꼬리를 흐린다. 나는 아이의 엄마를 보고 이게 무슨 소리냐고 눈으로 묻는다.

"몰랐어요? 어머님 구취 심해지신 거 오래됐는데."

까맣게 모르고 있었다. 입에서 냄새가 난다면 위와 장이 좋지 않다는 뜻이다. 어머니의 맥을 본 지도 오래되었다. 외숙부가 보낸 삼을 가지고 왔을 때 어머니는 물건을 전하는 것 말고 다른 목적을 들고 온 것이 아니었을까. 특별한 일이 아니면 일하는 데 번거롭게 하기 싫다며 방문을 꺼리던 분이지 않은가. 불길한 예감을 안고 얼른 어머니에게 가서 맥을 짚어본다.

"쓸데없는 짓한다."

"가만히 계셔보세요, 좀."

맥은 잠시 빨리 뛰다가 쉬었다 가듯 늦게 뛰다가 한다. 뛰는 맥은 칼날이 닿는 것처럼 날카롭고 부드러운 맛이 없으며 팽팽하다. 진비맥에 진간맥까지⋯⋯ 식은땀이 등줄기를 타고 흐른다. 어머니는 어째서 아무 말도 하지 않은 것인가. 속이 곪아가는 고통을, 고통이 주는 두려움을 견디며 내게 감춘 이유가 무엇인가. 내 얼굴에서 무슨 기미를 읽었는지 어머니는 나의 눈길을 피하며 손을 뿌리친다.

"치워라. 이제 갈 때가 됐다는 얼굴을 하고 있구나. 그럼 그렇지."

아직 기회가 있을지도 모른다. 나는 어머니의 몸을 누구보다 잘 알고 있는 한의사이다. 종합병원으로 모신다면 섣부른 수술로 모든 것을 망쳐놓을지도 모른다. 내가 꼼꼼히 치료하기만 하면 가능성이 아주 없는 것은 아니다. 문제는 어머니 당신이 침을 거부하는 데 있다.

"몸이 많이 안 좋으신 건 맞아요. 그렇다고 심각한 건 아니구요. 아주 심각해져버리기 전에 빨리 치료를 시작해야 해요. 어머니, 내일부터 침을 좀……"

"됐다."

어머니는 내 말이 채 끝나기도 전에 침 얘기가 나오자 눈을 질끈 감으며 싫은 내색을 한다.

"내가 그 살벌한 걸 맞을 거라고 생각하니? 자칫하다간 병신이 될 수 있는 게 침 아니냐. 정 아프면 내 발로 양방병원에 갈 테니 쓸데없는 신경은 끄거라."

다른 사람에게 들었다면 한의사로서의 권위에 오욕을 뒤집어 쓴 것처럼 불쾌했을 것이다. 그러나 지금은 어머니가 알 리 없는 내 과실에 대한 얘기인 것 같아 얼굴이 화끈거리며 피가 거꾸로 쏠린다. 언제쯤이면 자유로워질 수 있을까. 수많은 환자들을 말끔히 치유하고서도 여전히 나는 이 속박에서 벗어나지 못하고 있다. 천형과도 같은 죄의식. 이 굴레를 벗어던지기

292

위하여 나는 침에 몰두해왔다. 그러나 지금으로서는 어머니를 설득할 자신이 서지 않는다. 어머니, 전 그렇게까지 하려던 게 아니었어요. 발화되지 못하는 속내는 내 안에서 다시 단단하게 뭉친다.

남자는 자주 머리가 깨질 듯이 아프다고 한다. 맥진과 촉진에서는 특별한 이상이 나타나질 않았다. 손바닥의 화궁혈을 지압하자 고통을 호소한다. 나는 직감적으로 심적인 병을 가진 자임을 알아챈다. 남자에게 나의 치료 방식을 설명하고 말을 이끌어내자 남자는 기다렸다는 듯이 얘기를 시작한다. 남자는 자신의 아내를 죽이고 싶다고 한다. 사람을 사서 미행을 붙여보기도 했지만 아직 결정적인 증거는 잡지 못했다. 아내가 눈치를 챈 것 같아 그도 이제는 요원해져버렸다. 나는 남자의 신상과 생활 습관에 관한 설문지를 들여다본다. 남자는 성격을 묻는 칸에 합리적이며 완벽을 추구하는 성향을 체크했다. 직업과 나이 등 모든 것이 여자가 말한 대로이다. 머리가 앞에서부터 벗겨지기 시작했고 키가 작은 편이며 고도비만이 의심될 정도로 살집이 많다. 남자는 작은 눈으로는 끊임없이 나를 관찰하며 자주 거친 한숨을 쉰다.

"부인을 오해한 것일 수도 있지 않을까요?"

남자의 눈빛에서 살의가 잠시 스친다. 나는 그의 눈을 정면으로 바라보며 반응을 기다린다. 남자가 이내 적의를 감추고 부드럽게 말한다.

"저 그렇게 멍청한 사람 아닙니다. 여편네 간수 못해서 오쟁이나 질 놈이 아니란 말입니다. 두고 보세요. 그놈이랑 싸그리 혼쭐을 내줄 테니까요."

나는 남자를 시술실로 안내한다. 남자는 옷을 갈아입고 커튼을 열어 준비가 되었음을 알린다. 침구를 챙겨 들어가자 남자가 본의를 감추고 말할 때 특유의 분위기를 내며 내게 묻는다.

"보통 이렇게 속옷만 입고 침을 맞나 보죠?"

남자는 아마도 나를 유력한 용의자로 여기는 모양이다. 그러나 나는 여자의 행적에 대해 특별히 관여한 기억이 없다.

"환자가 불편해하면 소매만 걷거나 바짓단만 올리고 맞을 수도 있습니다. 그러나 아무래도 가장 편안한 자세로 맞는 것이 효과가 있죠."

"여자들이 벗어주기만 한다면 이 직업도 꽤 괜찮네요."

남자는 제법 우습지 않느냐는 듯이 혼자 키득댄다. 그러나 나는 남자가 끈질기게 뭔가를 추궁하고 있다는 것을 알고 있다. 나는 아예 대꾸를 하지 않기로 한다. 호침을 들고 혈을 잡아본다. 남자는 수태양경과 수소음경이 군화(君火)를 원하는 격이니 폐를 보하고 간을 사해야 한다. 아버지에게서 본 증상과는 정반대이다. 그때, 나는 보해야 할 경맥을 사했고 사해야 할 경맥은 보했다. 티는 나지 않게, 천천히 그리고 꾸준히 시술하는 동안 아버지의 경맥은 모조리 뒤엉켜버렸다. 새벽의 찬

공기는 뒤엉킨 경맥에서 기운이 엉뚱한 곳으로 넘쳐버리도록 자극했고 아버지는 그것을 견디기에는 너무 늙어 있었다. 애초에 내게 몸을 맡긴 것이 잘못이었다. 침은 매번 맹렬히 울었고 아버지는 뻔히 드러나는 고통을 감추었다. 팽팽한 긴장 가운데서 나는 객관을 잃고 있었다.

나는 아버지에게 보여주고 싶었다. 당신이 우습게 여긴 아들과 함부로 대했던 아내가 묵묵히 이뤄낸 것을, 그리고 결국엔 당신이 그것에 의지할 수밖에 없게 될 것임을 보여주고 싶었다. 그런 뒤에 내가 직접 아버지에게 죄과를 물을 계획이었다. 그러나 아버지는 쓰러진 뒤에 조금도 회복하지 못했다. 내 모든 힘을 쏟아 치료를 해봤지만 이미 돌이키기엔 너무 멀리 간 상태였다. 병에게 말을 도둑맞고 한쪽 시력마저 강탈당한 아버지는 끊임없이 내게 무슨 말을 하고 싶어 했다.

남자를 본다. 남자를 이대로 돌려보낸다면 여자는 어떻게 될 것일까. 침이 발에 퍼져 있는 낙맥을 찌르면 피가 나지 않고 발이 부어 걷지 못할 것이다. 무릎을 찔러 진액을 빼버리면 절름발이가 될 것이다. 이도저도 약하다면 극혈을 찾아 핏줄에 침을 놓으면 기절하게 만들 수도 있다. 무엇보다 내가 강렬한 유혹을 느끼는 곳은 남자의 얼굴에 있는 유맥이다. 제대로 찌르면 남자를 소경으로 만들 수도 있다. 남자는 지금 완전히 무방비다. 여자와 상의해볼 수만 있다면, 여자만 허락한다면……
나 역시 남자의 무방비만큼이나 무력하다.

남자가 가운을 여미며 일어난다.

"그만하죠. 기분 때문에 머리 좀 아픈 걸 가지고 침까지 맞을 필요야 있겠습니까. 바쁘신데 죄송합니다. 다음에 다시 오겠습니다."

나는 남자를 내보내고 무너지듯 의자에 주저앉는다. 정 선생을 불러 진료를 끝내도록 지시한다. 술을, 독한 술을 좀 마셔야겠다. 실컷 취하면 이 더러운 기분을 좀 떨어낼 수 있을까. 대침 하나 가슴 깊숙이 들어와 있는 이 기분을, 잊을 수 있을까. 홀로 숨죽여 울고 있는 어머니를 발견하고 홧김에 아버지를 죽여버리겠다고 소리를 지른 적이 있다. 어머니는 내 뺨을 힘껏 때렸다. 나는 그 일을 철없는 아들에게 가한 단순한 체벌 정도로만 생각했고 지금까지 까맣게 잊고 지내왔다. 참침을 꺼내 주머니에 챙긴다. 외과용 매스를 닮은 참침은 언제 써봤는지 기억이 없으나 늘 깨끗하고 날카롭게 손질되어 있다.

늪지에서 침을 놓는 법

김형중
(문학평론가)

1

총 아홉 편의 작품들을 묶은 김덕희의 첫 소설집에서 '가장 눈에 띄는 작품은 아무래도 표제작 「급소」다. 우선은, 정확하고 간결하되 그러면서도 소름이 돋을 만큼 긴장감 넘치는 묘사문들 때문이다. '하드 보일드'란 말에 가장 적절한 예문을 제공하기라도 하려는 듯, 혹은 쿠엔틴 타란티노 감독의 냉소적인 폭력 장면을 문체 수준에서 재현이라도 하려는 듯, 작중 장정근이 늪돼지들을 향해 휘두르는 골프채의 궤적은 섬세하면서도 둔탁하다. 이 신예 작가의 문장력은 일단 신뢰할 만해 보인다.

그러나 「급소」를 두고 이 소설집 전체를 통틀어 가장 눈여겨봐야 할 작품이라고 말하는 것이 단순히 문체 때문만은 아니다. 「급소」는 작가 김덕희의 세계관을 가장 압축적으로 보여주는 작품이기도 해서, 영화로 치자면 일종의 '설정 숏' 같은 역할을 한다. 예감컨대, 김덕희의 소설은 아마도 오랫동안 이 작품에서 구축한 늪지 모양의 '생태계'에서 멀리 벗어나지는 않을 줄 안다.

'세계'란 말 대신 '생태계'란 말을 썼거니와, 그는 2000년대에 등장해 이즈음 존재감을 드러내기 시작한 일군의 신예 작가들, 가령 김사과, 최은미, 김엄지, 조수경, 임솔아 등(이견이 있을 수 있겠으나 나는 백민석, 편혜영, 백가흠 등이 그들의 직계 선배라고 믿는 편이다)과 모종의 시대감각을 공유하고 있는 듯하다. 그들이 공유하고 있는 그 시대감각에 '새로운 자연주의' 혹은 '새로운 신경향파'라는 (다소 모순적인) 이름을 붙여도 무방할 텐데, 간단히 말해 그들에게 '세계'나 '사회' 따위는 없다. 대신 그들의 소설이 배경으로 삼는 무대는 '생태계' 혹은 '서식지'라는 명명에 더 잘 어울려 보인다. 「급소」의 무대도 그런 곳이다. 포식자 늪돼지가 생태계 먹이사슬의 맨 윗자리를 장악한 곳, 약육강식의 논리만이 생명체들의 유일한 윤리(늪지에도 이런 게 있다면)가 되어 있는 곳, '비오스bios'는 사라지고 '조에 zoe'들만이 먹이와 번식을 위해 고투하는 곳, 그런 곳을 '세계'나 '사회'라고 말할 수는 없다. 거기는 그저 '서식지'다. 그러므로 설사 인간의 모습을 하고 등장한다 하더라도, 「급소」의 모든 인물들은 늪돼지에 가깝다. 그들의 습성이 늪돼지들의 습성과 비식별적이기 때문이다.

먼저 "언제 어디서 어떻게 들어왔는지는 아무도 모"르는, "발은 수달, 꼬리는 쥐를 닮"은 늪돼지들이 출현해 강 주변 습지의 생태계를 장악한다. 그것들 탓에 "강과 연못에서는 토종 어류뿐만 아니라 배스와 황소개구리조차 개체 수가 가파르게 줄어"든다(p. 51). 그러자 정부가 포상제를 도입하고, 이번에는 인간 사냥꾼들이 등장한다. 늪돼지의 숫자가 줄지만, 당연히 사냥꾼들 사이에서도 먹이사슬의 논리는 작동한다. '장'처럼 살육에 능한 사냥꾼만이 이 서식지에서 살아남는다. 그러나 '장' 같은 사냥꾼이 이 습지의 최상위 포식자는 아니다. 그 위로 관청의 관리와 경찰 들이 있다. 그들은 먹이사슬의 좀더 위쪽에서 사냥꾼들의 수확물 일부를 갈취하며 생계를 이어간다. 이 이중삼중의 먹이사슬이 김덕희가 보는 세계의 모습이다. 그곳에서 인간과 동물은 구분되지 않는다. 그런 의미에서 소설 말미 들이닥친 경찰들이 장씨 부자에게 뱉는 대사는 참 절묘하다.

　　"우린 말이죠. 우리 관할에 이상한 게 들어오면 신경이 쓰여서 그냥 있질 못해요. 질서가 교란되거든요. 교란이란 말 알죠? 어지러울 교, 어지러울 란. 제가 제일 싫어하는 말입니다." (p. 67)

몇 문장에 불과하지만 이 대사는 세밀하고 심오하게 읽을 필요가 있다. 기이하게도 경찰은 장민호(나)를 두고 그 죄(과실에 의한 모친 살해)를 묻지 않는다. 그들이 불쾌해하는 것은 그가 죄를 지었기 때문이 아니라, "이상한 게" 자신들의 "관할" 구역에 들어왔기 때문이다. 이상한 존재들이 자신들의 구역에 들어오면 그 구역의 질서가 교란된다는 것이, 그들이 장민호를 체포하려는 진짜 이유다. 그들에게서 일정한 먹이사슬이 안정적으로 유지되던 서식지에 새로운 종의 개체가 침입했을 때 이를 경계하고 내쫓는 동물의 습성을 찾아내기는 어렵지 않다. 말하자면 화자인 장민호는 늪돼지와 사냥꾼과 관리와 경찰로 이루어진 생태계 먹이사슬에 침입한 이질적인 개체다.

더 흥미로운 것은 이 이질적인 개체를 제거하는 역을 담당한 이들이 경찰police이라는 점이다. 한나 아렌트가 지적한 대로 police는 polis를 그 어원으로 한다. 폴리스의 질서를 지키는 자가 경찰인 셈이다. 그러나 김덕희의 소설 속에서 polis는 그리스의 그 아름답고 조화로운 공공영역이 아니다. 경찰이 지키는 것은 이제 폴리스의 질서가 아니라, 아즈마 히로키의 말마따나 완전히 '동물화'해버린 서식지의 먹이사슬이다. 생명정치의 시대, police란 '치안' 이외에 다른 것이 아니라는 푸코의 말이 「급소」에서는 이런 식으로 예증된다.

문학은 마치 곤충의 더듬이와 같아서, 한 시대의 맨 앞자리에서 눈앞에 놓인 공동체의 위험과 비극을 미리 감지하는 역할을 하는 일종의 사회적 기관이라고들 말한다. 이 말이 맞다면 김덕희가(그리고 그의 동료들이) 보여주는 저와 같은 소설적 경향이 우리 사회의 일반적인 변화 경향과 무관할 수 없다. 새로운 통치 형태로서의 생명정치를 탐구하려던 푸코가 오래 머물렀던 주제가 바로 '신자유주의'였다. 그에 따르면 신자유주의는 모든 공공영역을 사적인 영역과 비식별적으로 만든다. 코제브에서 아즈마 히로키에 이르는 헤겔주의 전통이 진단한 역사의 종말도 그런 것이었다. 역사는 결국 동물화하거나 속물화하는 인류와 함께 끝나게 되리라. 동물화하는 포스트모던, 혹은 공적 영역이 대부분 사라지고 먹고 번식하는 일만이 삶의 전부가 되어가는 세태, 모두가 벌거벗은 생명이 되어가는 세계, 신예 작가 김덕희는 기꺼이 그 안에서 소설 쓰기를 시작한 셈이다.

2

김덕희의 인물들이 대체로 적합한 서식지를 잃고 먹이사슬에서 배제당한 디아스포라적 존재들로 그려진다는 점은 따라서 어느 정도 필연적이다. 가령 「급소」의 '장'이 "무슨 죄가 있겠냐. 정신 차려보니 갑자기 물 설고 땅 선 곳에 부려졌을 뿐인데. 어떻게든 살아보겠다고 버둥거리는 건데……"(p. 61)라고 말할 때, 그 말은 단순히 타지에서 죽은 전처에게만 해당되는 것이 아니다. 대부분의 소설들에서 김덕희의 인물들은 고향을 떠나 낯선 어딘가에 안착하기 위해 발버둥치다 실패하는 존재들로 그려진다. 그것은 일반적인 현상이다.

가령 「전복」의 신영주와 임혜슬은 고향을 떠나 원룸에 기거하다 자살하거나 신경증 증상을 겪게 되는 유학생들이다. 「절차가 있습니다」와 「하울링」의 화자들은 직장에 제대로 적응하지 못한 인물들로, 끊임없이 여행과 일탈에 대한 강박적 욕망에 시달린다. 그들은 지금 그들이 사는 곳을 적합한 서식지라고 여기지 않는다. 심지어 현대를 배경으로 삼고 있지 않은 「낫이 짖을 때」에서도 사정은 마찬가지인데, 작중 '수복'과 그의 아버지가 가장 두려워하는 것은 주어진 계급적 서식지를 이탈하려는 자에게 가해지는 멸종의 처벌이다. 김덕희의 인물들이 얼마나 이전의 서식지를 그리워하는지에 대해서라면 그들이 은연중에 내뱉는 몇몇 대사를 읽어보는 것으로 충분한데, 카드키가 있음에도 자꾸만 초인종을 눌러 문을 열어달라고 하던 여대생 임혜슬의 경우가 그중 가장 절절하다. "누가 문을 열어주는 집이었으면 했어요. 여긴, 사람은 많은 것 같은데 아무도 없는 집 같아요. 빈집…… 같은 거 말예요. 죄송해요. 앞으론 안 그럴게요"(p. 34).

우리가 사는 시대의 상황을 '일반화된 디아스포라'라고 칭하는 이들도 적지 않다는 점을 상기해보면, 작가 김덕희의 시대 진단이 어디를 향하고 있는지는 미루어 짐작이 간다. 그에 따르면 우리 모두는 '무언가'를, 그리고 '어딘가'를 잃었다. 우리는 다 이산(離散)했고 그래서 있어야 할 곳에 안전하게 착지하지

302

못했다. 있던 곳에서 떨려 나왔고, "정신 차려보니 갑자기 물 설고 땅 선 곳에 부려"져서는 "어떻게든 살아보겠다고" 버둥거리고 있다. 말하자면 모두가 다 상실한 것에 대한 채울 수 없는 그리움, 곧 우울증을 앓는 환자들인 셈이다. 그런 점에서「전복」말미 화자가 환상 속에서 냉장고를 벗어나 바다를 향하는 전복 무리들에게 길을 내주는 장면은 상징적이고 감동적이다.

> 냉장고 냉동실의 문이 열려 있고 그 안에 작은 아이스박스에서 수많은 전복들이 언 몸을 비틀어 얼음을 떨궈내며 기어 나오고 있었다. [……] 전복들의 행진은 느리고 매끄럽지만 완강하다. 나는 어느새 발아래에 닿은 선두에게 길을 비켜준다. 거실 문에서 다시 막히는 걸 보고는 달려가 문을 열어준다. 계단을 따라 부드럽게, 꾸준히 전복의 물결이 흘러내린다. 나는 1층까지 따라 내려간다. 전복의 흐름은 건물 출입문 앞에서 열릴 때까지 기다렸다가 다시 이어진다. 나는 건물 밖으로 나와서는 더 이상 그들을 따라가지 못하고 멍하니 서서 길 저편으로 이어지는 대열을 바라본다. (pp. 37~38)

3

전복들의 귀환 행진, 그러나 저 문장들이 주는 감동에는 어딘가 계획된 석연치 않음 같은 것이 감추어져 있다. 물론 꿈속이니 전복들은 씩씩하게 바다로 갈 것이다. 하지만 전복은 그렇다 치고, "더 이상 그들을 따라가지 못하고 멍하니 서서 길 저편으로 이어지는 대열을 바라"보고 서 있는 화자는 어찌 된 셈일까? 김덕희가 확실히 '소설'을 쓰는 작가, 일찍이 루카치가 '선험적 고향 상실성의 장르'라고 불렀던 바로 그 아이러니한 양식의 글쓰기를 수행하는 작가로 등극하는 지점이 바로 여기다. 엄밀히 말해 냉동실에서 해방된 전복들이 바다에 닿는 것을 허용하는 일은 소설의 몫이 될 수 없다. 왜냐하면 근대적 전복은 바다를 기억하지 못하기 때문이다. 주인공은 지금 환상 속에서 바다로 귀환하는 전복들의 무리를 보고 있지만, 정작 그에게 귀환할 고향은 없다. 그는 몹시 우울해 보인다. 그리고 그의 우울에 대해서라면 아감벤의 말을 경청해볼 필요가 있다. 아감벤은 『행간』(윤병언 옮김, 자음과모음, 2015)에서 소위 '우울증적 주체'들에 대해 이런 말을 한 적이 있다.

우울증은 사랑하는 대상의 사라짐에 대한 거부반응으로서의 철회라기보다는 차라리 가질 수 없는 대상을 마치 잃어버린 대상으로 보이게 하는 상상력에 가깝다. 리비도가 만약 실제로는 아무것도 사라지지 않았는데 마치 무언가를 정말로 잃어버린 것처럼 행동한다면 그 이유는, 한 번도 소유해본 적이 없기 때문에 사라진다는 것이 불가능한 무언가를 마치 잃어버린 것처럼 보이게 하고 또 한 번도 사실이었던 적이 없기 때문에 소유할 수도 없는 무언가를 하나의 잃어버린 물건으로 여길 수 있도록 하는 가상의 장면을 무대에 올리기 때문이다. (『행간』, pp. 58~59)

아감벤에 따르면, 우울증적 주체가 잃어버렸다고 믿는 것은 실은 한 번도 소유한 적이 없는 어떤 것이다. 따라서 잃어버릴 수도 없었던 어떤 것이다. 주체는 그것을 잃어버렸다고 가정함으로써 역설적으로 존재하지도 않았던 그것을 점유하려고 시도한다. 언젠가 내 것이었던 그러나 영영 되찾을 수 없는 그것이 대상으로서의 지위를 유지하기 위해서라면 그 방법밖에 없기 때문이다. 그런 의미에서 우울증적 주체의 상실감이란 대체로 자기기만이기 십상이다.

아마도 루카치 이후 소설이라는 장르가 즐겨 극화해온 주제가 바로 이 아이러니한 상황일 것이다. 마치 완전한 무엇인가를 상실한 적이 있는 것처럼 주체는 그것을 찾아 모험을 떠난다. 그러나 정직하게 말하자면 주체는 (그리고 소설가도) 최소한 무의식 속에서나마 자신이 아무것도 잃은 적이 없다는 사실을 알고 있다. 여행의 쓸모없음과 무모함에 대한 깨달음이 자주 소설의 결말을 이루는 것은 그런 이유이다. 그리고 같은 이유로 「전복」의 화자는 근대적 소설의 주인공이 된다. 그나마 환상 속에서라도 전복들은 갈 길을 가겠지만, 그에게는 갈 길이 없음을 그 자신도 작가도 알고 있기 때문이다. 애초에 그에게 상실한 고향 따위는 없었고 길은 이미 끝나 있었던 것이다.

그럴 때 인물이 가지고 있던 일종의 '분리불안'은 전도된다. 애초에 그것은 무언가로부터 떨려나왔다는 불안이었다. 그러나 이제부터 그들을 엄습하는 불안은 지금 있는 곳에서마저 떨려나가게 될지 모른다는 불안으로 바뀐다. 잃어버린 서식지로 되돌아가는 게 문제가 아니라 현재의 서식지에 정착하는 게 문제가 되는 셈이다. 돌아갈 고향이 없는 자는 항상 사는 곳이 고향이다. 역설적이지만 김덕희의 주인공들이 항상 여기 아닌 어딘가를 꿈꾸면서 동시에 여기 아닌 어딘가로 추방당할지도 모른다는 이중의 불안에 휩싸이는 이유도 이제 설명이 가능하다.

늪지나 강 주변이 아니라 도시를 무대로 한 그의 소설들이 대체로 이 주제를 다루고 있는바, 그중 가장 적절한 예를 우리는 단편 「절차가 있습니다」에서 찾을 수 있다. 이 작품에서 화자는 이른 시간 출근 전 TV 화면에 비친 보이 그룹을 보며 "쟤들은 얼른 군대에 보내야 할 것 같다"(p. 75)라고 악담을 퍼붓거나, 자주 늦잠을 자는 자신을 질책하며 "나는 이 버릇을 반드시 고쳐야 한다"는 말을 입에 달고 사는 회사원이다. 블랙 유머 풍으로, 그의 휴대폰 알람은 '국민체조' 구령이다. 이 다소 우스꽝스러운 인물에게 우리는 어떤 이름을 줄 수 있을까? 아마도 '규율권력을 자발적으로 내면화하려고 애쓰는 자', 혹은 '절차강박증자' 정도가 적당할 듯한데, 실제로 소설의 시작과 끝에 배치

된 꿈 장면에서 그가 듣고 보는 것은 군대 시절과 초등학교 시절의 국민체조 장면이다. 구령을 내면화해서라도, 그러니까 매일을 분단위로 분절해주는 규율권력에 기탁해서라도, 그는 자신이 살아가야 할 서식지의 관습에 기어이 적응하고자 애쓴다.

4

참 아이러니한 상황이다. 잃어버린 최적의 서식지 따위는 애초에 없었음을 받아들이고 지금의 서식지에 안착하려고 시도할 경우 절차강박증자가 되어야 한다. 그래야만 먹이사슬 내에 진입할 수 있기 때문이다. 반대로 잃어버린 (그렇게 상상한) 최적의 서식지로 돌아가려고 시도할 경우 우울증자가 되어야 한다. 잃어버린 고향 따위는 애초부터 없었기 때문이다. 전자의 경우 소설에 구심력이 생기지만 인물들은 희화화된다. 후자의 경우 소설에 원심력이 생기지만 인물들은 일찌감치 길을 잃는다. 이 원심력과 구심력 사이 어디쯤에서 김덕희의 소설들이 발생한다. 그의 소설들이 형식에 있어 즐겨 수미쌍관의 순환구조를 취하는 데에도 이유가 있었던 셈이다. 원심력과 구심력이 길항하면 대체로 이야기는 순환하면서 떠난 자리로 돌아오기를 반복하게 마련이다. 「절차가 있습니다」가 국민체조로부터 시작해서 국민체조로 끝났다는 점은 이미 말한 바와 같거니와

「낮이 짖을 때」와 「하울링」의 구성 또한 수미쌍관적이다.

　「낮이 짖을 때」는 김덕희 소설들 중에서는 예외적인 작품이다. 고풍스럽고 단아한 문체를 사용하고 있는 데다, 배경은 중세이고 그 주제에 있어서도 메타픽션 특유의 형이상학적인 질문이 도드라진다. 그러나 이 작품이 가상과 실상의 구분을 무화시키면서 시작과 끝이 꼬리를 물고 있는 형식을 취하고 있다는 점은 주목을 요한다. '가상과 실상'의 관계에 관한 질문이 앞으로 김덕희의 소설 세계에서 중요한 축을 담당할 것임에 틀림없다는 생각에서 하는 말이다.

　물론 실제로는 잃어버린 적이 없으나 잃어버렸다고 상상하는 세계는 '가상'이다. 반대로 잃어버린 시절도 돌아갈 곳도 없으므로, 지금 여기에 기어이 정착해서 살아가야 한다고 버둥거리는 자들의 세계는 '실상'(작가는 '현실'이라는 말보다 이 말을 더 선호하는 듯싶다)이다. 한 주체가 이 두 가지 상반된 태도 사이에서 갈등할 때, 그는 가상을 꿈꿀 테지만 그 가상의 세계가 실상의 세계로부터의 해방을 보장해주지 못한다는 사실을 알면서 꿈꿀 수밖에 없다. 그 역도 마찬가지다. 갈등적인(문제적인) 주체가 이미 끝나 있는 길을 따라 가상의 여행을 감행하는 무모함을 포기하고 서식지의 실상에 머물기로 작정할 때, 그가 세계와 불화할 것임은 충분히 짐작 가능하다. 「하울링」은 그와 같은 모순적인 상황을 기발한 상상력으로 포착한 작품이다.

　100년의 시차를 두고 '아우디 A8' 속에서 잠든 화자와 격무에 지쳐 과거로의 여행을 시도하려는 화자가 교차한다. 두 화자 중 누가 실상 속에 있고 누가 가상 속에 있는지는 알 수 없다. 왜냐하면 한 사람은 꿈꾸고 있고 한 사람은 가상 여행 시스템 속에서 여행 중이기 때문이다. 전자가 실상이면 후자는 꿈속의 가상이다. 반대로 후자가 실상이면 전자는 프로그램 속의 가상 여행자다. 그러므로 가상과 실상의 구분은 불가능해진다. 그러나 정작 흥미로운 것은 이 작품에서 누가 가상의 인물이고 누가 실상의 인물인지를 구분하는 것이 완전히 무의미하다는 점이다. 왜냐하면 가상과 실상이 꼬리를 물고 있는 한 가상의 일탈은 결국 실상으로 복귀하게 마련이고, 실상의 참담함은 다시 가상을 꿈꾸게 하기 마련이기 때문이다. 게다가, 이 점이 중요한데, 이 작품에서는 가상의 삶과 실상의 삶이 그다지 달라 보이지도 않는다. 22세기의 화자가 꿈꾸었던 은퇴한 기업가의 여유로운 삶 속에서도 아내는 집을 나갔고, 딸은 냉랭하며, 친구는 그의 교양 없음을 비웃는다. 21세기의 화자가 꿈꾸었던 100년 후의 미래에서도 그는 여전히 격무에 시달리고 여행은 실패하고 고작해야 가상 여행 프로그램으로 위로받으려고 시도한다. 그렇게 가상과 실상은 무한 반복된다. 이것이 김덕희 식 '순환 구조'가 전하는 비관적인, 그러나 선험적 고향 상실성을 살아가는 우리로서는 달리 피해볼 도리가 없는 교훈이다.

5

　가상은 우울을 낳고 실상은 강박을 낳는 이 악무한의 세계를 어떻게 견딜 것인가는 결국 윤리의 문제다. 그러나 이제 막 먹고 먹히는 늪지 생태계에 자신의 무대를 마련한 신예 소설가에게 그 윤리가 무엇이겠는가를 묻는 일은 물론 성급할 뿐만 아니라 가혹한 일이기도 할 것이다. 다만 사족처럼, 두 편의「혈」연작에서 작가 김덕희가 더듬더듬 모색하고 있는 어떤 윤리의 단초에 대해서는 말할 수 있겠다.「혈」과「가시자국—혈 2」에서 그는 각각 이렇게 쓴다.

　　아빠는 내게서 침을 받아 참외 위에 수직으로 얹었다. 그리고 빠르긴 하지만 내가 하는 것에 비해서는 아주 느린 속도로 침을 참외에 밀어 넣었다. 그랬다. 내 눈에는 침을 찔러 넣는 게 아니라 부드럽게 밀어 넣는 걸로 보였다. 내가 그렇게 했다면 분명히 참외를 가라앉혔을 힘과 속도였다.

　　침은 아프지 않아야 할 뿐만 아니라 어떨 땐 시원하고 어떨 땐 따뜻할 수 있어야 하는 거다. 니가 환자의 몸과 혈을 충분히 이해한다면 지금 니가 가진 침에 대한 감각 위에 온기를 조절할 수 있게 될 거야. 참외 과육에도 결이 있는 줄은 몰랐지? 부디 상대방의 결을 읽으렴. 안 그러면 그 사람의 병이 네게 옮아올 수도 있어. (p. 201)

보름 동안 나는 여자의 남편에 대한 얘기를 자주 들었다. 반영적 경청법. 내가 침과 약탕과 더불어 굉장히 중요하게 여기는 치료법이다. 환자의 화를 식히기 위해서는 환자 자신이 적극적으로 화의 원인을 끄집어내야만 한다. 의사의 진단과 환자의 상태 간의 괴리를 좁히는 데는 대화만큼 효과적인 것이 없다. (p. 289)

침술에 관심이 많아 보이는 작가 김덕희에게서 늪지의 생태계를 살아내는 윤리 같은 걸 읽을 수 있다면, 그것을 '침의 윤리' 혹은 '반영적 경청법'이라 불러도 무방하리라. 대상의 결을 읽어 아프지 않게 침을 밀어 넣는 자의 윤리, 내가 지닌 가시로나 스스로와 타인을 상하게 하지 않고 병든 자의 고통으로 하여금 스스로 말하게 하는 윤리…… 물론 이 윤리가 다듬어지고 복잡해지고 예리해져서, 그가 「급소」에서 우리 앞에 펼쳐놓은 악무한의 먹이사슬을 돌파하는 데 유용한 무기가 될 수 있을지, 아니면 흔하고 안이한 이즈음의 '윤리적 올바름'들 중 한 변종으로 퇴행하게 될지, 그 여부는 오늘 판단할 일이 아니다. 그러나 기대할 만한 한 신예 작가의 문학세계가 굳건해지고 넓어지기 위해 필요한 것들 중에는 반드시 읽는 자들의 기대와 애정이 포함된다는 점은 강조할 필요가 있을 듯하다. 김덕희는 분명 그 기대와 애정에 답할 작가다.

수록작들을 다시 읽을 때마다 기분이 복잡했다. 마치 오래전의 내 사진이나 영상을 보는 것 같았다. 그때로 돌아가 포즈와 표정을 바꾼다거나 옷매무새를 고칠 수 없듯 모든 문장들을 그대로 둬야 하는 게 아닌가 싶었다. 덜 덧대고 더 지우려 애쓰는 게 좋을 것 같았다. 그러는 동안 무엇이 나로 하여금 이런 것들을 쓰게 했는지 되새겼다.

생목숨을 앗아가는 일이 도처에 있었다. 거기 연결된 보고 싶지 않은 것과 듣고 싶지 않은 것 들이 무수히 떠올랐고 적어두지 않을 수 없었다. 책을 한 권 더 만들려면 필사를 할 수밖에 없었던 시절에 대한 문장을 읽었다. 나는 글을 모르는 자가 글을 그려서 베끼는 이야기를 읽고 싶었고 그것을 썼다. 입구와 출구가 겹치며 전체가 엉키는 구조를 자주 그렸다. 고도의 각성 상태가 헛일이 되는 이 세계의 꼴이 그렇게 보이기 때문이다. 나는 그런 걸 썼다. 습작기의 어느 때에 모 공모에서 슬쩍 언급되어버린 것은 발표하기가 애매했다. 뭘 그렇게까지 신경 쓰느냐는 소리도 듣긴 했으나 내 성미에는 맞지 않았다. 애착이 있어 소설집에는 꼭 싣고 싶었는데 연작을 쓰니 명분이 좋아졌다. 그래서 썼다.

어쩌다 쓰는 사람이 되었는지 생각해본다. 원래는 대통령이나 대법관이었다. 누가 장래희망을 물으면 그렇게 말하곤 했다. 어른들은 잘 빚어지고 있는 물건을 보듯 했고 나는 내 머리를 쓰다듬는 어른들의 손길을 즐겼다. 그 머리가 굵어지기 시작했을 때 장래희망 3순위는 소설가라고 해봤다. 아버지는 그런 건 빌어먹기 좋다며 정색했다. 그런가요, 하곤 곧바로 철회했지만 마음은 불편했다. 저 큰 산을 어떻게 넘을 수 있을까 싶었던 거다. 아버지는 생일이면 나를 서점에 데려갔고 내가 중학생이 됐을 때 염상섭의 『삼대』를 함께 읽어주기도 했다. 아들이 소설가를 동경할지도 모른다는 건 생각 못했을까. 질문은 뒤늦게 준비되었고 물어볼 기회는 없었다.

어머니는 당신이 자식의 공부를 도울 만큼 배워놓지 못한 것을 안타까워했다. 대신 두 아들의 건강에는 지극한 정성을 기울였다. 빤한 살림에도 필요한 건 다 입히고 먹였는데 어찌 그렇게 할 수 있었는지 싶다. 내가 대입을 앞두고 국문과로 가겠다고 하자 어머니는 친지들에게 조언을 구했고 그게 굶는 일을 하겠다는 소린 줄 알게 되어 좀 나무라셨다. 나는 괜찮을 거라고만 했다. 어머니 혼자서는 결국 내 고집을 꺾지 못했다. 언젠가는 희망까진 아니라도 위안은 되어드리고 싶었는데 그 기회도 일찍 잃었다.

올해 한식 즈음에 두 분의 묘를 수선했다. 산짐승의 소행으로 망가진 게 속상해 다시 그렇게 되지 않게 약간의 돈을 더 들여 봉분에 돌을 둘렀다. 우리 형제로선 그저 단단하게 고쳤을 뿐이었는데 그것을 본 친지들은 여러 일을 떠올리신 것 같다. 조만간 책을 챙겨가 성묘할 생각을 하면 설렌다.

모든 일에 동생 덕영이 함께해주고 있다. 수록돼 있는 것들 중 「낮이 짖을 때」를 가장 좋아한다. 초고를 늘 보여주긴 하지만 딛고 사는 바닥이 다르니 감상평을 특별히 요구하지도 않고 따로 해주지도 않는다. 재밌다, 모르겠다, 별로다 정도로 늘 충분했다. 그래도 나로서는 귀를 더 크게 열어 대해야 하는 평자고 독자다.

책의 발행일은 책의 생일이라 이왕이면 의미를 갖춰주고 싶었다. 6월 29일인데, 딸아이 이음의 생일과 같게 한 것이 무엇보다 뿌듯하다. 아이가 더 자라서 알게 되었을 때, 이 책을 아빠가 비롯어 내놓은 동기(同氣)쯤으로 여겨주면 고맙겠다.

책 곳곳에 이근혜 수석편집장님의 배려가 스며 있다. 발행일을 정하는 일도 포함된다. 감사드린다. 꼼꼼한 교정으로 지은이의 허물을 가려준 홍진 님, 멋진 표지를 작업해준 이경진 디

자이너와 책이 비로소 모든 꼴을 갖추도록 제작 현장을 지켜준 강병석 차장님의 수고도 기억해야 한다. 책에 깃든 이분들의 공을 더 알릴 방법이 있으면 좋겠다.

나로선 인사와 감사로 아무리 많은 지면을 메운들 아쉽지만 독자들께 예가 아닐 것 같다. 그럼에도 양해를 구하고 한 분만 더 꼽자면 해설을 써주신 김형중 선생님이다. 쭈뼛대며나마 글을 부탁드려볼 수 있었던 건 평소 신인들의 글에 보이시는 애정 때문이었다. 무수한 변변찮음들을 미뤄두고 변변함(의 조짐)을 더 살펴주신 글을 받고 보니 앞으로의 숙제가 크다.

끝으로 '연희문학창작촌'과 '호텔프린스'에 안부를 전한다. 주제에 작가랍시고 작업실을 얻어 쓴 적이 있다. 염치없이 폐만 끼친 미안함을 책을 보내며 조금 덜어보고자 한다.

2017년 6월

김덕희

수록 작품 발표 지면

전복　2013년 중앙신인문학상 수상작품

급소 『문학들』 2014년 봄호

절차가 있습니다 『불교문예』 2014년 봄호

낮이 짖을 때 『현대문학』 2014년 5월호

하울링 『작가세계』 2014년 겨울호

가시 자국—혈 2 『문장웹진』 2015년 1월호

코뮈니케이터 『문장웹진』 2014년 8월호

자망(刺網) 『문예중앙』 2016년 겨울호

혈　미발표